江湖行

（下）

徐訏文集

小說卷

目次

江湖行（下） 005
後記一 319
後記二 322

江湖行

六十二

我趕到舵園，整個房子裡的人員都聚在下面談論，領藝中的女傭是一個四十來歲的崇明人，叫做阿湘，她坐在角落裡哭泣。

我從韓濤壽那裡知道些藝中失蹤的情形。

原來那天下午又有一群與華僑中學有關的人來過。阿湘當時帶著藝中在園中玩。後來阿湘因為有親戚來找她，她就離開藝中到後面去。當時大家進出都是用後門，前門是鎖著的。阿湘重新回來時，找不到藝中，她一直跑到前門，她發現鐵門半開著。那群華僑中學有關的人還有幾個在走動，她向他們打聽，他們說，看見一個穿白襯衫的人抱著他從前門出去的。阿湘於是召了整個房子裡的人各處分頭尋找，毫無頭緒。一直到韓濤壽回來。韓濤壽回來就打電話給我，誰知我又出去了。

我聽了這經過，就同韓濤壽走到園中，我問：

「還沒有報警？」

「沒有，」韓濤壽說，「你以為應當馬上報警嗎？」

「自然能夠自己找到最好，自己找不到，還是越早報警越好。」我又說，「你也沒有告訴舵伯？」

「等明天上午，怎麼樣？」韓濤壽說，「我想明天一定會有點消息的。」

「什麼消息？」

「我猜想是綁票。他們應當送個消息的。」

「你以為這事情是私了好？」

「綁舵老家的孩子，一定不這樣的簡單。」

韓濤壽這句話倒是提醒了我，我說：

「我們最好可以不讓舵伯知道。」

「但是如果是綁票的話，只有他知道是誰幹的。究竟是為錢，為仇，或者要下舵老一點面子。」

我沒有再說什麼，同韓濤壽向外走著，我看韓濤壽手裡拿著一個手電筒，我接過了隨便照著。他說：

「我實在想不出是哪一方面的人要開這個玩笑。」

「會不會是通同日本浪人的那些人？」

「如果不問舵老，那就要問衣情了，她應當知道。」

「你覺得那些人都可靠嗎？」

「我剛才正注意這個問題，但是沒有發現什麼。」他說。

我們在園內走了好一會，我們覺得我們如果要報警，也就瞞不住舵伯，那麼還不如先告訴舵伯；倘若要不告訴舵伯，只好先不報警。總之此事最好不驚動什麼人，我們把它解決了。但當時我們只能忍耐，一切只好等第二天再說。韓濤壽以為如果是綁票，明天一定會有什麼消息的，所以還不如早點去睡。當時我們回到裡面，叮嚀傭人們不要聲張，一切還同平常一樣，只裝著沒有事，大家這才回到房裡。

躺在床上，我並不能馬上睡著，我打了一個電話給紫裳，告訴她藝中被綁的消息。紫裳聽了也吃一驚，她也主張暫時不要讓舵伯知道，因為這分明是因為舵伯退休了，別人要給他下一點面子，如果舵伯知道，一定不肯甘休，恐怕會生出是非，甚至會影響他們去內地的計畫。我告訴她韓濤壽的意見，她叫我明天再給她電話。

第二天早晨，我醒來已經不早，天氣很好，紅日滿窗，韓濤壽在外面敲門。我給他開門，他很高興地給我一封信，他說：

「你看信。」

這封信沒有封口，也不是郵寄的。信封是一紙講究的中國信封，上面很端正的用毛筆寫著舵老的名字。裡面則是一張練習簿扯下來的紙張，用鉛筆寫著簡單的話：

舵堂先生賜鑒：

先生此次毅然退休，敬佩萬分。我輩想向先生借款二十萬，懇可勿卻。因先攜寶眷藝中來此，盼即來蘇州河虹橋塊雲字旗洽談為幸。

俗家

我讀了信望望韓濤壽，我們倆意會地覺得這可以由我們私自處理，不必驚動捕房，也不必驚動舵老了。

我當時打了一個電話給紫裳，告訴她我們接到勒索的信與信裡的措辭。紫裳當時就叫我與韓濤壽去看她。我們三個人就在紫裳那裡開了一個會議。韓濤壽猜想這綁票的人一定有日本浪人為靠山的人，他們曾經拉過舵老合作，舵老沒有答應，所以才來尋隙的。我當時就說既然與日本浪人有關，那麼潘宗岳應當有路可詢。我們何不設法打一電報給衣情。韓濤壽覺得衣情蜜月旅行預定兩三星期，現在已經過了十來天，那麼還不如一面同綁匪談判，一面拖著日期，等衣情回來，看她怎麼樣。衣情如果要藝中，她一定會想辦法的，也許潘宗岳可以尋到綁匪的根源，說幾句話就可以放出來；如果一定要贖款，衣情也不會吝嗇這點錢的。紫裳認為舵老這次與她母親結婚，決定退休，到內地去，是他們兩個人最幸福美滿的計畫。她知道舵老的個性，如果知道藝中被綁，他一定不肯出錢去贖，也許賭氣地同對方去拼，這可能會變動了這個美滿與幸福的決定。所以紫裳認為反正這房子賣去有一筆錢收入，就用此款去贖藝中算了。

我們討論許多時候，決定還是由我去接洽後再說，一面暫時先把阿湘接到紫裳地方來。舵伯如果去那面，可以說藝中由阿湘帶出去玩了，所以不在家裡。

我於那天下午去蘇州河虹橋堍，我不知道信上所謂「雲字旗」的意思，但到了那面，我在密集的舢板船中看到一支小船上插著一面旗子上有一個「雲」字，像孩子玩的一面小旗，黑底白字。

我當時就走近去，隔著許多船叫：

「喂！雲字旗的小船。」

小船裡出來一個壯年的船夫，看了我一眼，一聲不響。我又問：

「你是不是雲字旗？」

「你要過來就跨過來好了。」他說著又鑽入艙內。

我當時就對別的船戶道歉一聲，一支一支跨過去。跳進那只船上，我發現艙裡有兩把小竹椅，並沒有人。剛才招呼我的人則在船尾，他已經把船搖動起來，沒有說一句話。我才知道這小船根本就沒有第二個人。

「你要搖到哪裡去呢？」

「你不要找雲字旗嗎？」

「是呀！」

「那麼我搖你去呀。」他一面搖著一面說。

這個船夫從船群中擠到外面，逆著水流搖了二十分鐘工夫，於是靠到一支較大的船側，他叫：

「雲字旗來了。」

大船上蓋著烏黑的船篷，篷裡鑽出了兩個穿竹布大褂文質彬彬的人，年紀都在五十以上，一個還戴著老式銀邊眼鏡，一個頭髮已經花白。他們很客氣地扶我過去。

走進了他們的船艙，我看到裡面並沒有別人。除了船尾有兩個船夫外，就只是那兩個穿竹布褂的男人了。

艙裡有一張金漆的板桌，周圍放著四把椅子，我就被招呼坐在右手，於是那位戴眼鏡的端上一杯茶，另外一位敬我一支煙。大家坐了下來，那位戴眼鏡的先開口說：

「真對不起，這麼遠路要先生來。」他講的是一口北平話。

「沒有什麼，」我說，「我們還是爽爽氣氣談我們的事。那個孩子是不是很好？」

「很好，您放心。」

「我想您們兩位一定知道，這孩子並不是舵老的孩子。」

「那麼您先生是代表舵老先生來的了？」

「不是的。」我說，「我是看房子的。舵老先生退休後，這房子就交給我們看守。」

「那麼你來有什麼見教麼？」

「自然，少了孩子，我們很難交代。」我說，「不過你們既然請了那孩子來，也不肯白費手腳。我所以想來同你們談談。倘若不能還價，那麼我就回去，你們也不必再來通知，倘若可以還價，我要知道一個最後的價錢。去報告我的主人。」

「報告舵堂先生？」

「舵堂先生已經退休，他們什麼都不許我們報告他了。」
「那麼你要報告誰呢？」
「自然是葛衣情小姐。」我說，「她關照我們什麼都不許告訴舵堂先生，什麼都要等她回來了告訴她。」
「等她回來了？」
「你難道不知道她嫁給潘宗岳先生，結婚後去北平蜜月旅行了？」我說，「我決不會對你撒謊的。」
「她要多久才回來。」
「說是說三星期，但也許延長也說不定。」我說。
「那麼，」那位白頭髮的人說，「我們還是等她回來好了。我們可以給你一個月期限。她回來，請你在申報小廣告上刊登一個『雲字旗，幾月幾日我來看你』的廣告，你就同樣地來找我們好了。」
「你們如果不想還價，那麼你們也不必在申報找廣告了。」我站起來說。
「還價也要你們葛小姐親自來還。」戴眼鏡的說。
「那也好。可是她自己不見得會親自來，一定還是派我做代表的。」我說，「既然可以還價，何妨把最低的價錢告訴我，我等她來了，告訴她，她答應，我就帶錢來贖票。她不答應，我就登報告訴你，這不好麼？」

這時候，那位戴眼鏡的望望那位白髮的，於是說：

「我們也只能把您的意思告訴我們的老闆，你且把你的意思說出來，我們告訴老闆，合適的在申報小廣告上通知你，你帶著款子來贖票，不合適再在報上告訴你底價。」

「你的意思很好，」我說，「但是我們都是吃人家飯的，沒有法子做主，我只是照我個人想，如果舵老沒有退休，他要是肯來贖票，八萬十萬倒不一定不肯出，可是如今要由葛衣情做主，你知道女人都是小氣的，那孩子又不是她生的，所以我想頂多也只肯出三四萬。否則即使你們撕票，於她有什麼？她剛剛結婚，自己正要養孩子，也不會在乎那個孩子的。」

當時的談判就到此為止，我看出他們的目的原是要刺激舵伯，沒有想到舵伯竟不知道，所以聽到葛衣情是真正的主人，他們已經感到失望。我回來後，告訴了韓濤壽同紫裳，韓濤壽馬上想到他們或許會設法去通知舵伯。我同紫裳於是想到告訴野鳳凰與小鳳凰，任何直接寄到他們新址給舵伯的信箚與電話，都不要接受，只當作舵伯並不在那裡。

這樣，舵伯在動身到內地之前，始終不知道藝中被綁。他曾經問到藝中，紫裳告訴他，衣情知道舵老已經搬到別處，所以不放心藝中再留在那面，要紫裳把他帶在身邊。

當時，韓濤壽就覺得舵伯越早離開上海，事情越容易處理。我們很快地通過野鳳凰從中促動，好在行李什麼都已經差不多理好，只要交給運輸公司就是。

我也已經打了一個電報給衣情。告訴她藝中被綁，我不知道她是不是真的愛藝中，她回電什麼也沒有說，只說定於一星期後回來。

為求事情簡單，我們並沒有讓衣情再同舵伯晤面，在衣情沒有回上海的時候，我們已經促舵伯他們動身了。這由野鳳凰發動，自然很容易成功。於是，在一個初夏的晚上，他們登上了一支走長江的輪船。

紫裳與我都去送行，在汽車裡，紫裳與野鳳凰忽然相抱啜泣起來。上船後，紫裳與野鳳凰一直在船艙裡訴泣，我走到外面，小鳳凰也跟出來，我們相偕走上最高的甲板，大好的天空正佈滿了燦爛的繁星，四周看不見一個人，遠望去是城市的燈光，下面碼頭上還在裝貨；響著起重機的聲音，我忽然想那天回上海的情形，我一個人站在甲板上默默地望著岸上，小鳳凰來叫我要準備上岸。現在則是我同小鳳凰一同在甲板上，而要與她分別了。

小鳳凰忽然說：

「你什麼時候來？」

「隨時可以來。等你們安頓好了，我要來還不方便？」我說。

「耶誕節，怎麼樣？我們現在約定。」小鳳凰拉著我的手說。我回過頭去，看她正望著我，我忽然感到一種不安，我說：

「耶誕節？耶誕節！好，好。決定耶誕節。」

我說著，離開她的視線望到岸上，我用右手擁著她的身子；晚風吹著她的頭髮，有一陣香味在撲鼻而來。

彼此沒有說話，但是我們的身子越靠越緊，她拉著我左手的手也越握越緊。我的心突然跳躍起來，我感到她的手在流汗。這時候，不知怎麼，她一轉身，我們就抱在一起，這像是荷葉上兩滴小小的露珠溶流在一起一樣，我一時像是脫離了過去與未來。我們吻了不知有多少時候，她忽然說：

「耶誕節，我等著你。」

自從許久前，我在教她書時突然吻她，她生氣了以後，我同小鳳凰始終保持著友誼的距離，而這一瞬間，似乎長時期的相愛都在一瞬間吐露了。

我們沒有再說什麼，船已經快開，我們走下船艙，這時候我才想起紫裳，我不敢正眼對紫裳注視，也不敢正眼注視小鳳凰。

臨別的時候我同小鳳凰握手，她忽然含著淚說：

「常常寫信。」

我旁邊的紫裳又啜泣起來，我匆匆同舵伯與野鳳凰告別，就帶著紫裳從梯子走下來。在碼頭上，我心裡混淆著各種奇怪的滋味。我像是失去知覺一樣，眼前的一切忽然模糊起來，我知道我也在流淚了。

望望船欄上的人影，我看到舵伯、胡嬤與翠妹。

野鳳凰呢？她一定在船艙裡哭泣。

小鳳凰呢？她也在哭泣，但是她可能躲在沒有人見到的地方。

六十三

葛衣情到上海，就打電話給紫裳。紫裳請她與潘宗岳在家吃飯，也請了我與韓濤壽，大概衣情知道這裡沒有潘宗岳的事情，參加了也沒有趣味，所以由她自己一個人來。

座上都是老朋友，自然已經不需要客氣，衣情是一個聰敏能幹的人，她的態度是又大方又親熱。我忽然覺得她比婚前要可愛許多。談到藝中的問題，衣情就問到舵伯的意思，我們告訴她我們一直沒有讓舵伯知道，這點使她非常詫異。於是我告訴她我去雲字旗談判的種種，衣情想了許久，她說她去同潘宗岳商量，或者可以由潘宗岳派人去打聽，看到底是誰在作祟。她說她一有消息再打電話給我們。

衣情對於藝中的被綁雖不說不關心，但是並沒有很焦慮的表情。我覺得她很有自信，好像也正要借此表示她有辦法，因此我也就不再多提，不過在分手的時候，我又再三告訴她期限是一個月。

三天以後，葛衣情到舵園來，她指揮傭人清理一些她的東西，我恰巧不在，她同韓濤壽談了一會。韓濤壽後來告訴我說，綁藝中的大概是另外一批勾結日本浪人的匪徒，那些日本浪人派系也很複雜，潘宗岳似乎並沒有什麼辦法。韓濤壽勸衣情為藝中健康著想，還不如由我再去交涉一次，花幾萬塊錢贖出來算了，可是衣情以為反正一個月期限還遠，再由潘宗岳托人去問問。

這樣一拖又是一星期。

有一天衣情打電話，約韓濤壽去看她。她交了三萬塊錢給韓濤壽，說一切都已經談好，托他於第二天夜裡十二點到蘇州河虹橋堍雲字旗去贖票。韓濤壽當時就說，為什麼不叫原來接洽的人去而要他去，可是衣情告訴他談判的人太間接，因為他上次去過，比較熟些。韓濤壽告訴她上次接洽的是我不是他，衣情於是就要韓濤壽轉請我去。

我覺得我與衣情的關係裡，這應該是最後一件事情，我自然沒有理由拒絕這份差使。

第二天晚上，我與韓濤壽一同吃飯，飯後看了一場電影，戲散後，我們在蘇州河畔一家小館子裡，叫了一斤酒同一些下酒的菜肴，我請韓濤壽等我，我獨自走到虹橋堍的河邊。

我也像前次一樣去找一只有雲字旗的小船，但是這次竟怎麼也找不到。最後我在岸邊看到一個十來歲的兒童手裡拿著一個紙做的旗子，上面正寫著一個雲字，我於是就上去問這個小孩子，他一語不發帶我沿著河，在黑暗中走了許多路，忽然有手電筒的光亮，一個女人大聲地叫著小雲兒，這小孩子就答應著。這時候，這個女人就走近我的面前，是一個穿著很乾淨的樸素的漁家少女，她照照我的臉，我也用我帶著的手電筒照照她，我發現她穿著白衫黑褲，臉很秀麗，她忽然笑著說：

「你是來找雲字旗的是吧？」

「是的。」

「跟我來。」

我跟她上了一支漁船，船上後艙裡睡著兩三個小孩，一對中年夫妻坐在竹椅上。男的在吸旱煙，我上了船，這男人就幫同帶我上船的那位少女，把船撐了出去。

我一個人站著，沒有人理我，我點上一支紙煙，就坐在那個男人留出的空椅上。這樣大概有二十分鐘工夫，船從船群中擠到外面，在河流中蕩了許久，穿進了一個橋洞，就在這個橋洞下面，忽然手電筒一亮，船頭走過來那個以前我會見過的穿竹布褂戴眼鏡的男人，他說：

「錢帶來了？」

「是的，」我說：「人呢？」

「就睡在那裡。」

我於是用手電筒照著睡在艙裡的那些孩子，我認出其中一個正是藝中。他張了一下眼睛，並沒有作聲，我看他臉很紅，用手摸摸他，像有點發熱。這時候他忽然又張開眼睛，跳了起來，他說：

「叔叔，你……你帶我回家去，是不？」忽然哇地哭了出來，我一面抱了藝中，一面把錢交給那位穿竹布褂的人。他坐在艙內，把錢點好。於是他收了錢，走回船首，我才知道他已是從船頭落了另外一支小船了。

我回到岸上，走了好一會，才到韓濤壽等我的那家館子。

藝中是認識韓濤壽的，所以他沒有認生。我讓他坐在韓濤壽旁邊，但是他竟不願意坐。我把他交給韓濤壽，問他要吃什麼，他搖搖頭。我想到他有點發熱，我就問：

「是不是發熱？」韓濤壽摸摸藝中的前額，又看看他的眼睛，他說：

「恐怕病得不輕吧。熱度像是很高。」

「我們現在送給衣情去？」

韓濤壽看看錶，他說：

「我先打個電話給她。」

韓濤壽去打電話，我抱著藝中，他一直閉著眼睛，但並沒有睡著，他呼吸很迫促，額前有點汗。我同他說話，他只是搖頭點頭不說什麼。

韓濤壽打了電話回來，說衣情在家等他，叫他馬上就去。

我當時就叫了車子請韓濤壽先把藝中送去。我自己吃了一碗麵，坐了一會才雇車回到學規路。當時我心裡輕鬆了許多。覺得這件事情總算是順利解決了。

我與衣情的關係，從認識到現在，真是有想不到的變化，我不知道她對我怎麼樣，我對她是愛過、恨過、害怕過、敬佩過，如今算是最後的交往了，以後我們在不同的社會中，當再不會有碰頭機會。我一方面感到一種悵惘，一方面也感到一種像是還清了一筆債務一樣的輕鬆。她是幸福的，我相信她會幸福；她是美麗的，她還可以繼續美麗，但是我想不出我當初是怎麼愛上她的，而因為愛她，才有到上海讀書的事情，也因而改變了我一生的命運。自然，她如果沒有認識我，也不會有這樣的變化。但是她是一個註定會發財會成功的女性，沒有我的關係，一定會另有別的機遇。現在該是她最好的歸宿了，我祝福她。

汽車到了學規路，大夏、大冬都沒有睡，客廳裡坐滿了青年男女。他們似乎在開什麼會。我一進去，本想不驚動他們，逕自上樓去的。可是大夏、大冬竟一一為我介紹起來。

我起初還以為都是影劇界的人士，一介紹才知道裡面也有新聞界、印刷所、出版社的人，他們都很年輕。我一個一個同他們握握手，事實上像這樣的介紹，我也是無法記清無法認識他們的，所以我並沒有細認他們的面孔。

但就在握手的當兒，我忽然握到一隻瘦削多骨長長的手，我看到手腕的皮膚是乾燥白皙的。我有一種非常親熱與熟識的感覺，我抬起頭，才看到對方是個風姿綽約的女性，她臉色雖也薄施脂粉，但還顯淒白，頭髮很短，但燙得很別致，她穿一件淡藍色的旗袍，笑著說：

「不認識我了？」

我吃了一驚。從她那副動人的眼睛，我想我應該認識她的，但是我竟一時想不出我在什麼地方見過她。我說：

「你……你……是……」我注視她的面孔，一面追索我的記憶中的印象。

「你是野壯子，是不？」她笑著紅了一陣臉說。

這一瞬間，我忽然看到她的前齒，我驟然想到了我久久不想到的過去。我真的又奇怪又高興又吃驚，我不知道該怎麼樣說：

「啊，是你！你怎麼來的？」

「你們認識？」大夏驚喜地說。

「我還是小孩子時候。」她說。

「你現在也還是小孩子。」我說。

「我們讀書會小組正在討論抗日問題。」大夏說，「你也可以參加。」

「我太累了。」我說。

「你住在哪裡？」

「這裡，就是這裡三樓。」我說，「你明天中午有空麼？我們一同吃飯？」

「在哪裡？」

「你先來看我，好不好？」

「好的，十二點整。」

「好，明天見。」我說著又對大家說，「對不起，打擾你們。明天見。」

我到了樓上，我的心一直跳著。天下有許多事情使人覺得可怕，因為命運的安排實在太巧妙太突兀了。

我剛剛從綁匪手裡贖回她的兒子，而她，她竟就在我的家裡，在我的家裡開會。她是什麼時候來的？我真的不認識她了。她不但不是靜覺庵裡的她；她也不是在舵伯家裡時的她；她也不是我在唐凌雲山上所碰見的她；她完全變了一個人。她現在的笑容是成熟的女性的笑容，她的打扮，她的態度，竟沒有一樣帶著以前的痕跡，她像是一個一直很用功的大學生，她有點乾瘦，但是挺秀，她始終有她特有的美麗。

我入睡時已經不早，不知道樓下是什麼時候散會的。那天大概因為白天累了，所以睡得很好，醒來已近十一時。等我收拾好，大夏來告訴我夏立惠已經來了。

「夏立惠？」我自語著，但是我馬上知道這是映弓現在的名字。我下樓到客廳裡，大夏、大冬都陪著夏立惠。我當時就對大夏、大冬說：

「你們同我們一起出去吃飯好麼？」

「不客氣了，我有約會。」大夏說。

「我也有事，哪一天在我們家裡吃飯。」大冬說。

映弓那天穿一件純白布的旗袍，比昨天似乎顯得更新鮮活潑，她笑容可掬地跟我招呼。我當時就同她兩個人出來，我找了一家很僻靜的西餐館，點了菜，在寧靜安詳的氣氛中，我開始注意她大圓的眼睛，她很和藹而坦白地讓我看她，她說：

「為什麼這樣看我？」

「日子過得真快，」我說，「你怎麼也回到上海來了？」

「我來了不久。」她答非所問地說。

「你一個人？」

「一個人，怎麼樣？」

「你的……你的先生。」

「他，我們早走開了。」她說著笑笑，好像這是很自然的事情一樣。

「你來上海，沒有想到去看看葛衣情麼？」
「我看過她。」
「看過她？」
「是的，我打電話給她，她約我吃飯，我們談了好一會。」
「但是你沒有想看看舵伯，想看看我，想看看你自己的孩子？」
「我知道你們很好，就很安慰了。」她說，「其次我實在太忙。」
「那麼你的孩子？」
「衣情帶來給我看過。他已經是衣情的孩子，我很放心。」
我當時想告訴她藝中曾被人綁票，我昨天才去贖回來的消息，但是我又覺得這不一定是映弓所愛聽的，所以我沒有說什麼，只是點點頭。
「我相信現在衣情結了婚，一定很幸福，藝中跟她比跟我好。」她匆匆低下頭來，「我是屬於……屬於國家的，你知道，我們民族，現在在生死關頭，政府又這樣無能……為救中國，我們必須要求全國團結一致，奮起抗日，提防漢奸們妥協。我們這裡文化界都在號召團結與抗日，我們大家正在發展這個運動，大夏告訴我，說你對政治沒有什麼興趣，我很奇怪。我覺得這是救國運動，與普通政治不同。」
「啊，我也不是沒有興趣，我個人事情實在太多。」我說。映弓的文雅大方誠懇的態度，很使我有點慚愧。

「你現在是成功的文學家了，我一到上海就先拜讀你的大作。對文學我是外行，我不敢說什麼。但是我們都覺得你所寫的題材太不現實，我們現在實在需要你這樣有天才的文學家來號召，號召我們民族的大團結，號召人民覺醒，督促政府抗日，提防漢奸出賣民族，同敵人妥協。」映弓低著頭，嚴肅地說。這時候突然抬起頭來，閃著大大的眼睛對我笑一笑，又說：

「你是不是在笑我幼稚？」

「說哪裡話，」我笑著說，「你的話自然很對。抗日救國當然是我們每個國民的事情。」

映弓那時候就拿出一張文化界抗日救國會的宣言給我看，我看了一遍，覺得內容同她剛才所說差不多。底下簽字的人很多，我看到宋逸塵的名字也簽在上面，她說：

「我們正把這徵求文化界人士的意見，你如果贊成，請簽一個字。」

當時我毫不考慮地簽了一個字在上面。

當時我對於映弓可說是很不瞭解。我很想同她談談過去的事情，如關於藝中的父親，關於葛衣情，關於她自己這些年的經歷。她似乎都沒有興趣。她好像怕提過去，也好像怕談到這些與她有關係的人們。最後我側面地談到葛衣情在她離開舵伯後的種種。她笑著說：

「幸虧我離開了那個環境，不然我也許要變成葛衣情了。」

「她可是很富有，很幸福。」我說。

「這是沒落階級的生活，而且我怕她連抗戰都是怕的。」

「你這樣想？」我說，「那麼為什麼你要把藝中留給她？」

映弓笑了一下，她說：

「你知道我自己沒有法子照顧他，而藝中還小，他應當多有點物質上的享受是不？想想我小的時候，實在太苦，我不願我的孩子還是跟我一樣。」她說。

不知怎麼，我從映弓大大的眼睛中看到她心中奇怪的矛盾。可是她不想再談下去似的又談起救國的宣傳工作。快到三點鐘的時候，她說還有許多事情，要先回去。她寫了一個位址給我，是圓明路女青年會宿舍，她叫我隨時打電話聯絡。

從餐館出來，我們就分手了，映弓不要我送她，我望著她遠去，就獨自登上了電車。

當時我心裡有很多感觸。我對於映弓並沒有很多瞭解，但是我覺她總是一個奇跡，是一個可敬可佩的女子。

六十四

一九三七年七月七日，那正是我與映弓一同吃飯的第二天，早晨五點鐘，蘆溝橋事變就發生了。

當我看到報紙的時候，我就想到映弓的話。我覺得我真是太不關心國事，也太不注意政局，我到上海以後所想所忙的正都是我個人的事情。對於民族，對於國家的問題，我竟一直沒有去想，也沒有想參加意見或者出點什麼力量。我心中感到一種奇怪的慚愧與內疚。

當時，有許多電話來找大夏、大冬，電話裡大家都興奮地談著抗戰的消息。但沒有一個人是找我的。我感到非常難過。

最後終於有人問到我了，那是夏立惠。她同大夏談了好一會，才叫我去聽電話，她說下午大夏、大冬去開會，希望我也去參加。

這開始了我的一段短短的救國工作，我與映弓又接近起來，我對她的工作精神與組織能力非常敬佩。我們合作得很投機，我們發動了學生工人，團結文化界人士，號召全上海市民，積極地宣傳支援前線。這些工作之中，映弓無形中成了我們的領導人物，可是積極出面的則是宋逸塵與我，齊堂先生與紫裳並不實際地同我們一起工作，但凡遇到要借重他們兩人的時候，因為逸塵與我的關係，他們自然也沒有拒絕。

這是個民族大團結的時期，各種不同的信仰與恩怨都擱置一邊，我們共同的敵人只有一個。宋逸塵與我雖然很知道映弓的立場，但是我們對她是敬愛備至。不但我們喜歡她，連宋齊堂與紫裳也誇讚她。她的精神永遠是非常煥發，像是不會疲倦，她不要名利，不要出風頭，她所想所說都是如何擴大與發展我們救國的組織與支前的工作。

在這些日子裡，我忙的都是救國抗日的工作，所以同其他熟友很少見面。自衣情回上海後，舵園的人已散，有的去衣情那裡，有的被介紹到別處。裡面的東西也早已該搬的搬了，賣的賣了，送的送了，所以這房子也打算交給華僑中學。韓濤壽自然也已搬出舵園，因此好些天沒有見他，衣情不必說，自從紫裳那裡見到一次以後，一直沒有再碰見她。

大概是七七事變後十天，有一天晚上一點鐘左右，我剛剛回家，韓濤壽來一個電話，說是找我一天都找不到，叫我馬上到廣慈醫院三四二號病房。

「你病啦？」

「是藝中。」他說。

「藝中？」我問。

「你來就知道了。」他的聲音很急。我掛上電話就趕到廣慈醫院。

那是一個炎熱的夏夜，醫院裡人靜燈暗，我覺得很淒涼。病房在花園的前面，走廊上就坐著韓濤壽，嘴上亮著紙煙的一星火。他看見我去了沒有作聲，只是用紙煙的火星指指隔著紗門的病房。我輕輕地推門進去，就看到醫師護士衣情都圍在床前，藝中穿著白色的衣服躺在床上。

我一看真是吃了一驚，這不但因為藝中已經變成我不認識，而是我突然看到他的眼睛，我馬上想到一個久久已忘去的魅影，那是白福，是被我父親所誤害的而使我父親發瘋的那個孩子。

我當時愣了好一會，就一聲不響退出到走廊上。韓濤壽沒有作聲，搖搖頭，我也沒有發問。大概彼此靜默了十分鐘的時間。我聽到了衣情在裡面哭叫起來，接著醫生走出來。他對我們搖搖頭，於是護士就挽著衣情出來，我再回到病房裡，白色的床單已經掩去了藝中小小的臉龐。

藝中就是這樣離開這個世界！

原來藝中回家時本來有病，衣情沒有馬上去找醫生，當時因為他在匪船裡很髒，衣情就叫阿湘為他洗一個澡，大概就受了涼。兩天後去看醫生，還以為是感冒，吃了些藥，熱度不退，後來發現是傷寒，進了醫院，不到二十個鐘頭就死了。

藝中的死，當然不是衣情所害，但是衣情至少是要負耽誤的責任的，如果早點去贖票，藝中也許不會在船上生病。她因為要面子，又貪小，所以拖了這麼久。出來後，她如果馬上請醫生，也許早點可以送醫院，不致無法挽救，這又是她的疏忽與隨便。

我們不能說衣情不愛藝中，但藝中究竟不是衣情所生的。那麼生他的母親呢？她正在為抗日救國奔走。我沒有告訴她，也不想告訴她，我覺得告訴她也徒使她傷心，還是慢慢地等她自己去發現好了。而我自己，在瘋狂般的興奮與緊張的愛國工作中，我也沒有再想到藝中。

於是，八一三事變就發生了。

戰爭到了幾百萬人口大都市，整個中國都奮發起來，我們的工作自然更緊張與積極。我們組織了里弄小組；發動了市民各種捐輸，我們組織了慰勞隊、宣傳隊、輸送隊；我們與前線取得聯絡，給前線將士各種鼓舞與慰勞。映弓與我都是當時最努力的分子。後來我想到我的那股熱誠，固然是出於愛國的本性，但也正是由於映弓的鼓勵與刺激，使我對於過去的冷淡與落伍作一種補贖。我出入戰線有十幾次，每一次看到前線上忠勇的士兵，使我對自己有一種說不出自責與慚愧，也使我更高興地到戰線上去。而這也使我開始對於我自己的作品感到不滿。有許多人，像映弓一樣的，在批評我作品的題材不夠現實，我雖認為這是文藝以外的批評；但現在當我自己在戰爭場面中進出，才知道問題並不是在題材的現實與否，而在自己生活的貧乏與狹窄。我從出入戰線的經驗中，寫了好幾篇報導文學，一時轟動了上海。我深信這些經驗與生活，對於我寫作比我讀書一定更有幫助。從租界到戰線當時要繞著徐家匯向閘北前進。每次去，都在晚上。我們有汽車，但只能到租界的盡頭，以後就要換軍隊來接我們的汽車，有時候車子先在，有時候則我們要等車子。每次去當然預先有所接洽，除我們以外，去的人也有中西的記者。最後一次我進去是九月初。車上有七個人，其中一個就是映弓。我記得歷次去戰線，都沒有女的，這次映弓一定要同我們同去，但也穿著短裝。另外還有一個英國記者。

出了租界，我們等了好一會，才有車來接。那一段路，因為有敵機的空襲，所以不能開燈，可是敵機時時投下照明彈，我們一看照明彈，就得停車到車外去躲。那一夜，天氣很悶熱，滿天是星斗，我們上車不久，開不到半里，就來了照明彈，我們就停車去躲，等敵機過後，我們又上車，如此三次，都沒有投彈。第四次，我們正懶於下車去躲時，一聲震動，我只覺得滿眼煙塵，以後再也不省人事。

醒來的時候，我在擔架上，兩個兵士抬著我。前面還有兩個擔架，他們告訴我一架是那英國記者，一架是夏立惠，同伴走在我們旁邊。他們見我醒了，都過來安慰。我猛然發現我們還少了一個人，他們說已經不幸死了。當時他們叫我不要多說話，說到了租界，就可以找車子送我們去醫院。我想問問死去那位朋友的情形，但略一側身，就感到一陣劇痛，像是右腿，我滿以為我的腿已經斷了，他們用軍氈裹著我身子，我不敢用手去摸。我的額前是涔涔的汗，我沒有再說話，閉上眼睛。我極力鎮靜自己，但思潮起伏，一時我追憶被炸時的情形，我默想那個不幸的致命者，他是一個瘦長的青年，是一個大學生。我還想究竟映弓傷勢怎麼樣？是不是比我厲害？

到了租界的路口，擔架的兵士就回去了。這裡三個人，一個守著躺在路邊的我們，兩個人去找車子，找來車子，才把我們抬進車內。我們就一直被送到了紅十字會醫院。

經過了初步的包紮，照了X光，我才知道我的腿雖是傷得不輕，但還在身上。那位英國記者傷在右肩與背上，並不厲害。我打聽夏立惠的情形，護士告訴我正在輸血，看來是比較嚴重了。

第二天，紫裳、逸塵、大夏、大冬等都來看我，自然也想去看夏立惠，可是醫生不准病人接見他們。他們走後，我又問護士，護士也沒有詳細告訴我，說她也不知道詳細的情況。

可是，夜裡十一點鐘的時候，護士忽然來叫我了，說三四一號病房的夏小姐要見我。我知道這是一個可怕的凶訊。

他們把我搬到一架輪椅上，推我到三四一號病房。但是他們又不讓我看見病人，病床的前面是一個白布的屏風，我的輪椅就停在屏風的外面，所以我仍無法知道夏立惠到底是怎麼樣的情形。我只聽見醫生說：

「他已經來了，你有什麼話說吧。」

於是我聽見映弓的聲音了，她的聲又粗又顫，忽斷忽續：

「野壯子，我……我的一生沒有一步路是走對的，我，我現在想看看我的孩子藝中，你……」

我當時馬上想到這是一個不可能的要求，我說：

「我去打電話給衣情，叫她帶他來，好麼？」

「快，快些；晚了怕來，……來不及了。」

我當時真是不知道怎麼好。我想我應該先打電話給紫裳，叫紫裳打電話給衣情，把事情告訴衣情，叫衣情來醫院，騙映弓說藝中因為睡著了沒有帶來。

這樣想著，我要求護士讓我去打電話，這時候映弓突然發著粗澀的聲音說：

「不要讓……我的孩子……像我。」

以後我只聽見屏風裡醫生與護士的聲音。

我身邊的護士把我的輪椅推出來，我說：

「她已經……」

護士點點頭，一瞬間我的眼睛已經模糊，我胸口像是湧塞著什麼。

那天晚上我整夜沒有睡著，我想到過去，想到映弓坐在石岩上想自殺的姿態，想到她在靜覺庵裡坐在我對面，兩手弄著洋火的神情，以及後來同我到上海後的種種。接著我想到了她的孩子藝中。藝中死後，我一直緊張地為救亡工作在忙碌，我想到他臨死前給我的一個印象，那個印象竟像我重新看到白福——這個使我父親瘋狂也影響我一生命運的孩子。我忽然想到映弓最後叫我去看她，而醫生竟不讓我看見她的用意，我相信她也許已經不是一個完整的人形，而我是不宜於受到這個刺激的。現在我一想到映弓，能夠有完全的美麗的活躍的健康的印象，那正是最後沒有見她的好處。

唯一可以安慰的是映弓一直沒有知道藝中的夭折。映弓似乎從來沒有關心她的兒子，但到臨死前，她對我所要說的話則只是她的兒子。她所關心的是藝中，她所希望的是藝中。這也可見一個人的靈魂的底層有時連自己都不知道的。

我雖是映弓最早的朋友，但是對映弓一點也不瞭解，在映弓生命變化中，每一階段我都見過她，但獨獨沒有看到她的變化。這可說我所見到的映弓並不是一個人，而是兩個或三個不同人物。一個人的蛻變正如昆蟲的蛻變。

我們看見了灰黑的毛蟲，又看見了五彩的蝴蝶，我們如果未曾見到它們的蛻變，我們何從知道這是一個生命的變演？

我做過映弓名義上的丈夫，做過藝中名義上的父親，這原是很滑稽的事情。可是在他們死後，我一想到這些，竟反感到與他們有一種奇怪的親切，這真是一件無法解釋的事情了。

六十五

三天以後，我動了第一次的手術。根據X光的判斷，這手術是要把碎骨取出，把斷骨用鋼片接上。我知道我在這病床上至少要躺五星期的時期。我必須耐心地遵守醫師的囑咐，我知道醫藥費一定不少，而我還希望可以有一個人一間的病房，使我可以有寫作與閱讀的安寧。紫裳叫我不要為錢擔心，但是我無法接受她的贈與，她說我可以用舵伯賣房子的錢，這總是舵伯的。我說舵伯既然把房子送她，錢自然也是屬於她的，這樣還不如清清楚楚借我一筆五千元的數目，將來還她。

這樣就開始了我的病榻生活。

我早晨看報，讀書，午睡後就開始寫作，夜裡我總處理些信件。雖然都是在床上，但是我竟過了一個月我平生最安寧與有規律的生活，而我的內心也非常安詳。

我們為以後愛國工作的方便，並沒有使我們的傷亡見報。但是救亡的團體無形中都知道了，許多學生與青年來慰問我，這些好意雖是使我很感動，但也擾亂了我的安寧，好在一星期以後就少了。

經常來看我的，紫裳以外，有大夏、大冬、宋逸塵、韓濤壽，還有小江湖與黃文娟——他們因為戰爭的關係已經搬到法租界呂班路底，所以來看我不算太遠。

此外還有陸夢標，老耿同他們班子裡幾個朋友。

戰爭的消息一直很緊張，奇怪的謠言很多。但是我知道淞滬戰爭決不能長期堅守。我希望我的腿創能如期痊癒，可以早點動身去內地，我很為舵伯慶幸，他竟及早去了四川。

他離開上海以後，曾來過兩封信。但是小鳳凰則經常有信來，她的文字雖不能表達她所想說的，但是一封比一封在進步。

舵伯到了成都，他已經置了些產業，戰爭爆發以後，小鳳凰來信就希望我可以早點去那面。她已經進了一所補習學校，暑期後預備正式進學校。她的生活好像很平靜，但也告訴我在後方青年們與她同學們的愛國情緒。我去信一方面告訴她我在這裡所做的救國與支前的工作，一方面我極力鼓勵她用功。我還告訴她這一次抗戰絕不是短期內的事情，要長期抗戰，必須每一個人培養實力而她的求學也即是培養實力；我還告訴她，抗戰的時候，我的年齡恰巧能夠積極參加戰鬥，這自然要負起這個責任，完成這個使命。我一時自然不會去成都，但在戰事移轉的時候，我也會跟著變動，不過現在還不知會有什麼變化。

進了醫院以後，我寫給她的信更長更多。她的信也是更長更多，而且文字一封比一封進步，她的字還很幼稚，但是很整齊。我在信中極力避免愛情的發展。這是一種心理上的掩飾，下意識地在求無愧於紫裳，雖然我也不願意紫裳看到小鳳凰的來信。

我本定在醫院裡住滿五星期後就回到家裡休養，可是在我住滿一個月的時候，醫生發現了我右腿竟短了兩寸，他說這是我在床上太移動的緣故，要恢復正常，必須要動一次手術。

這個消息使我感到非常焦躁，我本來安寧的心境，突然騷動起來，但是這是沒有辦法的事情，我只好接受命運。

十月初的時候，我又動了一次手術。

那次手術很影響我的健康與心境，半月後我才比較有點精神。我極力鎮靜自己，重新使生活有點規律，我一面請一個英文教師來教我英文，一面我向宋逸塵處借書閱讀，我還開始計畫寫那部《靜夜的炮聲》。

那時候，淞滬戰場戰事非常激烈，軍民可泣可歌英勇悲壯的故事時有所聞。我在醫院裡，夜裡隱約可以聽到炮聲，《靜夜的炮聲》題目就是這樣來的。

十月底，淞滬戰場有了大變化。閘北線開始退卻，到十一月一日，全線都呈不支。十一月五日，日軍在金山衛登陸，我軍腹背受敵，情形很不好。七日青浦失守，十一日全軍崩潰了。

這時候大家的情緒很亂，文化界影劇界的朋友們紛紛都計畫退到後方去。大夏、大冬同我商量，我極力鼓勵他們同劇團等團體同走。老耿還是同陸夢標在一起，他們的團體也預備到寧波，杭州去。無形之中，學規路的房子就交了給我。

我自然很希望腿傷快好，早點去內地，但是據醫生說我至少要在三個月後才能比較自由行動。這使我一時無法作別的打算。

十二月十二日，南京陷落的時候，我已可下床稍稍在房內移動，不需要住院，但是離可以自由行動的可能還很遠。因此我必須作一個長期的打算，我搬回學規路，想把房子分租一層出去，節省開銷，多事寫作。當時政府雖然已遷到漢口，但是上海租界還不是日本人所統治，反日的報刊很多，他們都需要稿子，而我幾本小說都銷得不錯，也還有些版稅可拿，所以我想暫時勉強還可以維持。

我因為腿傷的關係，使我無法作其他的考慮，事實上當時文化界朋友，對於去留都有許多彷徨，有的因為有家庭或事業種種關係，離開上海很不容易。大夏、大冬他們走後，又有許多人去香港。

紫裳與宋逸塵都沒有走。逸塵早已把我的《盜賊之間》的小說改成電影劇本，但因為戰事關係，沒有開拍，現在兩個人都很空，常常來看我。

小鳳凰來信，現在自然希望我可以早走去四川了。

野鳳凰也希望紫裳可以脫離影劇界，拼檔一起回到她那裡去。

我還是常常寫信給小鳳凰，告訴她我的腿傷還未痊癒。我們軍隊雖是撤退，但租界裡還有些事情可做。我當時想有半年時間的休養，我的腿總可復原了。因此我作了一個半年的計畫，我很安詳地在家裡用功——讀書與寫作。我因不便走動，所以很少出門，來看我的朋友自然很多。紫裳、宋逸塵之外，韓濤壽、小江湖、黃文娟更是常客。

我很難追述這一段時間是怎麼過的，因為這些日子的消逝，幾乎是一點沒有留下什麼痕跡。

當時日軍已經佔領上海，租界是一個孤島，這雖是一個中立的區域，但日軍隨時可以通過租界當局逮捕反日分子，所以，一切抗日的組織與工作，都隱入地下，我們明顯的反日運動早已停止。

戰事退到武漢，有一個時期的穩定。那時上海文化界開始又漸漸蘇醒起來，宋逸塵集合了一些在上海的影劇界同人，成立了一個劇團。出版界又借中立國人士為出版人，出版了一些愛國的刊物。

因為這些工作的開展，原來在留去彷徨中的朋友，現在反而有所努力，因此也就安居下來了。我雖是不便行走，但因為這些朋友的影響與鼓勵，我很能讀書與寫作，我相信我在這一段時間有很大的進步。

半年的時間很快地過去，我的腿雖是好了不少，但行動還不能很自由，我每天要做三次醫生規定的體操。當時的上海租界是一個畸形的繁榮的世界，我們文化界一直維持著相當的熱鬧，敵偽所支援的報刊，因此一直無法生長，我們都覺得我們留在上海仍有很大的意義，所以我們就沒有考慮什麼時候去內地了。

一九三八年十月，廣東、武漢相繼淪陷，國都遷到重慶，這時候，舵伯也由成都去重慶。容裳——我想我們該記得這是小鳳凰的學名——來信，說舵伯在重慶在地產上很發了些財。

接著是汪精衛的南京政府成立。他們為爭取文化界，不惜採用威脅利誘等各種手段，許多人都被收買。這時候，我們展開了鬥爭，團結文化界的朋友，與被收買的人們對抗。

我們的工作開始受到許多阻礙與壓迫，如書刊不能外銷，外銷了收不到書款等等，我們的生活開始感到困難。那時候學規路的房子有時租出去有時空著，後來有許多困難的朋友搬進了暫住，他們既不能負擔房租，我勢必一個人來負責。這樣我的經濟情形就日趨拮据困難了。

舵伯走後，唯一可以幫我忙的是紫裳，但是我已經向她借過五千元作為醫藥費之用，一直沒有還她，我自然不願再對她開口。

紫裳雖是有點積蓄，但這時候也並無收入。在常往還的朋友中，韓濤壽好像情形較好。抗戰以來，劍俠小說的銷路很少，但他是一個多才多藝的人，隨便什麼戲班或哪裡都可以混錢，所以我也沒有想到別的。他既然當我是好友，時常借給我錢，我也就接受了。

於是有一天，他忽然對我說了：

「野壯子，我看這戰爭很不好，如果能光榮地和平，也可少使老百姓吃苦。」

當時在上海，這樣的議論是很平常的。當時我就說：

「同日本人，怎麼會有光榮的和平？」

「可是打下去，也不是辦法。尤其是我們，活在這個環境中，不同他們合作就沒有法子生活。」

這句話，使我頓然悟到韓濤壽的經濟情況，我半開玩笑似的說：

「你是不是同他們合作在做什麼生意？」

「我還不是想混點錢。」他說，「我們為生活，我以為只要不違背良心也無所謂。」

當時上海任何生意都要通過敵偽的關係，所以韓濤壽的話我並不覺得有什麼嚴重。

那天以後，好像隔了一星期，韓濤壽又來看我，他非常認真地說：

「我有件事想同你談談。」

「什麼事？」

「你可不要怪我，我覺得你……」韓濤壽忽然又不說了。

「什麼事，你說吧。」

「有人想組織一個文化界和平大同盟，希望你可以來號召。」他囁嚅地說。我很詫異，但是我沒有說什麼，聽他說下去。他看我一眼又說：

「我想你的腿還沒有完全好，自然也不願出去活動，不過只要你承擔一下，什麼事我可以為你去做。第一步，他們願意送一萬五千元錢一月，等組織擴大了，再可以增加經費，你也不用去見什麼人，只要你承擔一下，由我出面請你們吃飯，見一次面，這就行了。」

韓濤壽的話使我非常難過，我當時本想責怪他，但是我極力抑制著，我說：

「老韓，我們是很好的朋友，什麼話都可以說，是不？」

「自然，所以他們叫我來同你說。」

「他們是誰？」

「當然是日本人方面。」

「可是你我都是中國人，是不？」我說，「老韓，我們是很好的朋友，我們在什麼意見上都可以不同，可是如果在這上面我們不一致，那麼，我們還是暫時不來往好。」我說，「我欠你的錢，我明後天替你送來。」

「野壯子，你這話說得也太過分，我難道不是中國人，不過現在為生活，我們必須利用他們才行。」

「老韓，你太聰敏，可是這不是什麼生意。這是奴隸與主人的關係，他們不會給你利用的，你放心。」

韓濤壽聽我這麼說，他忽然沉默了。這時候我突然想到了葛衣情，我繼續說：

「是不是葛衣情叫你來同我說的？」

「不是，不是。」

「但是我相信你同葛衣情是很有來往的。」

「自然，她常常請我去她那裡，但是從來沒有談到這些事，她的先生只做生意……」

「那麼你說『他們』，究竟是誰呢？」

「是兩個日本人。」

「你是怎麼認識他們的？」

「我在葛衣情家裡碰見的。」

「那麼這就是了。」

「但是這與衣情沒有關係。我在她那裡認識他們是一個多月以前，而這件事，是前幾天他們單獨同我講的。」

「老韓，不管怎麼樣，你最好暫時不要來看我了。」我說，「我的腿還沒有好，只好在這裡忍耐，腿好了，我就要離開上海。至於你，你是一個好人，你也有許多本事，到哪裡不可以吃飯？我勸你還是離開這裡好。」

「野壯子，也許你的話是對的，但是，你知道我很……我的腿並沒有毛病，但是我有這個嗜好。」

「你真的可以離開上海？」

「我一個人，到哪裡不是一樣？」他說，「可是我的嗜好，你知道。」

「這不是難事，老韓，我吃上過，戒了，當然不稀奇。可是野鳳凰，你知道她總是一個老槍了，是不？」

一提起野鳳凰，我馬上想起紫裳前些時在野鳳凰沒有帶走的行李中還找到那紅色的戒煙藥丸，我當時就說：

「老韓，如果你有志氣，你搬到這裡來住，我找藥來幫你戒去。」

「好，好，」韓濤壽當時支吾著說。

可是我看出他並非真有戒煙的決心。

當時，韓濤壽就回去了，以後一直沒有再來看我。我知道他一定是同我越走越遠了，但是我相信他一定沒有把我忘去，正如我一直想念著他一樣。

六十六

跟著戰爭的變化，許多動盪的都已寧靜，許多寧靜的又開始動盪。

我在第二次手術前後，心情非常不安與焦躁，現在又開始安寧。我很能閱讀，寫作進展也很快，《靜夜的炮聲》已經寫了二十萬字。當時我在經濟上雖很困難，但是精神上很愉快。其中還有一個原因，是我與紫裳的關係比較自然，我們相愛這麼久，好像到現在方才沒有不安。在我一方面，自從我在寫作上有些成就，自卑感已經消除，在抗日支前的運動中，我的努力與貢獻也改變了別人對我的想法；在紫裳方面，是她心理方面的成熟，她已經不是一個好勝的幼稚的女孩，戰爭使她空閒下來，在抗日支前的運動中，她看到一群愛國青年們偉大無私的熱情以及映弓的死與我的受傷，好像使她對人生的瞭解上有很大的進步。

大概是這些關係，我們的情愛在和諧與愉快中有自己所不覺的進展。我還常常同容裳通信，但是這已經只剩了一種友誼，我不知道這情感是怎麼樣蛻化的，我從掩飾自己對紫裳的慚愧，變成了很自然的一種莊嚴的距離。我非常慶幸能夠這樣發展，我有意地在給容裳的信中使她對我的情感有所改變。

於是紫裳與我談到了婚姻，我們計畫結婚，計畫一同去後方，我們還計畫生男育女。我開始覺得一個人真是很難知道生命的際遇，因為這些發展竟都是由於我的腿傷。倘若沒有這個長期休養，我也許會早去後方，也會沒有機會想到這些了。

就在我們對於自己前途有最大的自信與計畫的時候，一件想不到的事情突然發生了。

那是日偽政府想推動電影事業的關係，委任了一位叫陳史瀛的，聯絡工商界組織一個電影公司，其中最大的股東就是潘宗岳。

公司成立之前，葛衣情出面請紫裳吃飯，紫裳原以為是幾個熟人的飯局，哪裡曉得竟是為電影公司的事情，他們要紫裳擔任第一部影片的主角，紫裳只是虛與敷衍，推說看了劇本再從長計議。

那次吃飯後，就連續有電影公司各股東的應酬，威脅利誘地使紫裳無法推託，而那位陳史瀛甚至於帶了日本資方的人同日本電影明星去找她，這使紫裳非常不安。我們於是開始有去香港的計畫。

當時我的腿已算痊癒，雖不能步行太久，但搭船去香港當然不成問題。我們去香港並不是短期旅行，一時當然不會再回上海，因此上海有許多事情要料理。尤其是紫裳，她的財產也不是馬上可以帶走，需要時間上的處理與安排。偏偏那一批日偽電影公司的人，一直糾纏她，而且已經有好幾次利用紫裳參加他們宴會的照片在宣傳。因此，我們經過幾度商量，才決定由紫裳一個人先去香港，我則暫時留在上海。

我與紫裳以前曾經別離過，但是這次則很不同。以前的別離沒有希冀將來，這一次則計畫著將來。不希冀將來是把將來交給命運；計畫著將來，則是我們以為能控制將來。而我們對於別離都不能控制，怎麼能控制將來？戰爭正在進行，我們的前途自然是很渺茫，但是我們竟相信我們就會團聚。愛情是一種奇怪的經驗，它使人有一種自信，也使人有一種預感。如果我們相信我們一定就會團聚，我們似乎用不著傷心；如果我們真是如此忍不住別離，我們就該廝守在一起。

就在紫裳預備動身的前幾天，我特別預備了一些她所愛的酒菜，請她在我房內吃飯。那一天我與她似乎都重溫了我們認識以來感情的升降。

我們相愛多年，但從未有現在的和諧與自然；我們雖然相信彼此一直相愛，但從來不相信我們可以結合，可以永遠守在一起。而現在居然很自然地使我們覺得無法分離了。

飯後，我們關了燈放上音樂，我們依偎在一起，正像風雨中依偎在巢中的一對小鳥。我們低訴我們的情愫像是初戀一樣，這不禁使我想到我們同坐在紫雲庵階前的那一個晚上。我說：

「你還記得我們同坐在紫雲庵石階上的情形麼？」

她點點頭。

「我真後悔，那時候我會不向你表示愛情。」我說，「也許……」

「也許什麼？」

「也許我們會很快結婚，你也不必演戲演電影了。」

「我也常常這麼想，我當時雖是不懂得愛情，但是我實在想有一個男人會像祖父一樣地愛我。」

「那一次以後，我們的愛情太不易捉摸。一到上海，我知道你不會再是我的了。」
「我也這樣想，所以我急於把我交給你，可以使我以後不會後悔。」她說。
「我一直感激你的。」我說，「可是當時我們的距離太遠了。」
「我想做男人是很苦的。」
「怎麼？」
「你大概不知道我當時的用意。」她說，「我當時只想同你過一個短短的時期，不想再同你來往了。」
「真的？」
「因為你同我在一起不會再有出息，我怕害你一輩子。」
「這話是假的，紫裳。」我說，「我瞭解，我當時妨害你的前途，你是註定要紅遍中國的。」
「也許，但是這些名利與富貴，有過以後就再不稀罕；而真正的愛情，有過以後才會一直想它。」
「紫裳，現在你真是成熟了。」
當紫裳的頭靠在我的肩上，我忽然想到她的頭髮，我說：
「你記得你把頭髮送給我的情形麼？我當時看你剪了頭髮，我知道你不會是我的了。你不知道你頭髮有多美，它代表一種與我聯繫的情感。」

「當時我太不懂，我也不懂天然的頭髮是可珍貴的，我也不知道你為什麼不願意我燙髮。」

「你的頭髮一直同我在一起，我現在還保留著。」

「真的？」

「自然是真的。」我當時就站起來，從我箱裡拿出那包頭髮來。與頭髮包在一起的則是阿清贈我的木梳。這兩樣東西一直伴著我旅行，但是在上海住定以後，放在箱子裡反而很少理到，現在拿出來，有一種說不出的感覺。

紫裳玩弄了一回那束長長的頭髮以後，她說：

「這頭髮倒是永遠年輕的。」

「這怎麼講？」

「我想當我頭上的頭髮白了的時候，它一定還是黑的。」她放下頭髮，拿起那把木梳，看了好一回，她說：

「是我妹妹給你的？」

「你妹妹？」

「小鳳凰。」

「不，」我說，「你怎麼想到她。這是一個鄉下的女孩子送我的。」

我同紫裳在一起的時候很多，但總有許多關於自己的現在的事情可談。我從來沒有告訴她，我跟穆鬍子離開上海以後的日子，她也從來不同我談到我離開上海以後她的生活。這在我當時想起來倒是很奇怪的事情。我於是告訴她這木梳的經過。我心裡馬上感到我應該有點消息給周泰成與阿清，但轉念一想，一年早已過去，阿清應當不再等我，也許已經不在那裡了。

「你又辜負一個女孩子的心。」紫裳笑著說，很著重地說那個「又」字。

「又辜負了？」我也很著重這個「又」字。

「你沒有辜負容裳麼？」她說，「她是愛你的。」

「你知道？」

「我知道，」紫裳笑了，但頰上流下了淚珠，她閉了閉眼睛說，「你一直想離開我，但是你沒有成功，正如我想離開你一樣。」

「我不瞞你說，我的確很喜歡容裳的。」

「我當時很擔心你會跟她去的。」

「但是我沒有去。」

「如果你去了，我也不會怪你的。」她說。

我當時吻了一下紫裳的面頰，正想說什麼的時候，忽然聽到了樓梯上的腳步聲。女傭告訴我韓濤壽在客廳裡，一定要找我。

是韓濤壽！

紫裳與我都覺得奇怪。韓濤壽已經好久不同我來往，怎麼忽然會來找我？我當時就叫紫裳耽在上面，我獨自到了客廳。

韓濤壽是一個什麼都不十分在乎的人，但那天神情很不同，他一見我下去，就說：

「我對不起你，野壯子。」

「怎麼？」我說，「什麼對不起我？」

「現在我決定聽你的話了，我要戒煙。」

「你怎麼啦？」我看他神色很不好，怕他病了。

「我覺悟了。」他苦笑著說。

「真的，那就再好沒有了。」我說。

原來韓濤壽同日本人往來，很受他們的氣，最近甚至被一個日本的軍官打了一個耳光。他說他每次受了氣受了侮辱都想脫離那個環境，但每次下不了決心。他細想是吸毒的關係，所以希望我幫忙他。上次聽我說到李白飛給野鳳凰戒煙的藥，還有剩在那裡的，希望可以給他一些。

當時我就找了紫裳下來，問她關於野鳳凰戒煙的藥。紫裳答應明天就去找出送來。

韓濤壽的覺悟，我自然相信他是有誠意的，但吸毒的人意志往往很薄弱，今天決定的事明天就會改變的。所以我還不敢十分信任他，可是紫裳並沒有想到這些，她竟告訴他她要去香港的計畫。韓濤壽忽然說：

「我同你一起去好嗎？」

「我想你戒煙沒有這麼快。」我說，「香港很方便，隨便什麼時候可去，只要你有戒煙決心，戒了煙就可以動身的。」

我當時邀他明天搬到我家裡來住，開始戒煙，並且叮嚀他不要把紫裳要離上海的消息說出去，或者去告訴葛衣情。

六十七

如果把紫裳要離開上海的消息賣給敵偽電影公司的當局，可能有一筆可觀的代價。我很怕韓濤壽出賣朋友，所以那天晚上我很不放心。第二天我一直等他搬來，但是整個的上午都沒有他消息。紫裳於中午來看我，她帶來給韓濤壽戒煙的藥丸，她非常不安地告訴我有人在傳說她要去香港，問我這消息是怎麼走漏的。當時，我馬上疑心韓濤壽，我猜想如果是他，他一定不會再搬來，所以我更希望他不要使我失望。

韓濤壽是我的朋友，但也是衣情的朋友；他是有義氣，同時也是有正義感的人。我不相信他會這樣出賣朋友，但是他有吸毒的嗜好，這是他可以被人利用的缺點，在他經濟很獨立的時候，他的缺點或許還不是弱點，可是現在他的經濟失去了獨立，這就很難說了。

紫裳那天在我家吃中飯，我就怪她昨天不該在韓濤壽面前說她要去香港的事情。可是紫裳對他竟很有信心，她說：

「我相信他不會的，他一直當你是他最好的朋友。」

「但是除了他，還有誰洩漏你要去香港的消息呢？」

「自然還可能有別人，我也托人打聽過船期一類的事情，還有宋逸塵等幾個戲劇界的人。」

「如果是別人的話，這消息早該洩漏了。為什麼偏偏是今天早晨。恰巧在我們碰見韓濤壽以後。」

「我相信決不會是他。」紫裳說，「他一定會來的。啊，我還為他找出了戒煙的藥。」

「如果不是他，他今天一定會搬來的，但是他沒有來，你看。」

就在我們這樣討論韓濤壽的時候，電話鈴響了。我以為是韓濤壽，但不是。

「啊，逸塵。」

「紫裳在你那裡麼？」

「在我這裡，你等一等，我叫她說話。」

「不用了，我馬上來看你們，你們不走吧。」

「等你，等你。」我說。

我掛上電話，覺得逸塵的聲音好像是有什麼要緊的事情，所以我問紫裳：

「你昨天見過逸塵嗎？」

「前天他來看我的。」

「他好像有什麼事。」

「他可能也聽見別人的傳說了。」

我們吃完晚飯，坐在客廳裡等逸塵的時候，出我意外的，韓濤壽竟真的搬來了。

他的出現真是使我很快樂，我像是重獲了我失去的朋友，因為這已經證明他並沒有走漏消息。紫裳也非常高興，她告訴他她已經為他帶來戒煙的藥。紅色的藥丸還有不少，棕黑色的藥膏則只有一瓷罐，我知道藥膏是為久癮的人用的，本來不一定要多，我當時就告訴韓濤壽服法。

宋逸塵這時候也來了，真是不出紫裳所料，他也聽到外面已經知道紫裳要到香港的傳說，所以他主張紫裳要走還是提早動身。

「但是只有下星期三才有船。」我說。

「可是後天有一支貨船。我想搭貨船比較不受人注意。」逸塵說，「我有朋友就是後天走，如果你贊成，我可以為你去買票，我的朋友是一對夫婦，對香港很熟，你去也有招呼。」

「好吧，」紫裳說，「我還是早一點走吧。」

紫裳說的時候，一面看看我。那天是星期四，星期六走與下星期三走相差不過幾天，可是我竟覺得這對我有一種難捨的依戀，但是我沒有勸阻。當紫裳要離申的消息傳出去以後，自然會有人來阻攔她的，很可能明天不走，就無法再走了。為紫裳安全，她自然越早離開上海越好，當時我就說：

「也好，要走快點走。你還有什麼事情沒有，交給我們好了。」

當時的決定是這樣迅速，下午我們就分頭忙於紫裳的種種雜務。夜裡我幫她清理行李，因為逸塵已經來電話，第二天紫裳忙著料理她的財產一類事情，回來後又清理行李。

理好行李已經是深夜，傭人退了以後，我與紫裳坐在雜亂的房內，這時候離情別緒才一齊湧到心頭，我才發現我原來是這樣脆弱的一個人了。

我與衣情別過，我與紫裳也別過。我還別過阿清，別過容裳。都沒有像那天夜裡一樣的傷情。

我們入睡時，東方已經微白，上午旅行社來取行李，傭人代為照拂，沒有驚醒我們。我們起來時已經午後一時，以後一直沒有出門，也說不出許多咽在胸口的話，時間就在不知不覺中消逝。晚上宋逸塵在他家裡為紫裳餞行，也約了我與韓濤壽。逸塵要我們早一點去，四點鐘就有電話來要我們先去吃茶，所以五點鐘我們就到了宋家。

逸塵還請了另外那對去香港的夫婦。區先生是英國一家洋行的經理，年紀近六十了，但是精神很好，女的是新加坡的華僑，不過四十幾歲。他們於晚飯時才來，逸塵為紫裳介紹，大家談得很投機。飯後，那對夫婦先回去，我們坐了一會，就直接送紫裳上船。為怕傳揚出去多麻煩，所以什麼朋友都沒有通知，送行的只有韓濤壽、逸塵與我。

紅遍了中國的紫裳第一次離開上海，應該是一件熱鬧的社會新聞，但是竟同當初默默無聞的鄉下姑娘來上海時情形一樣，這是誰也想不到的事情。

是初秋的季節，天下著細雨，沒有月色，沒有星光，陰黯的天空，籠罩著黃浦江，在潮濕的雨霧中，燈光都像是濕了淚水的眼睛。

我們等船開遠了才離開碼頭。

帶著淒苦的心情回到寓所，我不知道該怎麼安排自己。幸虧韓濤壽已經搬來，我可以有一個無所不談的朋友。他的覺悟與決心戒煙，使我們友情一時增進了許多。但奇怪的是我當時竟想陪韓濤壽吸一筒鴉片。幸虧我們手頭上沒有煙具，不然也許真是要開戒了。

韓濤壽於午飯時用過戒煙丸，飯後睡了許久，所以精神很好，他同我談到很晚，才吃了藥去睡覺，我則一直沒有入睡。

接著幾天工夫，我與宋逸塵都是忙於紫裳的事情。我們於紫裳去後，曾經把消息放出去，我們宣揚她是同一個六十歲的富翁同行，可能是預備結婚的。紫裳的離申自然使想爭取她的敵偽電影公司方面的人很不滿，但也有一些妒忌紫裳的演員們慶幸失去了勁敵。新聞界與電影界騷動了幾天，以後也就沒有什麼了。

我把紫裳的房子頂去以後，因為還有許多事情要辦，紫裳的產業要我代為處理，而我的腿傷還沒有復原，所以我暫時還不能馬上去香港。我總以為去香港並不很難，所以也就不急。當時我正在寫《靜夜的炮聲》，我想索性寫完了再說。韓濤壽正在戒煙，怕外面是非，所以也很少出門。那一段時期，來看我們的人，除了宋逸塵外，只有小江湖與黃文娟。

小江湖與黃文娟搬到租界以後，得韓濤壽幫助，在福煦路開了一家中國樂器店，居然生意不差。黃文娟已是三個孩子的母親，那家鋪子可以使他們有一溫飽的生活。由於他們的常來，使我與韓濤壽兩個孤單的男子都有了家庭溫暖，恰巧我們的房客要搬家，韓濤壽就提議邀他們來住。這就開始了我們的一段很和洽與親密的生活。我於父親死後，就一直流浪，現在與小江湖夫婦住在一起，可算是我長大後第一次享受到家庭的幸福了。黃文娟真是一個賢慧大方的女性，她治家管孩子固然井井有條，對我與韓濤壽，也可謂無微不至。韓濤壽也像是他們的父兄一樣，一方面他是他們樂器店的股東，另一方面他也成了一家之主。無形之中，家庭的經濟上事情，也都由韓濤壽來管。我對他們間的情形雖不詳細，但關於我的，我總是把收到的版稅與稿費交給韓濤壽，其他就什麼都不問不聞。這是一段非常幸福的日子，我很能讀書，也很勤於寫作。唯一使我不安的是紫裳，我對她有說不出的想念。

六十八

香港那時候是一個很畸形的都市，影劇界的人士在香港尤其沒有什麼事情可做，整天是飲宴嬉樂賭錢跳舞，紫裳混在裡面，不知怎麼，竟被人帶著去投機炒金，虧了不少錢。她來信時而興奮，時而空虛，她很希望我可以去香港。

大夏、大冬常常來信，內地的戲劇界非常活躍，他們到各地演戲，宣傳抗日。我去信告訴他們紫裳在香港，他們就寫信給紫裳，希望她同在香港的朋友一同去內地。

我的腿當時已有十分之八痊癒，因此我就想去香港偕紫裳去內地，韓濤壽也願同我一起去。

這原是一個很好的決定，但我竟沒有立刻進行，原因是那時候我的《靜夜的炮聲》快脫稿，大概只差四五萬字，所以我想寫完了再走。此外韓濤壽的煙尚未戒絕。其他自然還有些事情要了。總之這樣一拖兩拖，一直到了冬盡春來，可是又因為《靜夜的炮聲》的出版問題，又不得不把行期拖延了兩個星期。

天下的事情就是這樣參差，許多我們以為沒有問題的計畫往往因為小小的耽誤就無法再實現。而我的生命中竟有這許多想不到的波折，這真是只能委之於命運了。就在我已經定了行期的日子中，忽然發生了一件想不到的事情。

仲春的天氣非常和暖明朗。早上九點鐘的時候，巡捕房幾個「包打聽」請我到巡捕房去，那面有三個日本人等我，說要我到虹口去做證人，要把我引渡到日本司令部。我拒絕、抗議都無效，巡捕房裡的人也無能為力。但他們願意為我通知我的親友，我就寫了宋逸塵與韓濤壽的地址，請他們通知。

到了虹口日本的司令部，我被帶到一間四周是洋灰的地窨子中。

那房子很低，地上非常潮濕。光線很暗，房頂上，裝著搪瓷罩子的電燈，燈下還蒙著鐵絲網，我站著伸手就可以摸到這些燈網。

房間是空洞的，只有幾把椅子，都靠在牆邊放著。帶我進去的兩個人叫我等著，自己就出去了。跟著關上了門。我等了約十幾分鐘，忽然從後面進來了一個全副武裝矮壯的日本軍官。他操著十分流利的國語說：

「你是周也壯。」

「是的。」我說，「我是周也壯。」

「站起來。」他命令著，又罵，「一點沒有禮貌。」

我自然不是不知道這一點禮貌，而是在這陰黯的潮悶房中等了這許久，我早有點驚慌不安，見了這個凶武的軍人，自然更不知所措了，當時我站了起來說：

「對不起。」

「你們這個抗日支前文化行動會成立多久了？」

「什麼抗日……什麼會？」我的確沒有聽清楚他的話。

「還裝什麼傻？」他說著，從衣袋裡摸出一張紙說，「抗日支前文化行動會。」

「我真的不知道有這個會。」

「你不要狡賴。」他一面說，「我告訴你，你好好地招出來沒有事，不然你就休想出去了。」

「我真的不知道。」

「還說不知道？」他突然回過身來，出我不意地打了我一個耳光。我當時不免踉蹌地倒退幾步，一面我的怒火填胸，我很想回敬他一拳，但是我冷靜一下終於壓制了自己，我說：

「你打我，還問我幹什麼？」

「我要你招出你們的組織與同黨。」

「我已經告訴你我不知道這個組織。」

「你還要狡賴？」他說著又搶步到我的面前，伸起右手反背打我耳光。我退了一步，很快地閃了過去。他當時就搶前在我小腹上打了一拳，接著又用手背批我的左頰，這時候我的怒火再無法壓制，我趁我掩護我小腹的隱痛之時，把我的頭向他的胸口衝了過去。這個出他不意的一擊竟把他衝倒在地上，他下意識地就用手摸他的手槍，我為阻止他拔槍，就衝過去壓在他的身上，一面說：

「有種的不要動槍。」

正當我壓在他身上時，他突然用膝蓋頂住了我的身子，把我從他的頭上拋擲過去。

我從地上爬起來時，對方也已經起來。他面對著我，像等待我撲上去，他並不動槍，我們就開始了拳鬥，我的體力早已不如以前，經過了腿傷，自然更形羸弱。我所有的本領，還都是在唐凌雲部下時學來的，對方似乎精於日本的柔術，一開始就把我摔了幾跤，但是我還是兩次把他衝倒地下，痛打他幾下，最後他把我從他身上翻過去，不知怎麼，我驟然感到一陣劇痛，再也不能起來，我馬上意識到我由外科醫生接的腿骨又斷了。這時候，對方已經躍到我的身上，拳打腳踢，我滿嘴是血，不一會就暈了過去。

醒來我已在一間黝黑的牢房裡，我渾身隱痛，細認四周，在陰暗的光線下，地上都躺著囚犯，隱約可聽到痛苦的呻吟，空氣是腥臭的，潮濕的，我想欠身看看環境，驟然感到腿上的奇痛，我用手撫摸我的腿創，發覺我的腿已經腫脹像一隻小豬。我不知道是什麼時間。所幸腕上的手錶還在，看是六時三十五分。我估計這大概是早晨。慢慢地我發覺這房子有褊狹的窗戶在牆頂上，我知道這是一間地窨子。窗戶上都是鐵檔，鐵檔上是蜘蛛網與灰塵。所以光線很暗，房頂的電燈倒是亮著，一共有四盞，但也是蒙著鐵絲網，鐵絲網上也蒙著灰塵，所以並不能添多少光亮。

慢慢地，有些囚犯醒了，發出一陣陣咳嗽呻吟的聲音，於是有人就起來便溺，房中添了一陣腥臭。我腦中什麼都沒有想，我為減少痛苦，設法計數房中囚犯的人數，但在稻草破絮雜亂的地上，我怎麼也數不準確。這時候我身旁的一個囚犯欠身了，我用手帕蓋在我的臉上，靜靜地躺著，一瞬間我忽然想到如能這樣早點死去，也許是一個最幸福的結局，免得再被刑審。於是我就極力不想什麼，忘去自己的存在，我慢慢地有點睡意，我希望我可以真的入睡，可是我身上發癢，我知道那是臭蟲與蚤虱，我只能用手抓趕，因為腿痛的關係，我一點都無法移動。

不知道隔了多久，我聽見鐵門響，一陣吆喝，許多人嚷著吃飯，我只從手帕縫中看一眼，看到許多人圍著兩個放在地上的鉛桶，我又重新蓋上手帕，我猜想這還是一個臨時的監房，因為所有的囚犯都沒有穿囚服，都穿著日常的服裝。從衣著上看這裡面有很不同的階層與職業，更無從知道這些人都犯著什麼罪了。

十點鐘的時候，鐵門又開了，開始傳審房內的囚犯，我於十一點二十分的時候被傳審，我告訴他們，我的腿已斷，必須有人支扶才可以行動。於是有兩個中國人過來，扶著我走出去。

這一次，我被帶到一個比較小的房間，房內放著一張桌子，前面坐著三個日本軍人，旁邊坐著一個中國人。我被放在下首的一把椅上。

坐在中間那個日本軍官，長得很清秀，唇上蓄著鬍子，態度也文雅，他翻翻案卷，看看我，不說什麼。他的右手的日本軍人就用中國話開始問了我姓名，籍貫，年齡以後，他又問：

「你是那個抗日支前文化行動會的會員麼？」

「我根本不知道有這麼一個組織。」

「你不知道？」

「真的不知道。」

這時這個坐在中間的軍官用日語對我發問，旁邊那個軍官就跟著翻譯說：

「你是不是寫過反日的文章。」

「是的，這個我承認。」我說，「因為我寫過報導淞滬戰爭的實況。」

「你為什麼反日？」那個說中國話的日本人說。

「因為我是中國人。」

這時那個坐在中間的軍官又用日語發問了，右手的軍官就開始翻譯。坐在兩旁的中國人一直在記錄。

「你有沒有出過抗日的小冊子？」

「沒有。」

「你並沒有參加那個抗日支前文化行動會？」

「沒有。」

這時候，坐在中間的軍官從案卷裡拿出一本小書，由右面那個軍官遞交給我，我一看是一本普通的抗日宣傳小冊子，裡面收集了好幾篇文章，其中有兩篇文章是我以前在報上發表的，封面印著「抗日支前文化行動會出版」。我翻了翻說：

「我只能承認那兩篇文章是我寫的。」

「不是你出版的？」

「這不是寫著什麼會出版的麼？」

「你與他們沒有關係？」

「我根本不知道這個組織。」

「他們出版你的文章，沒有得你的同意？」

「並沒有，」我說，「這是發表在報上的文章，誰都可以剪集。」

「你還以為你這文章裡面的論證是對的麼？」

「自然，這是我的看法。」我說。那篇文章實際上是分析當時整個的戰局，從文化上歷史上說明日本的必敗，可說是一種理論上的探討，並不是對日本有什麼輕蔑的侮辱，所以我敢很堅定地說，「我現在還是這個看法。」

「你知道，我們皇軍是最公正的。你的看法是你的事情，我們不懲治你，但是如果你要宣傳或行動，我們就要不客氣了。」那個坐在右首的軍官翻譯著說：「現在有人來保你了，我們就放你出去，但是你要當心，不要糊塗，做出傻事來。」

他說完了，遞了一張紙給我，那上面寫著我的一部分口供，否認參加抗日支前文化行動會，並保證不作反日的宣傳或其他行動，叫我簽字。

我簽了字以後，他叫了兩個日本兵士扶我出去，經過了長長的走廊搭了電梯，才到一間有陽光的房間，那裡坐著租界裡巡捕房派來的兩個巡捕。我就由他們扶了出來，請他們叫了一輛汽車到了巡捕房，那面等著的是韓濤壽和一個我不認識的人，韓濤壽向我介紹了一下，就扶我出來。我沒有回家就一直到了醫院。

我休息了一夜，照了X光，原來夾釘鋼板的腿骨破裂，我必須要再動手術。這是一個痛苦的歷程，一時我只有放棄了去香港偕紫裳的念頭。

懊惱與悔恨一直伴在我的病榻上。如果在我決定去香港時馬上就走，那麼不是就不會有被捕的事情了麼？即使被捕了，但如果我能忍耐一點，不同那個日本人打架，那麼我最多是被打了幾下，我的腿骨總不會折斷。只要我的腿骨不斷，出了獄我總隨時可去香港或內地，那麼整個的生命也就完全不同了。

人生竟是不能避免這些湊在一起的機遇，我就因為一時怒火之無法壓制，同那個日本軍人打了一架，暫時就失去了重會紫裳的可能。這使我躺在病榻上有說不出的焦慮與懊惱。

但是，韓濤壽還說我是不幸中之大幸。他說幸虧那個日本軍人還有點武士道的精神，否則他何必同我角力而不馬上動槍。老實說，他們打死一個中國人不和弄死一個螞蟻一樣？他說幸虧當時我被他打敗，要是那個日本軍人被我打敗，他還不惱羞成怒，拔槍把我打死了？

韓濤壽把事情退一步來想，對我是一種寬慰。但是我想如果這事情發生在他自己身上，他是否也會這樣想法，對同一件事情我們的看法不同，心情也就完全兩樣。而我，則直到我回憶過去的時候，我還是在懊惱當時的不能抑制自己的怒火，因為我是就此未能與紫裳聚首了。

六十九

我之所以這樣快可以出獄，那完全是葛衣情的力量，韓濤壽一接到巡捕房的通知，就去報告葛衣情請她設法。據韓濤壽說，那些中國通的日本軍人整天同潘宗岳在一起吃喝嫖賭，所以他很快就辦通了，但是也花了一筆錢，打點那些上下的人員。

自從葛衣情結婚以後，我很少同她往還。我以為藝中的事情是我們最後的交往了，想不到我還是要她來救我一命。無論如何，沒有她，我這次是死定了的，即使不是死罪，就憑我那條斷腿，我一定無法在那裡支持下去的。這是一個我愛過恨過討厭過的女性，而我現在不得不對她感恩。我深深地感到一種說不出的不安。我希望馬上可以有機會讓我可以對她報謝，或者使她在絕境之中讓我可以救她。

千種的悔恨、萬種的哀怨，奇奇怪怪的念頭伴著我的病榻，日子就是在這樣空虛中過去了。

現在除了韓濤壽、宋逸塵、小江湖、黃文娟外，又多了葛衣情常常來看我了。

葛衣情比以前豐滿了些，但是竟越來越鮮豔，她好像更善於化妝與打扮，而也有真正富家少婦的儀態。金錢也許是女性真正的養料，而衣情的江湖氣質似乎更能吸收這些養料。她的豪放、豁達、灑脫、明朗的一顰一笑，對我竟成了一種威脅，我對她有一種說不出的妒忌與不安。

韓濤壽並不要我提到我的醫藥費等的開銷，我也怕提，因為我知道這一切的用度都是衣情在維持。我於手術後一星期就一再要求從頭等病房搬到三等病房去，但是被他們勸止了。兩星期後，我又要搬到便宜的病房去。衣情說她有一個朋友開了一家療養院，很空，她介紹可以便宜些。誰知我搬去了竟占了兩個房間，還說不要付房金。

這療養院除了有護士醫藥等設備以外，幾乎同旅館沒有什麼分別。慢慢竟像一個俱樂部一樣，衣情、宋逸塵都帶了其他的朋友來玩。

我住了十九天，堅持著要搬回家去。

我同紫裳通信中，曾告訴她我的腿傷需要再動手術，但是我沒有告訴她我的被捕與被釋的經過。我說我既然無法馬上來香港，那麼或者她還是先去內地，等我的腿好了直接到內地去會她。現在她來信決定同影劇界的朋友先去內地了，希望我腿好時早點進去。

我接到她的信後，心中有說不出的惆悵。那時候，韓濤壽的煙癖已經戒絕，我勸他先去香港，同紫裳一同去內地。這一方面我希望他代我照顧照顧紫裳；另一方面，我知道到了內地，韓濤壽也可以通過紫裳多接觸影劇界的朋友。其次，上海的環境越來越壞，大部分的人都是醉生夢死，只求目前的快樂，我怕韓濤壽還是很容易再吸上煙毒的。韓濤壽先不願離我先走，經我再三鼓勵，他才答應。我叫他不要先告訴衣情。其他的朋友，除了宋逸塵外當然都沒有通知。

在韓濤壽決定行期後，他告訴我我們的經濟情形，我才知道他向衣情支用了多少錢。我不知道怎樣才能還清這筆債。可是韓濤壽說：

「你為什麼要這樣認真？這是亂世，誰也不知道明天，你欠衣情的也不止這些，她還救了你的命呢。」

我當時沒有話說，但是我覺得我以後必須量入為出才對。韓濤壽走後，我們家自然要由黃文娟來管，那時我的《靜夜的炮聲》已經脫稿，我賣給了一家美商的報館，當時許多報紙都是借美商的名義，公開地在刊登反日的文章，所以我可以給他們先發表後，再出書。我自然用了一個筆名，免得再生麻煩。

我因為腿傷，從不出門，所以開銷不大，舊的版稅新的稿費已經勉強夠用。小江湖、黃文娟也是克勤克儉的人，所以我們生活過得很簡單平靜，而與我來往的只有宋逸塵與葛衣情。

宋逸塵很鼓勵我讀書與寫作；衣情則常常帶給我報上看不到的消息。這兩個朋友是完全不同的人，同我也是完全不同的關係。

逸塵來看我很有規律，大概一星期兩次；衣情則沒有一定，有時三天兩頭來，有時兩星期不來。

逸塵很寧靜，除了教點書以外，在譯傑克．倫敦的全集。他來時不是帶點書給我讀，就是同我討論些讀書與人生一類的問題。在讀書方面，他是我的導師，在寫作方面，他是我的益友。所以在這一段生活中，我們的友情真顯得非常可貴。

葛衣情和我的關係當然完全不同了。我於衣情結婚後，一直沒有同她來往，她也沒有找過我。我不知道為什麼這次又忽然常來看我。事情當然是起於我的入獄，但在富貴中生活的她，即使對我有點舊情，把我營救出來也就夠了，為什麼於我進醫院後，就一直來看我，好像是恢復了以前的生活了呢？

在現實生活之中，人的往還原是很自然的事情，不需要去探究分析。我也沒有想到衣情有什麼特別的心緒。

大概我們這樣往還了三個多月以後，那時我的腿傷已經好了許多。在可以支著手杖在房內走動的時候，有一天，記得是陰曆七月底的一個晚上，我正在浴後靜讀，衣情忽然來了。她提一只手提箱，說是剛從車站來。她於前天同潘宗岳一同去南京的，現在她先回來了。

「為什麼？」我說。

「啊，他們有事忙，我沒有事。」她說，「還是你這裡清靜。」

「喝點什麼？」

「車上髒得要命，我先去洗一個澡。」她說著提著手提箱進了浴室。

半個鐘頭後，她從浴室裡出來，換了一件滿是紅藍大花大葉綢質的和服，拖著紅花的繡花拖鞋，束著頭髮，一身香氣地走到我身邊，她笑著說：

「你願意我陪你一晚麼？」

「這是什麼話，衣情？」

「因為我已經結婚了麼，」她說，「你也太……」

衣情沒有說完，拉了一張籐椅坐在我的旁邊。我看了她一眼，不知怎麼，我忽然發覺她眼睛裡面有非常純真的光芒。我拉了她的手，拍拍她的手背說：

「你已經結婚，應當好好地過你的家庭生活，是不？」

「你知道我愛的是你，一直是你。」

「但是你嫁了有錢的人了。」

「這因為我不願意妨礙你的愛情生活。」

「你知道我愛紫裳，在她走以前我們過得很好。」

「但是現在她走了。」她說，「這是亂世，你沒有同她一齊走，那就什麼都難說了，也許你們永遠不會再相逢了。」

我不喜歡聽她這一句話，但是我沒有表示什麼，她又說：

「我原想結了婚，可以不想你。」

「你難道一直在想念我麼？」

「即使想你，我也不想再找你，再接近你了。」

「那麼……？」

「但是潘宗岳並不希望我這樣，他在外面玩女人。」她忽然笑著站起來吸上一支煙，說：

「還有小公館，我為什麼要對他忠實？」

「但是……」

「在這個大戰亂的時期，我們已經管不了這許多，大家有一天可找快樂，就享受一天吧，也許明天我們什麼都沒有了。我不妨礙你愛紫裳，我不妨礙你去找紫裳。可是你現在沒有別人。你曾經愛過我，我也曾經屬於你，我們為什麼不能享受這難得的現在呢？」

衣情的生命有過不少的變化，現在這些話正是她的重大的轉變。我不知道她什麼時候開始有了這些想法，她像是一個看穿了一切過去與未來，只求填補現在的空虛。我情不自禁地把她擁在我懷中，她閉了眼睛，如珠的淚滴自她美麗的眼角湧了出來，我感到這淚珠是純潔的。

如果物質生活並沒有滿足衣情的欲望，衣情也許永遠不會發生靈魂的空虛吧？

那天晚上，衣情在我的身邊，我覺得她同以前很不相同。我心中對紫裳雖有一種內疚，但是我知道紫裳可以原諒我，正如在相仿的情形下，我可以原諒紫裳一樣。在亂世中，我們無從抵抗不可捉摸的流動的環境與不可捉摸的變幻的情感。

但是衣情的內心生活竟還有我所不曾瞭解的，那是她對潘宗岳的輕視。

衣情並沒有審辨是非的能力，對於不義之財沒有什麼諱避；也沒有什麼特別的愛國情操，對於資敵一類的商業行為有什麼厭憎。衣情輕視潘宗岳，是因為在九個月前發生過一件這樣的事情：

在一次招待來中國視察的一個日本中將的宴會上，那一個日本中將於酒後竟對衣情調戲起來。潘宗岳不但不想阻止，為要求一種買賣的特權，反而慫恿衣情逢迎那個日本中將。

衣情無法擺脫這個日本軍人，她滿足了他。但衣情也沒有把這買賣的特權給潘宗岳，她自己要來，自己發財，她從此就索性以玩世態度對待日本軍人。潘宗岳不但不以為恥，他還以自己太太在日本軍人中吃得開為光榮。

衣情以後就對潘宗岳再沒有什麼情感，她覺得潘宗岳對她是彼此事業上或者說是為非作歹的結合。他要娶她為太太，就因為她有魄力，作為女人，他對衣情和對別人完全一樣，在他看來都是無所謂的事情。

「但是我並不想離開他，」衣情說，「因為離開他我也沒有什麼地方可去。」

七十

就在衣情宿在我處的第三天早晨，我接到了紫裳從桂林來信，這是她到內地後的第一封信，她告訴我他們到內地後，一路受部隊與老百姓的歡迎，他們跑了不少地方，看了不少的世界，親切地體會到中國的偉大與抗戰的神聖。她的信很長，字句也都能表達她的心境，她好像並沒有感到物質生活的貧乏，只覺得她的精神生活的豐富。那些新鮮的廣大的土地，那些新鮮的可愛的人情，在她是第一次的經驗，她已經完全為這些所吸引。她說她常常一天走二三十里路，身體反比以前健康。她希望我的腿可以早點復原，離開上海。

紫裳的信給我很大的安慰與鼓勵，我希望我馬上可以去內地；但因為我的腿傷難於恢復，我又感到說不出的惆悵。

在紫裳的信中，還附有韓濤壽給我一封信。信很簡短，但是他告訴我，他已經接到大冬、大夏的信，也許很快可以見面，見面當會有詳細的信給我。

我把這些信都給衣情看，我告訴她，像紫裳一樣習慣於都市的明星都可以習慣內地的生活，如果她真的厭倦於她現在的環境，她可以走的路仍是很多的。可是衣情笑了：

「紫裳是明星，她有她的群眾，她去內地是有意義的，我在這裡也許比我去內地還有意義。」

「這是說……」

「這是說，比方我把你從獄中保出來一類的事情，我還是會做的。」衣情忽然笑了，她說，「我的財產同我的心血都在這裡，我是沒有理由要放棄的。我在我財產中正如魚在水裡，沒有魚傻到要離開水去生活的。」

衣情的話不是沒有道理，她是一個從不為理想放棄現實的人。所以我以後再沒有提到這些。至於我自己，在我的腿傷沒有復原以前，我也一時無法再作去內地之想，我只有安心地住下來，靜靜地多讀點書與寫點東西，那一個時期，我很少同外面接觸。有時候雖感到焦急，有時候雖也感到苦悶與空虛，但是生活得平靜。

我與衣情的關係不能中斷，但不知怎麼，我有時常常悔疚，尤其當我與紫裳以及小鳳凰通信的時候。

我現在知道我是一個多麼懦弱的人，也知道我是一個多麼沒有愛情的人了。我知道除了離開上海以外，我是無法擺脫衣情的。

忽然衣情告訴我她有孕了。

「是我的？」我問。

「是我要的。」衣情笑了笑，點頭說。

「但是……」

「你不會永久是我的，」她說，「我希望他可以永久是我的。」

當時我心裡有很複雜的感覺，是高興，是慚愧，也是悔惱。我是一個男人，但是無法承當這個父親的地位。他註定要去做別人的孩子，而我也許要永遠不能再見他的。

日子一天一天地過去，天氣漸漸冷下來了，隨著天氣的寒冷，衣情的肚子也膨脹起來。她常常整天在那裡陪我。潘宗岳很忙，有很多女人，另外又有公館，衣情不管他，他也樂得自由。就在那時候。我發現衣情的性格忽然又有轉變，變成了善良寧靜。我們坐在爐邊，我在讀書，她在為肚內的孩子打毛衣，常常彼此一兩個鐘頭裡不說一句話。偶爾抬頭，彼此視線相遇，她總是露出一種令人憐憫的笑容，這是一種她以前所沒有的笑容，裡面充滿了溫柔甜蜜辛酸與慈愛，好像是專為腹中孩子準備的一種笑容。不知怎麼，在那個笑容面前，我感到我負欠衣情的實在不少。

但是這只是我一時的感覺，當衣情不和我在一起的時候，我覺得她對我是一種束縛，我非常害怕我會無法離開她。

後來想起來，如果衣情懦弱一點，貧窮一點，我一定會要她離開潘宗岳來跟我。但是她太強了，她也太富有，我像是怕我被她佔有似的想擺脫她。我的腿創已經逐漸好起來，根據醫生的指示，每天做一定的運動。我預計過了冬天，在明年春天來時，我就可以去內地了。我給紫裳的信這麼說，給小鳳凰的信也這麼說。

我並沒有把我心裡所想的告訴衣情，但是衣情像是已經發覺似的說：

「我沒有想叫你永久同我在一起，我也知道你是一直想去內地的，這戰爭也不知道要打到什麼時候，但一時總不會和平的。你是一個男子漢，不會在這裡，我也不想留你。但現在我希望你等我養了孩子再走。至少你是他的父親，你也許將來永遠會見不到他的。」

衣情這話很使我感動，計算日子，不過照預算晚兩三個月，我自然沒有理由要固執。我說：

「衣情，我一定陪你到生產以後。……」

當時我發現她的眼角流下眼淚，我的鼻子也突然酸了。

無論我是怎麼不能擺脫衣情，但是我心裡總是想著離開上海，尤其當我接到紫裳、小鳳凰的信以後。

事實上，韓濤壽去了以後，我在上海更寂寞了。我整天耽在家裡，不是讀書，就是寫作。腿傷養成了一個不出門的習慣。我的身體本來是非常壯健，但後來因為吸毒、受傷、動手術，以及精神上之打擊與各種憂愁，早已不如以前。這次手術以後，體重又減輕十四磅，如今雖已漸漸恢復，但我發現我增加的則是脂肪。我除了遵醫生所囑的特殊的腿部運動外，缺乏其他的運動。現在我的腿部較可走動，我就想多有些運動，因此有些時候我也到宋逸塵家去。

那正是學校寒假的時期，齊堂先生不用去教書，整天在家。逸塵因為在一家晚報社兼了點事情，每天要去辦公，倒常常不在，所以我去宋家，反而與齊堂先生接觸較多。那時候我正在發憤讀書，宋家的書我已經借閱了十之四五。齊堂先生對於我的用功非常贊佩，我也已經有資格與他討論許多學問上的問題，這是一個新的境界，我對自己有一種說不出的自信與快樂。這不但使我忘記了內心的苦悶，也使我忘去了轟轟烈烈的抗戰，我像是找到象牙之塔，可以使我有暫時的逃避。我慢慢就變成三天兩頭地去他們那裡。

我同許多比我年長的人有特別的緣分，譬如舵伯，老耿，穆鬍子。同宋齊堂也是如此，只是以前我的學問太差，無法深交，現在我已經進步，所以彼此越來越投機。但是這交情並沒有享受多久。因為那年舊曆年以後，竟發生了一件極不幸的事情。

大概是舊曆年的正月初上，宋齊堂有一個朋友請他去吃飯。那位朋友住在中國地界，從租界過去，要越過橫跨蘇州河的一座橋。那時候，在這交界的橋堍上都站著日軍的軍崗。開始時中國人在那裡來往，都要對這軍崗行禮，說它是代表天皇的。後來因為來往人多，大概脫脫帽點點頭也就過去了，但是坐車的人則必須下車。

宋齊堂去赴宴的那天，天正下著雪子，天氣很冷，又是晚上，他坐一輛人力車過橋，不知怎麼，大概那個站崗的日軍也躲在崗亭裡面，或者人力車也沒有注意到那個軍崗，他沒有叫宋齊堂下車。宋齊堂這個老先生平常出來時候都很少，過橋尤是初次，他自然沒有注意到這些。哪裡曉得一過橋就被那個崗兵攔住，他踢了人力車夫一腳，把宋齊堂從人力車裡拉出來，打了兩個耳光，罰他跪在崗亭面前地上。宋齊堂先還抗議，又被日兵用槍托在膝彎裡打了兩下，雪地上跪了一個多鐘點。

等放他回來的時候，宋齊堂自然不再去吃飯，回過橋頭，雇了一輛人力車就回家了。

一到家裡，他就病倒。第二天，宋逸塵打電話給我，叫我馬上就去，我到了宋家後，逸塵才告訴我詳細經過。

我一方面勸慰這位老先生，一方面請醫生。當時總以為這不過是氣憤一下，外面受點寒，並不是什麼大病。可是他咳嗽了幾天，忽然變成肺炎，送到醫院，第二天早晨就逝世了。

這是一件出人意料的事，宋逸塵自然悲慟萬分，我也無法自慰。

據逸塵說，出事那天早晨他父親就覺得有點不適，本來不預備去赴宴了。下午午睡後大概精神已好，而對方又有電話來，臨時才決定去。如果早晨沒有決定不去，逸塵本打算回家來陪他同去的。我於出事前一天到宋家，知道宋老先生第二天有應酬，而那天恰巧是黃文娟有幾個朋友來吃飯，要我留在家裡，所以那天沒有去看他。如果我下午在宋家，也許會勸宋老先生不去赴宴的。他有我作伴，天又下雪子，也可能比較不寂寞，就不去了。

天下的事情，往往就在些微之差而改變了人生的命運，我們沒有預知之明，在事過境遷後後悔有什麼用呢？

因為已經是事實了，就是無法改變的過去。除了記憶之外，過去對我們究竟是什麼關係呢？

七十一

宋齊堂之死，給我很大的打擊，除了感情上悲痛以外，我還失去了一種依靠。在短短時日中，宋齊堂先生成了我象牙之塔的守護神祇，他的死，正等於我象牙之塔的崩潰，而這則正是日本軍人所摧毀的。這使我無從再躲避現實，我重新看到了我深藏在下意識的懦弱。

喪事以後，宋逸塵忽然同我說：

「你知道我，我不去內地是因為我父親，他年老力衰，不能去內地，我也不放心他一個人在這裡，所以只好陪他，如今他已經死了，我自然也預備去內地了。你打算什麼時候走？我們可以一同去。」

我當時滿以為逸塵要去內地，一定先要料理許多事情，至少要在幾個月以後，沒有想到他只是把整個的房子交給一個親戚去住就馬上可以動身。我也暗示他可以先走，但是他是一個少爺出身的讀書人，很希望有我做他的伴侶，所以一定要等我同行。

逸塵是我最好的朋友，我對他沒有什麼話不談，但關於我同衣情的事，我一直沒有同他談過。這也並不是不能談，而是無從談。因為如果要談，就必須從頭談起，但是這是一個多麼長的故事啊！

逸塵當然知道我與紫裳的愛情的，逸塵也許也聽到過一些片斷的我與衣情的過去。但現在衣情已經結婚，而竟同我又有了孩子，這是怎麼也無法對他說明的。我為要等衣情生產後才能離開上海，所以遲遲未能給逸塵確定的日子，我唯一的理由就是我的腿還不夠健康。但是當時去香港並不需要走路，而我的腿傷也已算痊癒，所以這理由是無法滿足逸塵的。

於是，一件出我意料的事發生了。

那時已是早春的天氣。一連幾天下著雨，我都沒有出門，那天天氣忽然晴了，陽光很暖和，我就想去散步，因念及好些天沒有見逸塵，我很自然地去逸塵家裡。

進門就看到與以前不同了，小院子裡都堆了許多雜物，有兩個小孩子在玩。開門的是我不認識的傭人，我正在問她逸塵的時候，裡面出來一個中年婦人，是逸塵的姑母，我們在宋家見過好多次，所以當時就請我進去。她告訴我逸塵已經於前兩天同幾個朋友一齊去內地了。

「他怎麼不通知我？」我問，「有信留給我麼？」

「沒有信留給你。」她敬了我一支煙說，「我想你總知道的。」歇了一會，她又說，「自然，外邊都沒有說起，恐怕引起敵偽方面的人注意，我想他也許……」

逸塵的姑母沒有說下去，但是我可已經很不舒服，逸塵難道以為我也是敵偽方面的人了麼？告辭出來，心理很不安，再一想，或許是因我與衣情的接近，恐怕我把他去內地的消息洩漏給衣情而傳開去。還有一個可能，是他看我一再拖延不走，以為我想長期在上海了。

再不然，是他對我另外有什麼誤會，以致連一封信都不留給我。以我同他的交情，即使真的懷疑我被人收買，也正應該留一封信給我才對。

怎麼竟是這樣的不辭而行了呢？

這使我真是百思不得其解，回到家裡，我心裡一直不能忘記這一件事。逸塵是我這幾年來最好的一個朋友，我不願他對我有誤會。而他的不告而別，也使我忽然感到特別孤獨起來。

我一個人在房內待了許久，最後我想寫一封信給紫裳，告訴她逸塵動身的消息。但是再一想，覺得這也是不必要的事情。逸塵一個人去內地自然早有信與紫裳聯絡了，我不如直接寫封信由紫裳轉，責問他不告而別。當時我很生氣，措辭相當任性。

就在我寫信的時候，衣情忽然來了，我把信收起。她說：

「你寫，我坐一會兒好了。」

「我寫不好，暫時不寫了。」我說，但沒有告訴她我寫什麼。

「怎麼？同誰生氣啦？」衣情說，「看你好像很不開心。」

「逸塵走了？」

「他走啦？」衣情詫異地問，「去哪裡了？」

「去內地。」

「他不是一直說要去內地麼？」

「他說同我一同走的。」

「也許他等不住了。」衣情不以為奇地說。

「但是他也不通知我，也不……連一句話都沒有留。」

「這又為什麼可對你守祕密呢？」衣情說著，吸上一支煙，站起來又說，「也許恰巧有人走，臨時決定搭伴，來不及通知你了。」

「即使這樣，也總可以留句話給我。」

「也許他想到了那面，再寫信給你。」衣情說，「他幾時動身的？」

「前天。」

「我想隔兩天，總有信來的。」衣情不以為意地說。

「你什麼時候碰見過他？」我問。

「就是那天在你這裡。」她說，「後來我同他一同出門，我順路送他回家的。」

「他沒有說他要先走？」

「沒有。」衣情笑了笑說，「倒是我勸他先走的。他問我你還有什麼事未了，還要拖延。我老實告訴他，你要等我生產了再走。」

「你告訴他了？」

「我還以為你早告訴他了。你們是那麼要好的朋友。」

「你也告訴他，這孩子是我的？」

「這還用我說明麼？我只說，也許你這次到內地，你同你孩子將永遠不相見了。」

「啊，那麼是你，衣情！」我恍然了悟地說。

「這有什麼不對麼？」

「沒有什麼，沒有什麼。」我說。

我不知道衣情為什麼要把孩子的事情告訴逸塵，是有意要指使逸塵單獨先走，還是要破壞我？雖然我並沒有關照過她對這件事應守祕密，但這似乎是應該瞭解的。現在她既然講出去，我也不能怪她，無論她有什麼別的用意，她說的總是實話。我現在很後悔沒有早把這事告訴逸塵，否則他也許還可以對我諒解。

在戀愛道德上，我知道逸塵是十九世紀式的，但是他也能諒解別人另外的想法。他知道我與紫裳的愛情，並且非常同情我們。如今忽然同一個有夫之婦養了孩子，而我又一直瞞著他，他自然再也不能對我原諒，而一定會覺得我是太對不起紫裳。他甚至還可以想到我別種不堪想像的打算，如利用衣情或其他的想法。

總之，逸塵對我不告而別是一種對我失望的表示。他已經不再看得起我，也不再相信我了，但是我仍是希望他會很快地寫信給我。

日子一天一天地過去，我一直沒有收到逸塵的信，我開始想到我應當先寫信告訴紫裳，免得等逸塵同她見面時去報告。但是我竟不知道怎麼措辭，寫寫撕撕的不知道有多少次，覺得自己都無法為自己辯解。最後我寫了一封信給韓濤壽，我先說我在上海的苦悶與朋友的稀少，再談到潘宗岳與衣情的貌合神離，於是說到衣情與我的私情同有了孩子的事情，最後我說我真不知道怎麼樣去對紫裳說明，懇求她的原諒。我的意思自然是希望通過韓濤壽去告訴紫裳，並且由韓濤壽為我解釋。

寫出這封信以後三星期，我才接到韓濤壽自桂林來信，他告訴我紫裳現在隨著十八演劇隊去衡陽，他自己也很忙。他覺得我應當早點去內地，因為在內地的朋友，心理與精神同我很不同。他說他很瞭解我在上海的苦悶，我與衣情的事情，倒是他意料中的，對紫裳的解釋是多餘的。我進內地去，才是最好的解釋。

這封信對於我的問題可以說沒有瞭解，也沒有答案。但是有一句話沒有錯，那就是我進內地才是最好的解釋。我決定暫時不再說什麼，靜候衣情的生產。我已經存心等候了，自然不能為逸塵的誤會而放棄我的諾言。

一個人的成見有時候很難自知，事過境遷以後，才會覺得某種固執是可笑的。我不知道我在上海對於衣情的生產有什麼幫助。事實上，衣情是一個很獨立的女性，又有錢，又有勢，養一個孩子對她並不是問題，這也是為什麼她想有這個孩子的。仔細分析，當時還是自己下意識的惰性，以及我天性中對於我第一個孩子的關聯。我是一個極力想自強而內心非常懦弱的人。

而準備做母親的衣情，當時竟變得非常良善溫柔與嫻靜，好像處處表現著她肚子中的孩子對我的需要。

春天漸漸消逝，夏天悄悄地降臨。

在陰曆七月初旬，衣情做了第一個孩子的母親。

她養了一個八磅重的兒子。

七十二

衣情真是一個無法捉摸的女性，她所想的所夢的竟沒有一樣不實現的，要錢有錢，要勢有勢，要兒子就有兒子。

她曾經要過我，但是我逃脫了。自從她嫁了潘宗岳以後，我想我與衣情的關係總算結束。不意她繞了一個圈子又到了我的身邊。

我無法知道她要這個孩子，是不是為要羈留我的緣故。但她把孩子的事情告訴宋逸塵，則可能是對我有意的破壞。她究竟是怎麼樣對宋逸塵說的，或者另外還有別的話，我無從知道。但由於逸塵的不告而別與以後一直沒有來信，我想到或者正是衣情的擺佈與她的成功。

自然，當我發現這些時，一切都已經無法挽救了。

衣情生產後，我曾經到過醫院兩次，一次還是同小江湖與黃文娟一起去的。以後我一直沒有再去。我的心理那時非常複雜，一方面我很高興我是這孩子的父親，另一方面我感到非常自卑。一方面我感到一種勝利，另一方面則感到一種失敗。我很後悔我要拖延到衣情生育後再定。但不管怎麼樣，現在她已經生了孩子，我應當很快地就離開上海了。

但是命運並不是這樣安排著，正在我預備離開上海的時候，一件意外的事情發生了。

那天衣情打電話給我，叫我去看她。我到了那面，見她打扮得非常整齊，意態自若地坐在沙發上，她見到我坐下了，笑著說：

「一件事情真對不起你。」

「什麼事？」

「你還不知道？」

「什麼事？」

「那我也不必說了。」她忽然改了口氣又說，「你還預備去內地？」

「自然，」我說，「現在你已經生育了。」

「你也見到了你自己的孩子。」

「你叫我來到底有什麼事？」

「我不知道你什麼時候走。」

「我想一星期裡面。」我說。

衣情忽然大笑，笑完了，低聲地說：

「野壯子，我對不起你。」

「什麼事呀？」

「你去，太晚了。」

「什麼太晚？」

「連喜酒都吃不到了。」

「你是說……」

「紫裳與逸塵已經於上月在桂林結婚了。」

「紫裳與逸塵？」我不知該怎麼說。

「我希望你不要怪我。」

「怪你做什麼？」我冷笑著說。就在這一瞬間，我想到了為什麼逸塵會對我不告而別，而一直沒有來信了。

「假如我不養這個孩子，或者不要你等我養了孩子再走，現在你也許已經同紫裳結婚了。」

「這也許就是命運。」我苦笑著說。當時我心裡有說不出奇怪的情緒，我告辭出來。

這是炎熱的夏天，滿街都是太陽，但是我竟什麼感覺都沒有。我像是一個喝醉酒的人一樣，對什麼都看不到聽不到，但仍可以摸回家裡。我一進家門，就像是支不住自己一般的倒在沙發上，我哭了起來。

文娟以為我病了，要叫醫生，我阻止了她。我要她讓我一個人耽一會。那時候，我的情緒非常躁亂，無法平心靜氣地冷靜地思索。我只是癡呆地坐著，浮上心頭的都是過去的片斷。但不知怎麼，我忽然想到也許那消息不是事實，完全是衣情的謊話。

接著我又覺得，無論這消息是真是假，早一天去內地總好一天。當時我馬上站起，預備先理行李。待明天到旅行社打聽行程。

應當安頓與交代的事情很多，我預備兩天內把它全部辦好，我把要辦的事與應找的人一一列了出來，希望不超出預算的時間。

那天我晚飯也不想吃，一直在房內整理雜物。我到第二天四點鐘方才就寢。醒來已是十點鐘，紅日當窗，天氣非常燠熱，我急於想出門去旅行社。我洗了一個冷水澡，穿好衣裳，匆匆下樓，在餐桌上，我看到了郵件，其中一封正是韓濤壽寫給我的。他非常清楚地告訴我，紫裳與逸塵的喜訊，他好像預料到我聽到這個消息會經受不住，下面有許多勸慰的話，但是我已經無法再讀下去，我沒有用早點，就折回寢室，伏在枕上，哭了。

愛情，愛情只有在失去的時候最明顯。如今我才體念到我是多麼需要紫裳。

文娟上來看我，她又拿早點給我吃，我沒有同她說什麼，只是把韓濤壽的信遞給她看。她看完了信，忽然說：

「也壯，我不瞭解。我知道你是一個好人，但是你的用情，老實說，我不能同情。」

「是的，我自己也不懂。我怪的正是自己。」

「你覺得你是真愛紫裳嗎？」

「我不知道。」

「我總覺得像你這樣男人是沒有愛情的。」

「飛禽走獸都有愛情，我沒有愛情？」

「我想像你這樣的人，愛情早已用完了。」文娟忽然露出同情的聲音又說，「但是我看你現在的痛苦，我相信你還是有愛情的。」

「是的，文娟，只是痛苦才是愛情！」

「你似乎並不知道珍貴你的愛情。」

我坐到沙發上，吸上一支煙，閉上了眼睛，揩乾了眼淚，然後說：

「是的，文娟，這因為我第一次愛情用錯了。」

「現在，你應當自強一點。」

「我不知該怎麼樣生活了。」

「你恨紫裳麼？」

我搖搖頭，我說：

「她是愛我的！如果她真的不愛我了，我不會痛苦。問題是她中了她情敵的奸計。」

「她的情敵？還是你的情敵？」文娟說，「你恨宋逸塵麼？」

我搖搖頭，我說：

「他是我的朋友，他沒有錯。他有資格看不起我。但是他應該先來責問我才對，不應該……」

「你真是自私，也壯。」

「你是說……」

「我是說你沒有瞭解宋逸塵。」
「你不以為他不夠瞭解我嗎？」
「我說你沒有瞭解宋逸塵。」
「你說哪一方面？」
「宋逸塵才真是一個愛紫裳的人。他因為愛紫裳才幫助你、指導你、鼓勵你。他因為知道紫裳愛的是你，所以他把紫裳讓給你，他同你們保持最好的友情。」
「你說這些……你怎麼知道的？」
「這都是紫裳同我說的。」文娟莊嚴地說，「她告訴我，你第一次在一家夜花園裡碰見宋逸塵時，宋逸塵就在紫裳眼睛裡看到她對你的特殊，他問她，你是誰？紫裳當時就什麼都告訴他，他以後非常尊敬你們。」
「那麼宋逸塵並沒有真正看重我過。」
「你不能這麼說，也壯……」文娟忽然說，「你真是自私。」
我微喟了一聲。
「你應該偉大一點，像宋逸塵一樣才對。」
「你是說……」
「你應當為他們快活，你應該相信逸塵一定會比你更能使紫裳幸福。你去內地仍舊可以做他們最好的朋友。」

「文娟，我現在不去內地了。我是一個最愚笨最懦弱最無用的人，去內地對誰也不會有好處。像我這樣的人，馬路上都是，我對於國家不見得有什麼貢獻。我現在才知道自己，我希望我可以在上海做點小生意，安安定定過過日子。」

「你去不去內地，什麼時候去內地，這都不是問題。問題是你能安定愉快，這就夠了。」

「文娟，謝謝你。你太聰敏了。」

樓下有文娟的孩子在鬧，文娟就下去了，我望著她的背影，心裡似乎開朗了許多。一個人情感往往使人迷失了理性，文娟一席話使我看到了自己。

我的無知，我的懦弱，我的自私，這都是對的。我曾經怪衣情的狡黠與陰謀，但如果我真是知道怎麼樣尊敬紫裳的愛情，衣情怎麼能施其詭計呢？

衣情曾經使紫裳離開我，也曾經使我離開紫裳，她都沒有成功，但是如今她算是勝利了。

衣情於三天以後到我的地方來，她說：

「我對於男人太不能瞭解了。」

「你還不懂男人？」我說。

「潘宗岳明知道這孩子不是他的，但是他比我還表示歡喜這個孩子。」衣情說，「他說他要盛大地辦彌月酒。」

「衣情，我不喜歡你告訴我這些事情。」我說。

「野壯子，這孩子是你的，我希望你有勇氣要他。」

「你的意思是……」

「我現在想離開潘宗岳。」

「這對你有什麼好處呢？」

「我沒有理由要同潘宗岳在一起。」

「你們根本就不在一起。」

「既然不在一起，何必背這個夫妻名義呢？」衣情忽然看我一眼說：「你上次不是勸我去內地麼？」

「怎麼？」

「我想同你一同去內地。」

「但是。」我冷笑著說，「我現在不想去了。」

「我聽文娟說你已經理好了行李。」

「我不去了，我接到韓濤壽的信。」

「我沒有騙你，是不？」

「一切都照你期望的發展，是不？」

「我並不想你會永遠同我在一起。」衣情說，「你是第一個愛我的人，我要為你生第一個孩子，我已經把他名字叫作小壯。我現在有錢，也不想嫁人，你隨時都可以回到我的地方來。」

「衣情，你說你不懂男子，我也無法瞭解你。憑你良心，你真的有一點愛我嗎？」

衣情很奇怪的嘴角露出無法捉摸的笑容。她說：

「我需要你，比誰都需要你。紫裳愛你，但是宋逸塵就可以代替你了。我是不同的，因為我永遠想著你當初是怎麼樣地崇拜我與愛我，而我竟完全沒有瞭解。」

「但是，衣情，這是太久以前的事情了。」我說，「你不是過去的你，我也不是過去的我。你並不是愛我，你只是因為我愛過你，你想控制我支配我，正如你想支配金錢一樣。」

「我知道。」衣情說，「天下事情沒有十全十美，那時候我需要金錢，我不需要愛情。現在我有太多的金錢，再也找不到愛情了。」

「那麼你要到內地去幹什麼？」

「我要幫助你。」

「幫助我？」

「你知道現在內地需要物資麼？」

「怎麼？」

「我們有一個走私的組織，想運大批的物資進去，這對於國家是一種支援，對於個人則是發財。」

「那麼你要進去幹什麼？」

「我可以在後方建立一個企業。」

「你真有野心。」

「也許，但是我是被金錢侮辱過的人，你記得在那個小城市的日子嗎？一個小小的財主，已經使我驚異不已。以後在上海，我跟了舵老，才知道什麼是財力，我常想自己建立一種力量，我利用潘宗岳，現在我已經成功，我也不一定需要他了。」

「那麼你嫁他就是為金錢。」

「如果他肯好好的，我也會好好的同他成一個人家。但是他並不想，他娶我是為事業，或者說想分散舵老，他一直有許多女人，他並不尊敬我像一個應該尊敬的太太。」

「衣情，夠了，夠了，你離不離開他是你的事情。你去不去內地也是你自己的事情。你不妨同我商量，但把我同你的生命計畫在一起，那是不對的。我現在對我自己什麼都不知道，是不是要去內地，是不是要結婚，是不是要女人，是不是要錢，我都不知道。」

「但是，我可以老實告訴你，我要不是為你，我現在無需去內地，現在也無需離開潘宗岳。他沒有妨礙我的自由，我在必要時隨時都可以離開他，也隨時可以去內地。」

「衣情，請你再不要為我打算了。」我說，「我太愛紫裳了，失去了紫裳，我什麼都沒有，什麼都不需要，我需要長時間來反省自己，長時間來忘去這個創痛。我也許要瘋狂地去追求情慾，我也許要愛遍天下可愛的女人。我不知道自己，不知道自己。你回去吧，最好最近不要來看我。如果我有什麼事要求你，我會打電話給你的。至於孩子，算不是我的好了，我沒有資格做人家的父親。」

說完了這些，我禁不住哭了出來，我用手掩住我的臉，我伏倒在沙發背上。

「野壯子，」衣情忽然說，「你真的是這樣愛著紫裳麼？」

「只有在失去她的時候，我才知道我是這樣地愛她與需要她。」

「你休息休息，」衣情說著站起來，拍拍我的肩膀說，「我隔幾天再來看你。」

「再見，再見。」我說。

七十三

是的，現在我才知道我沒有紫裳是無法生活了。

因為紫裳的變化，我也不願再見衣情，我無法讀書，也無法寫作。

我希望紫裳有一封信給我，但是竟沒有。

我接到一封容裳的信，她已經轉到高中讀書了。我與她雖是一直通信，但因為紫裳的關係，我不敢再讓我們的情感有什麼進展。她年紀輕，改變了環境，投入了另外一個世界，自然早沒有像以前一樣地重視我了。她對她前途有許多幻想，對於讀書也感到了一些興趣。我們別離時曾經約於耶誕節相會，現在三個耶誕節都快到了。她並不急於想見我，像我們剛剛別離時候一樣。

我當時心裡非常難過，小鳳凰的信使我想到了過去，我有一種奇怪的衝動，希望投向小鳳凰的腳下，求她給我一點愛憐，填補我心上剛剛失去的依靠。但是我坐在桌前竟無法抒寫我心頭想說的話。我內心有一種奇怪的羞慚，我覺得我沒有面目去見小鳳凰。我無論怎麼樣，也無法在信中抒寫我想對她說的一切，我寫寫撕撕不知多少次，最後我還是寫了一封簡單的回信，信裡有這樣的話：

「……我現在真是什麼都沒有，我希望早點見你，早點見你的母親同舵伯。」

話雖然這麼說，但是我並沒有力量離開上海。我有幾天沒有出門，不想碰見人，不想談話。衣情來過兩次，我躲了起來，叫文娟告訴她我不在家。我什麼都沒有做，我只是想念紫裳，同我與她的無限纏綿的過去。我失眠，我吃不下飯，我像是一個失去了靈魂的人。

於是有一天晚上，衣情來了，我來不及躲藏，同她對坐好一會。她說了許多話，我都沒有聽，在耳裡只聽到她的聒噪，最後，我站起來，我說：

「我有事，要出去。」

「上哪裡去，我車子送你去。」

「不！不！我想一個人散散步。」

我沒有再理她，一個人跑到外面。實際我並沒有去處，我只是想躲避衣情而已。

我在馬路上蕩了許久，最後我經過了一個舞場，我就走了進去。

我叫了酒，招了女人，在黯淡的燈火中，聽著靡靡的音樂，我開始忘掉了自己，也忘掉了我的痛苦。

這是我另一次頹廢生活的開始。自從第一天起，我就成了舞場的主顧，我並沒有喜歡哪一個舞女，我覺得女人不過是女人，同誰在一起都可以有一點安慰，我每天沉醉在舞場之中，但是我沒有記清楚一個舞女的姓名，甚至面貌，我只是消耗我這個無法消耗的生命。

於是，有一天，我碰見了唐默蕾。

唐默蕾也是一個普通的舞女。我招了她，帶她出來吃飯，這都是習以為常的事。飯後，我要帶她進場，她說：

「你又不愛跳舞，在舞場裡喝一杯酒，聽著音樂，話也不說，有什麼意思。」

「啊！我只想忘掉現實，我要刺激。」我說，「你說有什麼地方好去嗎？」

「你去過賭場嗎？」

「沒有。」我說，不知怎麼，當時我馬上想到了穆鬍子，「我不懂怎麼賭。」

「你要我帶你去嗎？」

「你帶我去。」我說，「可是我袋裡只有一百十幾塊錢。」

「我有，」她忽然打開皮包，拿出四疊鈔票給我，她說，「我剛剛分到錢，這裡是四百塊錢，放在你那裡。」

這時候，我才發現這個女人同別人有點不同。我說：

「為什麼交給我，你自己賭不好麼？」

「我們倆合夥。」

「那麼你是大股東，我把錢交給你。」我當時抽出皮夾，把錢同她的錢放在一起，我說，「你會，我不會，自然由你去賭。」

「我要交給你，因為你是生手。生手一定贏。」

「真的？」我說；忽然我想到她的名字了，我問她，「我還弄不清你的名字呢。」

「我叫唐默蕾。」她說著從皮包裡拿出一張名片給我，名片很小，是奶油色的紙質，有點茉莉花的香味。

當時我付了賬，就出來同她一起到了賭場。她帶我賭輪盤賭。我從未賭過輪盤，什麼都不懂，但是唐默蕾一定要我做主去押。我就胡亂地押我所想到的數字，我先押紫裳的年齡，又押小鳳凰的年齡，我忽然想到紫裳結婚的日子，就押在那個數字。

奇怪的，我竟注注都打中了。我贏了很多，後來我忽然想到與小鳳凰約過耶誕節，我就打一個「二十四」，輸了一次。唐默蕾就叫我不要再賭。換了現鈔出來，我們竟贏了五千三百多塊。

唐默蕾非常高興，拉我到一家咖啡館，她一定要把贏錢平分，我說我只有五分之一，怎麼可以平分。她說這完全是我第一次生手之故。我怎麼也不肯，最後決定把那一筆錢算作共有的財產，作為明天的賭本，我們約定了明天再去。

就是這樣開始，我與唐默蕾變成賭博的夥伴。

不知道是否因為我情場失意，所以賭場得意了，我的賭運竟是奇怪地好。偶爾有一天不好，唐默蕾馬上約束我叫我小心。總之，以我的賭運與唐默蕾的技術，我們一直在勝利中生活。

唐默蕾有極美麗的頭髮與非常美的身材，她的臉龐平扁，但有很大的眼睛，鼻孔有點外露，嘴唇薄薄的沒有什麼輪廓，她的性格非常豪爽。

我與唐默蕾雖然很快地做了很好的朋友。但只是朋友。我不知道我同她為什麼可以這樣的自然而純潔，我想大概是因為我們的關係完全只是賭博的合夥。我們的友誼使我們什麼都可以訴說，我開始知道她的家庭與她的遭遇。

唐默蕾的父親叫作唐光毅，本來是開車行的，他有四架卡車同兩輛客車，卡車為人運貨，客車雖是黑牌，但也做生意，上海當時遇有婚喪等場合許多人家需要車子接送客人，這些車子就可被人租用。

在這幾輛車子以外，唐光毅也替人修理車子，有機會也買賣車子，所以收入足夠養活一個十一口的家庭，他有七個女孩子兩個男孩子，唐默蕾是他最大的女孩子，也是他最喜歡的一個。

自從日本人開了賭禁，唐光毅就在賭場裡輸去所有的財產，他的車行關了，夥計散了，四架卡車賣掉了三架，兩輛客車也賣掉了一輛，另外一架卡車同一輛客車也押給了人，現在躺在家裡沒有事做。一家十一口，就此靠唐默蕾來養了。

唐光毅並不願唐默蕾去做舞女，可是唐默蕾知道這是唯一的辦法。她沒有怪她父親，也沒有恨她父親，因為她一直跟著她父親同去賭場，她知道自己也是好賭的。她父親有時候還後悔在賭場裡失足，可是唐默蕾的性格是不知道後悔的，她非常愉快明朗。

如今因為我們不斷的勝利，唐默蕾告訴我，她已經為父親贖取了那架押去的卡車與客車。她父親很高興，希望可以同我見見面。我答應了她。

於是，三天以後，唐默蕾約我到她家裡去吃飯。

她家在成都路，是一所三層樓的房子。孩子們都住在三樓，她住在亭子間裡，二層樓是她父母的房間，樓下是客廳。房子不新，但開間甚寬，佈置得很乾淨。

唐默蕾的母親是一個瘦瘦的女性，但精神很健；她父親有五十幾歲，身體魁梧壯碩，看上去比他太太年輕。我與他交談不久，就發覺默蕾在個性上很像她父親。

孩子們都早已用過晚飯，飯桌上只有唐光毅夫婦同他們女兒默蕾以及我一個客人。我很羨慕他們家庭的氣氛。唐光毅很豪爽，一直談著賭經，唐太太不愛說話，也不喝酒。默蕾陪著我們，也喝了好幾杯。

談話從賭經談到汽車。不知怎麼，唐光毅忽然問我有沒有興趣同他合開一個車行。

這是一個很新鮮的提議。

默蕾計算我與她合夥賭博所贏的錢，說把這點錢合夥也已經夠了。

「這怎麼夠？」我說。

「我父親對車子很內行，這點錢可以買兩架舊卡車先做起來。」

「為什麼不再賭一二次，要是多有一倍資本不更好麼？」唐光毅忽然說。

「你又來啦。」唐太太忽然開口了，「好容易贏了些還不肯歇手。……」

「也許我們還有運氣也說不定。」我說。

「好好！我們去，我們吃了飯就去。」默蕾說。

唐太太對於默蕾的話倒沒有反駁，她笑了笑說：

「可是只許帶幾百塊錢去，要是輸了這一次，以後就不許去了。要是贏了，就拿贏來的錢去賭，希望慢慢地積到一個數目。」

「就是這樣。」默蕾說。

晚飯後，我與默蕾出發去賭場，她父親也想去，但是被她母親阻止了。默蕾說他已經答應母親說永遠不去，所以她也不願意他破戒。

從那一晚起我們的賭運就再不如以前，但是我們每次還是贏了一點。唐默蕾賭得非常小心，稍稍有贏，就要離去。她有各種迷信，各種忌諱，有時候甚至非常可笑。偶爾輸了一次，唐默蕾就要一星期不去賭場。這一段時間，我與默蕾幾乎天天在一起，這使我更清楚瞭解默蕾。她告訴我她父親本來也是一個賭徒，後來改邪歸正，才開了車行。她說他們對於紙牌、竹牌等都有家傳的技術，因為她父親出過事情，所以不再玩牌。沒有想到在輪盤上又喪失了所有的財產。那時候我常去她家，茶餘酒後，請他們父女表演紙牌的絕技，我也學會一些牌桌上的把戲。

我們繼續在賭場混了兩個多月，總算達到了我們當初預定的目標，我們就開始籌辦車行了。

唐默蕾真是一個有個性的女孩子，以後真的她不再去賭場，偶爾我提議去玩玩，她也堅決反對。她說：

「難道同我在一起，只能使你想到賭場麼？」

七十四

對於車行我沒有興趣，也可說完全外行，我之所以有意參加，當然是默蕾的關係，而這筆錢也完全是她為我贏來的。可是在唐光毅籌辦之中，我幫助著做些內勤外勤，倒漸漸引起一點興趣。而唐光毅正像過去舵伯、老江湖、穆鬍子、何老等一樣，同我成了很合得來的朋友。

正是炎夏過去，秋風送涼時，我們的車行——我定名為飛發汽車修理行——開業了。

我自受到紫裳的打擊，已久久無法讀書與寫作。如今我回想這幾年來的用功，覺得與我的生命實際上並不十分諧和，我現在重新有機會多運用體力，開始時覺得有點累，但沒有幾天就像呼吸到新鮮的空氣一樣的舒暢，對於我傷腿的鍛鍊也很有用處。

我們買來車子，雇來兩個夥計，我也有時常參加著打雜做駕車修車一類的事情。我並沒有把我過去告訴唐光毅，他也並沒有想知道。

他愛同我說他自己的事情。每天在工作後，他要邀我到他家去吃晚飯。自從進行開辦車行以來，我與唐默蕾反而少在一起。唐光毅不想叫默蕾再去舞場，但是默蕾不願放棄這個職業，因為這究竟有一筆很好的收入。

遇到唐默蕾在家吃飯，唐光毅總叫我送她到舞場去。起初我沒有想到什麼，慢慢地我發現唐光毅很希望我同默蕾接近。於是有一天，唐光毅忽然同我說到他的許多朋友在內地做司機，都發了財，問我為什麼不想去內地。我說：

「我實在並不是這一行的人。倒是你應該去內地才對。」

「我？我要去早去了。你知道我的家口很大。而且我已經快六十歲。在內地做司機，恐怕已經吃不消了。」

我沒有說什麼，他忽然又說：

「如果你去，我很希望你會帶默蕾去。我希望你們早點結婚。」

「結婚？啊，我沒有想到。」我強笑著說，「我同默蕾是很好的朋友，一直是很好的朋友，但是結婚，我沒有想到，她大概也沒有想到過。」

「就是不結婚也沒有什麼，我希望你帶她到內地去。」他說，「我不喜歡她在這裡做舞女。」

「光毅，你千萬不要誤會，以為我在舞場裡同默蕾認識，一定有什麼關係，實際上我們只是朋友，很好的朋友。」

「真的？」

「我為什麼騙你？」

「那你真是太好了。」

「那有什麼好？你知道，這只是一種機緣。我同默蕾認識時，恰巧是我不需要有女人的時候。」

「這奇怪了，像你這樣的年紀。」他說，「我在你這樣年紀的時候，我一天也不能沒有女人呢。」

這一次談話，大概使唐光毅對我有更深的瞭解。

當時我的心境比較好轉，我已經可以不太以紫裳為懷。我也有心境同小鳳凰通信，我很坦白告訴她我於紫裳結婚後所受的打擊。

衣情還是常見面，她大概一星期來一次，總是帶著我的孩子，我一方面很不願意見到衣情，但是我竟很喜歡看到我的孩子。我們都叫他小壯子。

我起初沒有把我的際遇告訴衣情。我也沒有介紹她認識默蕾。她大概只知道我因為失去了紫裳，所以一直在舞場與賭窟消磨我的生命而已。

但是我把小江湖介紹給唐光毅，我想小江湖如能學學駕車修車，一定會比現在守著那個樂器鋪為好些。慢慢地黃文娟也認識了默蕾。黃文娟本是一個和善美好的女性，同人都合得來的，倒是唐默蕾會欣賞黃文娟，有點出我意外。

日子一多，衣情也由黃文娟認識了唐光毅與默蕾，許多關於車子生意上事情，也有了來往。

那時候舊車買賣的生意很多，我們的車行很賺錢。小江湖對於汽車也開始發生興趣，他同唐光毅很合得來。所以以後我就少去了。

我心頭的創傷雖已稍稍痊癒，但是感到非常空虛，因為小鳳凰對我鼓勵，我開始恢復了一點人生的興趣，我很想早點離開上海。

在這一段時期，內地的朋友都因為我沒有寫信去，不再來信，唯一的聯繫就是小鳳凰。我很後悔當初為紫裳疏忽了我對小鳳凰的情愫，我覺得我總是太不知道珍貴別人的情感，往往在我需要的時候，別人的已經變了素質，如果我真是在何老死後接受了紫裳對我的愛情，我也許不會有如此多的變化與打擊。小鳳凰對我的來信，使我想到我有急於到內地去看她的必要，我不願意再失去這個我可以依靠與期望的情感。

就在這時候，由於衣情的關係，我們想偷運一批物資到內地去。這種偷運，不用說是要對敵偽賄賂才能夠通過的，我因為要去內地，所以很想做那筆生意，使我到內地後生活可以安定些。我後來知道，當時我的年齡已經不是以前走碼頭的年齡，開始想到了安全與保障。我自然還有許多幻想，我想一到重慶就要向小鳳凰求婚，我要開始過安定的幸福的家庭生活，那麼金錢是多麼重要的因素啊！

為籌備與策劃這筆生意，我們忙碌了好幾個月，我把我可以籌畫的財產都投資進去。這項偷運第一當然是運輸問題，第二是賄賂問題。運輸問題由唐光穀負責，往滬杭路運到錢塘江畔。錢塘江的對岸則已接洽好有人來接收。賄賂問題，則是往杭州到錢塘江的七八個日偽的關卡。這是由衣情去接洽，第一次接洽好了，不知怎麼又變了卦，我們只得改期再行。這樣一拖再拖。於是國際局勢突然緊張起來。

一九四一年十二月八日前夜，隆隆的炮聲把我從夢中驚醒，太平洋戰爭終於爆發了。

我們到第二天早晨才知道炮聲的來源，那是黃浦江上的英艦因拒絕日本人的招降與之衝突而起。

那一天起，整個的局勢起了變化，我們的貨物自然只好暫時停運。但並不放棄這筆偷運的生意，大家主張觀望一些時候再說。

而所謂租界的特殊的孤島情形，這一天起也開始消失，日本軍人於當天就隨著驅逐英美的傳單進駐了租界。

兩天後，日本統治者開始登記封存所有貨倉裡的貨物，我們預備內運兩卡車的物資，自然也在被封存之內了。

我把我所有的財產變成物資，原為去內地之用，如今這些物資被封存，我就只好等有發還或別的辦法公佈時，再作打算。因此暫時我只能耽在上海。

這是一個非常無聊的日子，既沒有事情可做，也沒有什麼可打算，我白天去車行幫忙，傍晚到唐家閒玩，光毅同默蕾教我耍牌的技術，我開始從好奇覺得好玩。晚飯後，我送默蕾到舞場，有時候就玩到很晚才回家。

太平洋戰爭發生後，大概因為時局牽動了衣情的許多商業上的經營，她變成特別繁忙，往往十來天才來看我一次。我始終沒有告訴她我去內地的打算。每見她一次我覺得我應當越早離開她越好，但每次見到小壯子，我就越覺得這孩子應當是我的，我不願意放棄他，這種矛盾的心境使我很苦。

這樣拖了一個多月，封存的物資總算可以提用轉賣了，不過要呈報轉賣的去處。我提議合夥的人大家分拆存貨，各自去處置自己的所有。但衣情覺得等局面稍稍平靜穩定，偷運還是可以進行，主張存放在一起。多數的人覺得衣情的話很對，但也有幾個人同我一樣，想等錢用，所以主張拆夥。最後我們寧願照原價轉讓給願意承受的人。當時許多貨物已經漲價，我們照原價轉讓，自然是自認吃虧的事。因此很容易被合夥的人接受了。

貨物脫手後，我就急謀離開上海。當時許多去內地的人有家眷在上海，所以我很容易陸續把我的錢劃往內地，我把錢交給黃文娟，托她在我需要時交光毅撥給我。

經過了這些安排以後，我於三月底離開了上海。

我沒有告訴衣情，我只是留一封信給她。我托黃文娟在她來看我的時候交她，信中關於小壯子有這樣的話：

「……如果小壯子妨礙你的前途，或者你覺得他討厭，或者你覺得我應當負責任的話，你可以隨時把他交給文娟，我已經托她代我撫養。自然，我也會隨時撥錢給她的。」

除了小壯子外，我對於小江湖、黃文娟、唐光毅與唐默蕾都有所留戀，獨獨對於衣情，我毫無留戀。我自己無從瞭解自己！我難道是一個忘恩負義的人，或者是一個自私自利的人？

不管如何，衣情是把我從日本軍人魔掌中救出來的恩人。

我失去她已經很久，如今輪到她失去我了。

兩個月以後，黃文娟在信中告訴我，衣情在看到所留的那封信時哭得很厲害。她恨我不該不別而行。文娟又說，衣情的哭，無論如何是愛我的，她很受感動，她覺得我太冷酷無情了。

文娟最後說我對朋友個個都好，為什麼對情人竟是這樣的薄情？她又玩笑似的說，她很幸運的只做我的朋友。

關於愛情的一切，那只有愛者與被愛者的感受了。我無從解釋，也無從說明，我只能祈禱與懺悔！

七十五

在我動身前，唐光毅在家裡為我餞行，他介紹我一個旅行社的朋友。當時上海有許多旅行社，專做帶領旅客去內地的生意，但有的較負責可靠，有的較差。唐光毅介紹的朋友姓夏，所以我就托他代我辦理手續。

當時去內地的路徑很多，每個旅行社因其個別的聯繫與沿途的熟稔而定他們自己的路線。我們去的是杭州蕭山的路徑。我們領了一張回紹興的回鄉證，但出了蕭山，我們就從支路到自由區了。

我們搭火車到杭州，在南星橋過江到西興，這條路本來很簡單，可是因為每一個上下都要檢查，所以弄得非常麻煩。在西興有公路車去蕭山，到蕭山已經是晚上，在那裡小旅館宿了一夜，又受了查旅館的盤問，旅行社的人對這樣機構的人都有賄賂，所以對我們還客氣。第二天離開蕭山，則要經過鐵絲網攔著的稽查亭，這裡查得最嚴最緊。離開了那個稽查亭，就到了郊外，那裡駐著所謂「和平救國軍」，同我們談買路錢，大概按人數與行李件數計算。通過了他們，我們才到了一個叫做百樹廟的地方，那裡有十來隻的小船等著我們，我們坐上小船，它就緩緩地帶我們脫離了日本人的世界。

那是一個晴和的春天，兩岸是綠色的田野，遠處是青青的山，近處是清澈的水。一路來我們對於這美麗的大自然竟麻木得一點沒有看到。如今，當旅行社的導伴告訴我們已經進入自由區的支流時，一霎時像是閃光一樣的呈現在我們的眼前。我看到陽光，也看到四周美麗的風景，我還看到了水流中蕩漾的我們一群小船。

於是異口同聲地大家歡呼起來，我們同行二十幾個人，一直緊張地繃著臉，連彼此都不敢互相交談。如今大家忽然有說有笑，隔著船也互相招呼。有幾個青年人更是兩手揮舞，大聲地唱出愛國的歌曲。

這使我想到我當年在荒漠的原野上奔命的日子，曾經在一個不知名的山嶺上看到了一嶺之隔的兩個世界，如今在無形的流水中我又體會到兩個完全不同的世界。我用手拍拍流水，我又掬水拍我自己的臉龐，我貪婪地看遠處的青山與近處的田野以及那田野間樹木與茅舍。我仰首望望天空，天空是碧藍的，僅有一兩瓣白雲在浮蕩。於是我看到飛機，在遙遙的天際。

「飛機！」我說。

「這是日本的飛機。」旅行社的導伴說。

是的，如今已經是到了自由區。天空上將有日本的襲擊了！

船在小港中進去，慢慢地我看到聚在一起的房屋，與許多站在那裡觀望我們的人群。

「到了！白鹿塘到了。」旅行社的導伴說。

白鹿塘是一個小小的鎮集，可是那裡聚集著不同旅行社帶來的旅客，大部分是中學生，他們都是到內地去升學的。連我們一起，大概在五六十人之數。

從白鹿塘到臨浦有八九里的旱路，我們結隊步行，有說有笑。那天天氣很好，正是春光乍醒時節，田野上初有綠意。許多青年們不斷唱著愛國的歌曲，我們的心神也跟著煥發起來。這是我腿創以後第一次長距離的步行，可是我並沒有感到什麼困難，真是使我非常高興了。

我因為怕日本人注意，所以在回鄉證上我用了一個周德原的名字。現在我也就沿用這個名字。

到臨浦天色已晚，我們連夜搭船到曹家涇。從曹家涇到諸暨，說說只有三四里路，但因為要拆毀交通線，公路被挖成了工字形的小路，彎曲盤旋，所以走得很苦。這時候，我們初次看到了敵機在我們的頭上飛翔盤旋，但沒有轟炸。

走到諸暨的時候，我們覺得很累，本來預備下午就去安華，因雇不到船，所以在一家中華旅館住了一晚。我們一路來都沒有睡好，現在到一個比較乾淨的旅館裡，總算有一晚很好的休憩。

第二天，我起來時，看見許多人都已經起來，跑到外面，吃了一點早點，知道大家正等旅行社的夥計去接洽船隻。這時候，我忽然在河邊看到一個十六七歲女孩子在哭，這女孩子是另外一個旅行社的旅客，但因為我們同路很久，所以有點面熟。我就上去問她原因。原來帶他們的旅行社叫作新安旅行社的，說定陪他們到金華，可是今天忽然找不到旅行社的夥計，想來是把他們棄留在這裡，自己回上海了。他們一共有八個同行伴侶，都是中學生。大家已經在上海付清了到金華的旅費，他們身邊帶的只是一些零花的錢，決不夠旅費之用的。我問其他的人怎麼樣，她告訴我，有的想找諸暨的熟人去借錢，有的還想找到那個旅行社的夥計，她沒有什麼熟人，所以不知怎麼好。

我當時勸她不要焦急，我相信一定可以幫他們解決這些問題，萬一沒有法子，我們在同伴中湊點錢，總可以使她到達金華的。就在這時候前面來了他們三四個旅伴，同一個我們同行的姓余的青年。

這個姓余的青年是與我同一個旅行社來的，年紀不過二十五六歲，長得高高瘦瘦，頭髮一直垂在額前，穿一件灰色的敝舊的西裝，手裡經常夾一件雨衣，天氣陰冷的時候，就穿在身上，豎起領子，兩手插在衣袋裡，雨衣袋裡常常塞著一本書，空下的時候就拿出來閱讀。他不時吸著紙煙，對人很客氣，但很沉默，不多說話，我曾經同他交談，只知道他姓余就是。

他們幾個人走近來，余某看見我就說：

「他們旅行社的人，真的不見了。」

「真是豈有此理。」我說，「我的意思我們應當替他們想想辦法才對。」

「我正打算帶他們到縣政府去求一點幫助，你同我一起去麼？」

「自然可以。」我說，「你們還有幾位呢？」

「在旅館裡吧！」那位剛才在哭的女孩子說，「我去找他們。」

這樣，我就同余某帶了八個中學生到了諸暨的縣政府。輾轉交涉，才由一個科長接見。這位科長年紀不大，但是很老練。他說第一縣政府並沒有這筆預算，可以幫助過路的旅客；第二如果縣政府破例作額外的幫助，那麼將來誰都去求幫助，如何得了；第三這幾位中學生被旅行社騙了雖是實情，但也並沒有證據，將來別人冒充來請求，豈非無法辦理；第四，現在每天經過諸暨去內地的旅客不知有多少，像這一類事情很多，他們縣政府怎麼有能力一一照顧。這些話在理論上都很對，可是在人情味上則是很差。我當時很想告辭出來，另外想辦法，可是余某則還在對他請求，最後他問諸暨是否有商會，他求那位科長介紹我們去談談，請他們幫助這幾個迷途的青年。這樣總算得到一個介紹的名片，名片上也算承認這幾個中學生真是被旅行社所棄留的。

商會會長是一個五十幾歲的人，他很客氣地接見我們，但是他說商會並沒有錢，即使有錢，他也無法動用來幫助旅客。不過既然我們來了，他願意個人出五十塊錢，以表示同情的意思，話到了這裡本來已經完了，我心想何妨接受這五十塊錢，再到別處去想辦法。可是那位余某還繼續同他接洽。大概足足又談了一個鐘點，彎彎曲曲的，得到一個很複雜的解決。

原來從諸暨到安華是需要坐船的。余某拒絕了那位商會會長的捐款，但要求撥兩隻大船送我們到安華。這總算得到商會會長的同意。到了外面，余某就要我們的旅行社不再雇船，把大家應付的船費撥給那幾位中學生，以充他們去金華的車費。

從安華到金華，本有直達的火車，但因抗戰的關係，安華到蘇溪一段的鐵路已經拆去，需要到蘇溪才可搭車，這一段路，據旅行社的規定是要給我們坐轎子的，現在余某活動著請大家步行，除了老太太或有孩子的女人以外，把這些錢省下來補貼這八個中學生。

余某同我們旅行社的夥計計畫了好一會，算出這樣省下來的錢足夠為這八個中學生購買蘇溪到金華的車票，才高興地來告訴我。我真是很佩服他做事的能力。

我們於晚上到了安華。安華是一個很小的鎮市，正式的旅館很少，大概為應付戰時的需要，許多家庭都接受旅客。我們十幾個人擠在一間房子，倒也有趣，那晚余某就睡在我的鄰床，所以我們就有了較深切的交談。

我知道了他的名字叫做余子聰。

「你在上海念書麼？」

「我在中學裡教書。」他說，「我沒有讀完大學，因為抗戰了，個人經濟情形有了變化，所以歇了一年。這次到重慶，我想再去升學。」

「你本來在什麼學校念的？」

「我在K大學。」

「K大學？」我說，「那麼你一定認識宋齊堂先生了。」

「認識。」他很親切地笑了笑，又說，「他是我的老師，我就是在英文系念書的。」歇了一會，他望我一眼，忽然說，「你是……是周也壯先生是不？我記起來了，就在宋先生喪事那天我見過你。」

「啊，對不起，我可想不起來了。」我說，「那天人很多。」

「我也想不起來了，」他說，「因為當時也沒有人為我們介紹過。我聽別人告訴我，你就是《盜賊之間》的作者，你知道我看過你許多作品。」

「請指教。」

「哪裡話。」他說，「宋先生常常同我談到你。你知道我在宋先生所編的文藝雜誌社也寫過一些東西。」

「啊！那裡的文章我篇篇都讀過的。佘先生用什麼筆名？」

「我有許多筆名，賀斧山，任學癡，徐見明……都是我。」

「啊！久仰久仰，不瞞你說，您這些文章我都讀過的。」我說著很自然想起了他所寫的聰敏美麗的各種散文，以及他所譯的一些短篇小說與獨幕劇之類。

就由於這個開始，我們馬上就有了很多的話可談。我問他是否同宋逸塵很有來往，他說只是認識，沒有太多來往，我自然也不談下去。但不知怎麼，他忽然提起了逸塵去內地的事情。他說：

「聽說他早就去了內地，你有他消息麼？」

「沒有，大概在桂林吧！我想。」我不願提到紫裳，但希望佘子聰可以告訴我更多的消息。

「你知道他有件傷心的事情麼？」

「什麼？」

「他在美國的情人，同我們一個同學結婚了。」

「你們的同學？」

「比我早兩班的同學。他去美國時，宋逸塵介紹他去看逸塵的未婚妻。那時候還沒有抗戰，逸塵的未婚妻本來說就快回來。後來戰爭爆發了，她不打算回來，不知怎麼，就同我們那位同學好起來了。」

「這事情我倒不知道。」我說，「是什麼時候的事情啊？」

「是宋老先生過世以後的事情吧。」他說，「我也是聽人講的。」

「這也難怪，兩個人不在一起，又在戰時，自然無法守候的，而且女的不想回國，逸塵又不去美國，那有什麼辦法？」

「可不是？」他說，「可是這只是我們旁觀者的看法。逸塵大概很受點刺激，所以就很快去內地了。」

不知怎麼，這時候我竟忍不住說了出來，我說：

「聽說他現在很好，他同電影明星紫裳結婚了。」

「真的？」他說。

一時之間，我心裡浮起一種奇怪的傷感，我鼻子一陣苦酸，我不想再談下去，我說：

「啊，不早啦。我們睡吧，明天還要趕路。」

我轉一個身，把頭埋在臂上，就假裝入睡了。

七十六

第二天，我們從安華走到蘇溪，我與余子聰一直同那群中學生在一起。如今我知道他們到金華是進東南聯合大學的。他們使我想到我初到上海讀書的日子。不知怎麼，余子聰告訴了他們我是《盜賊之間》與《靜夜的炮聲》等書的作者，他們一時都驚訝起來。我特別感動的是他們幾乎每個人都讀過我這些小說。他們於是對我發出許多可愛而精闢的問題，他們直率說出他們的喜愛與不喜愛，有許多細節竟是我自己都想不起來的，有許多意見則實在非常寶貴。自從我寫作以來，這是我第一次遇到讀者，而我聽到了真正值得我不忘的意見。

因為路上有說有笑，所以倒忘了疲乏，我們從清晨走到中午，才到了蘇溪。在蘇溪鎮上吃了中飯，又走了三四里路才到車站。當時車子很少，又要避免敵人轟炸，所以可能隨到隨開，因此我們只好在車站等。

我們一直等到晚上十點鐘才看到漆黑的火車開來，車少人多，很吃力才擠上去。旅行社的導伴這時候就同我們道別。他們已經完成了他們的任務了。

那時候因為缺乏煤塊，火車都是用木炭駛行，所以非常緩慢，停停開開，我們到天亮才到金華。

金華那時是東南的一個重鎮，非常熱鬧。

我們一行二十幾個人，各有目的與打算，所以就大家道別了。余子聰與我因為要同路去鷹潭，所以打算住在一個旅館，可是當時旅館很擠，我們找了一上午才勉強找到一間房子，因此我們就住在一起。那幾位中學生很感激我們的幫忙，他們等我尋到了旅館才同我們告別，他們預備先到教育部學生撤退招待所去報到。

我們在金華住了三天，天天都要逃警報，金華並沒有防空洞，逃警報就是到郊外疏散，郊外有許多桑園桃林，另外還有許多茅篷的茶館，每次逃警報我們總同那幾位中學生碰見。一直到我們離開金華後才不知他們下落。

從金華到鷹潭的火車很擠，我們於四天後才買到票子。聽說那段火車已經被炸多次，所以一有警報，車子就要停下來，旅客必須下車，散在遠處，等警報解除了再上車。我們的車在夜裡駛行，到第二天我們為逃警報，上車下車好幾次，但僥倖並未遇轟炸。一路上我們看到了精神飽滿的兵士，每個車站都看到軍車的調動，我們對於這些軍容感到說不出的興奮，好像自己也參加在裡面一樣。車子本來夜裡十一點可到鷹潭，但一直延到午夜後兩時才到。

鷹潭是一個小地方，但現在是火車的終點，也是公路的始點，所以人非常擁擠。旅館根本沒有空隙，我們在民房中找到了蔭庇，但沒有鋪位，主人把竹製的桌子拼在一起，讓我們暫時先過一宵。

從鷹潭前行，除公路外，可以從鄧家埠搭船走水路。當時公路車登記的已經有兩三千人，絕不是短期內可以補上的。所以只有貨車可搭，但是貨車不一定每天都有，而每輛貨車能搭的客人極有限，先來的人也早已定妥，因此根本就沒有希望。當時我忽然想到唐光毅介紹我的一個司機，他叫史山。他的地址是鷹潭中茶公司朱海澄司機轉。因此第二天早晨我就拿著介紹名片到中茶公司，就便問問。

朱海澄司機居然剛好在鷹潭，我很容易就找到他。但問到史山，他說在衡陽，他就詳細寫了一個地址給我。我順便就請朱海澄幫忙車位，他說下午就有一輛車子開，可是已經搭滿了客人，一定要塞一個也許可以，但只能一個。明後天或者還可以有車子，但最好我們兩個人可以分開走，因為同時搭兩個人往往很困難。他告訴我，說他們每輛貨車開行，總是已經搭足了黃魚，而臨時一定有軍警稽查處機構塞上人來。所以要臨時看情形才能知道。

當時我叫余子聽先走，就請朱司機在下午貨車裡為他安排位子。我們一同出來，很早就去吃中飯。余子聽預備儘快地去重慶，我叫他到重慶後寫信給我，我告訴他桂林韓濤壽的地址。吃了中飯，我送他去搭車。

那車子早已裝滿貨物。前面司機旁邊，坐了一個女人同一個小孩，後面只有很小空隙，可是竟站了八個人。余子聽擠在車板上，兩手拉著鐵環，向我道別。他的頭髮垂在額前，嘴角浮著笑容，大聲地說：

「重慶見。」

一陣塵土在車後飛揚起來，我仍聽到余子聽的聲音：

「重慶見！」

余子聰走後，我頓覺得我是非常的孤獨，四周來往的人群，與我好像都沒有關係，但又都像同我一樣的是異鄉的旅客。我順著馬路閒步，忽然想到我應當寫幾封信去上海與重慶。我回到我所住的民房，主人已經為我在一間過堂的小房中搭了一個竹榻，我就搬一個板桌在竹榻旁開始寫信。

我在金華時曾經寫過信給黃文娟與小江湖，也寫過信給唐光毅與默蕾，自然也寫了給小鳳凰。現在我也是寫了這樣三封信。小鳳凰一封信特別長，我計算著我可以到桂林的日子，我希望到了桂林後可以設法搭飛機到重慶。

寫好信已是黃昏，我拿出去寄發，順便我想去看看朱海澄，問他明天是不是有車子可想想辦法。

朱司機正在中茶公司的停車場上修汽車，旁邊也有幾位司機，一起閒談，其中有一位正在看一份報紙。我與朱司機談了一會，他叫我明天一早再去找他。明天早晨有車子走，但不知是否能安插一個人。當時我就走到一位坐在車邊看報的司機旁借報紙看，我在金華看過報紙後，只在過路的新聞板上看過一些粗略的報導，所以很想知道一點戰事的情況。那位司機當時把他手上的一張報紙遞給我。

這真是一件很出人意料的事情。

在我眼前的第一個消息竟是：

「漢奸潘宗岳被刺

——惡貫滿盈，難免一死——」

消息非常簡短，只說他在外灘下汽車時被人暗殺，兇手開了三槍，即棄槍潛逃。潘宗岳當時被送到醫院，但沒有等到醫生到來就已經棄世。

我很擔憂汽車裡可能有衣情與小壯子，但是新聞上沒有提及。

我很想多找幾份報紙，看是否有更詳盡的記載。我當時離開車場，但到處都找不到報紙，最後到一家旅館裡，才看到一份貼在木牌上的《東南日報》，裡面也刊有同樣的消息，但也同樣的簡短。我失望地出來，很想寫封信給衣情，我一時竟有許多話想同她說。我匆匆地回到住所，取出信紙，但到了一動筆，又覺得什麼話都是多餘的了。我寫寫撕撕不知有多少次，最後還是放棄了。我只是寫了一封信給黃文娟。我要她去看看衣情，究竟情形怎麼樣了。倘若有需要，我希望黃文娟可以代我收養小壯子。信怕檢查，所以寫得很含糊，沒有提到潘宗岳的被刺等等，我只請她於收到信後儘快地給我一封回信。

寄了信，我一直想著衣情同小壯子，我不知道舵伯看到潘宗岳被殺有什麼感想。我心裡有一種奇怪的感觸，我沒有惋惜一個漢奸的被殺，我所想到的是他與衣情無限熱鬧與奢侈的婚禮，現在一轉眼已經家破人亡了。我不認識潘宗岳，但我想得到，他的貪婪好色、荒淫無恥實際上是憎恨自己的一種掩飾。他雖是沒有看重衣情，但他更沒有看重自己。

我不知道潘宗岳的死對於衣情有什麼影響。我希望她對於現世的富貴虛榮至少可以看穿一點了吧。

七十七

第二天車子太擠，我於第三天才得上車。以後我在公路上顛簸了足足兩星期。每天一早上車，夜裡投宿在小鎮小市，有時候因車子需修理，往往多耽擱一天半天。這段長長的路途，我碰到無數的士兵與官佐，鄉居的人民與來往的旅客。我覺得這與我在金華以前所接觸的人們很不相同。好像越到內地精神越差，抗戰的氣氛也越淡。軍隊的素質也越萎頹。

我們的車橫貫了江西省，從界化隴進入湖南。日行夜宿，到衡陽已是四月初了。

衡陽是一座較大的城市，我在旅店中安頓以後，就到街上閒逛了一陣。於是順著朱司機所寫給我的地址，我去找史山。

史山住在一所古舊的老式的房子裡，問進去後，出來一個穿灰布中山裝的人。我說：

「你是史山先生嗎？」

他點點頭。我把我的名片與唐光毅的介紹信給他，我說：

「我是從上海來的。」

「啊，好極啦！請裡面坐，裡面坐。」

我跟他到裡面，走進一間佈置得整潔光亮的房間，他敬了我一支英國煙，說：

「請坐，請坐。」

這樣我們談了許久，他告訴我他於前天剛剛從桂林回來，他的家在桂林，這裡是朋友家裡，他租了兩個房間，來時可以住住。他問我上海的情形與唐光毅的近況。他說他以前跟唐光毅很久，唐光毅等於是他的老師，問我有什麼需要儘管同他說，他能力所及都願意幫我忙。我說我打算去桂林，希望可以搭飛機去重慶。如果搭不到飛機，要走公路，我再去請他設法。他說一切沒有問題，他馬上給我一張名片，並且告訴我名片上就有他桂林地址。

史山大概有三十幾歲，很健康，面盤是長方形的，眼睛很有神，但髮腳很低，前額很淺，而且已經有了皺紋。所以看起來並不年輕。

談了一會，我起身告辭。他問我住在什麼旅館，我告訴了他，他又問我晚上有沒有空。我說：

「沒有事，我這裡一個人也不認識。」

「那麼，我六點半來拜訪你，我們一起吃飯。」

「你不要客氣。」

「很隨便的，還有別的朋友。」他說。

「那麼我先謝謝你了。」

他送我到門口，為我雇了洋車，又說：

「六點半見。」

天下的事情就是這樣不容易瞭解。如果史山還在桂林，我碰不見他，那麼我以後的命運也就會完全不同了。如果我早兩天離開鷹潭，或者說余子聰的車位讓我先搭，那麼我到衡陽時也就會找不到史山。我的命運也就會完全不同。不用說，如果唐光毅不同我介紹史山，或者介紹了我不去找他，或者我當初根本不認識唐默蕾……總之，在千頭萬緒的機遇中，只要少一個線索我就會不去參加那天的宴會的。而如今偏偏天造地設、一步不差地這樣安排著。

史山於六時半準時到了我的旅館。我們坐了洋車到了一所半中半西的樓房前面。下了車，他帶我上樓。有一個青年來開門。裡面是一個很大的客廳，放著很新式的家具。當中放著一桌圓臺，鋪著檯布，已經放好了杯筷。最使我驚奇的是一個酒櫃上的各種洋酒，因為當時在內地這是很難見到的東西。牆上也掛了一些風景畫，可是非常蠢俗，一個女傭人端上了茶，史山問：

「他們都來了？」

「在裡面。」

史山端著茶杯，就帶我繞過圓臺，到一個掛著藍色門簾的門前。他掀起門簾，敲敲門。門開了。

裡面原來是一桌賭台，有六個人在打「沙哈」。

「史山！」裡面有人叫他。

「我帶來一個上海來的朋友。」史山說著就為我一一介紹了一下，我只是點點頭，實際上我是無法記清這許多人的名字的。

「你打嗎？」史山問我。

「我不很會。」我客氣地說，「你不要同我客氣。我看看好了。你去打。」

「都是自己朋友，你不要客氣，要什麼叫傭人拿。」史山說著，一面就參加了賭局。

我在上海時，常常聽到內地司機們的豪奢。現在有眼福看到覺得很有趣味。但是從他們賭注看來，倒並不像傳說一樣大。我是曾經在賭場混過的人，也曾在唐光穀父女地方學會一些賭經，所以在旁邊看也很好玩，不過我是過路旅客，身邊也沒有錢，所以並不想參加賭博。

我曾經在各種的社會流落。我在窮人群中生活過，在富人群中也生活過。可是這一群在賭博的朋友則完全是另外一種氣氛。他們像是一群很親密的朋友，談話的材料，不是生意，就是女人，而各人的在生意上與在女人上的發展雖都是卑劣醜惡的行徑，但是他們竟毫不以為恥地互相吹捧開玩笑。如怎麼樣乘人之危敲詐別人，怎麼樣花錢玩弄無依的少女，在他們談來好像都是光榮的業績。接著他們談看到的聽到的士兵們的苦況，軍官們的腐敗，他們談及到處貪污舞弊的情形以及他們用銀彈通神的辦法。他們認為沒有一件事是辦不到的，只要用錢，他們所看到的社會就是弱肉強食，不擇手段地刮錢與享受，沒有公理與公道，也不必爭是非評好壞，誰有機會誰就應該發財致富。發財致富後，什麼都可以買到，什麼都沒有稀奇。

我從淪陷區進來，在邊境上聽到的都是抗戰第一的口號，見到的士兵都是素質優良，精神飽滿的；青年學生與老百姓，也都有敵愾同仇，不辭勞悴貧窮，隨時準備為國犧牲的精神。可是越深入內地，情形與氣氛越壞，聽到的看到的都是黑暗與醜惡。現在則覺得整個社會的人們像都在渾水裡摸魚，戰爭不過是天賜渾水的機會，而摸到魚的才算是英雄。

我在賭桌邊站了好一會，在旁邊沙發上坐下，這時我看到右首茶几下的一些報紙與雜誌，我就順手拿出來翻閱。

忽然，我翻到了一本叫做《文采半月刊》，裡面有一篇從桂林到重慶的文章，署名大夏。我不知道這是否是我所認識的大夏。我從頭仔細地讀下去，心裡感到說不出的難過。他報導一路上所見所聞真是駭人聽聞。如壯丁們像囚犯一樣被繩子串系著，衣不掩體食不果腹地被軍官虐待，他記載駐在一個廟裡的一百多個新兵，個個都是面黃肌瘦，遍體瘡毒，精神萎頓的動物。他揭發抽壯丁的黑暗與老百姓的怨恨。他在貴州還看到了特權階級豪奢浪費的生活，以及官吏們在小鄉小鎮作威作福的情形。他看到駐在一個小縣裡的連長大鑼大鼓娶第三個姨太太，而許多老百姓為生活要出賣他們的女兒。最後他說到重慶的情形，豪門貴官的奢侈，官場裡是諂媚無恥的風氣以及統特系統之跋扈。

我讀完了，心裡像受到奇怪的打擊，半晌不知道動用思想。

於是，我忽然想到這位署名大夏的作者是不是我所認識的大夏呢？假如真是他的話，他的進步真是可驚了。因為無論從文字，從觀察分析與判斷能力上看，這篇報導都是非常成熟的作品。

這時候，外面有人報告開飯了，賭博暫時結束。史山邀我到了外面。大家一時都談著賭經，有人過去到酒櫃邊倒酒，問我要一杯什麼。我婉謝了，但史山一定要給我一點威士卡。

「她們怎麼還不來？」有人忽然問。

「去叫過了沒有？」

「前天約好的，不是麼？」

「就來啦，我們先坐吧。」

大家說我是遠客，要讓我上座。

我們坐定不久，門鈴就響了。

這時候進來了六個女孩子，嘻嘻哈哈地一面叫著一面向我們撲來。這邊男人們也站起來讓座，接著就向我一一介紹，她們毫不在意地點點頭，我也記不清她們的姓氏。

在她們紛紛坐下之時，史山拉了一個年紀很輕，瘦瘦小小，面目很清秀的女孩坐在我的旁邊，他說：

「今天你陪陪我們的遠客，她叫袁莊靜，以前是個中學生呢！」

我招呼袁莊靜坐下以後，她問我是不是從上海來，幾時動身一類的話，接著又為我夾菜。

史山為我們倒了黃酒，袁莊靜就先敬我一杯。

我發覺這些女孩子同她們這群司機都很熟，侍酒夾菜，打情罵俏地哄鬧著。

冷盤下去後，熱菜陸續上來。我開始向大家敬酒致謝。

忽然，我發現坐在我斜對面一個胖胖的司機旁邊的那位女孩子，竟一直在注視我。可是當我看她的時候，她又突然避開了視線，同胖司機去打情罵俏了。

我敬了那位胖司機的酒，我說：

「對不起，我沒有記清楚貴姓，借敬借敬。」

「他姓鍾，我們都叫他鍾胖子。」史山說。

敬了酒，我又注意到他旁邊的女孩子在注視我了。

這是一個大概有二十幾歲的女孩子，高高瘦瘦的，面目很挺秀，雖然搽著脂粉，仍掩不去她皮膚的枯黃，她的眼睛大大的，但沒有神，她目瞪口呆地凝視著我，但當我一看她，她側一側臉笑了一下，就看到她的旁邊的男人身上去了。

我忽然想到我是認識她的，但我想不出究竟在什麼地方見過她。

她穿一件有點變色的花綢旗袍，外面套一件紅色的毛線衣，項間還圍著一條花綢的圍巾。

也許她也發現我在注意她了，她突然站了起來，脫去了紅毛線衣，把圍巾拿下來，整理一下，重新圍在脖子上，一面又坐了下來。

這時候，我真吃驚了。

天下可能有相同的圍巾，但是天下絕沒有相同的人。

我極力壓抑自己的情感，我非常鎮定地舉起杯子對那個女孩子說：

「這位小姐，我可以敬你一杯酒麼？」

她先還裝作不知道，可是那位胖司機提醒了她。她無法躲避，只得舉起了杯子，但是她眼睛低垂著，像是看著杯子般的不敢望我，於是我舉著杯子說：

「你是阿清，是不？」

她不響。

「你應該認識我的，你的父親是周泰成，是不？」我又說。

阿清一聲不響，突然，她拋掉了手上的酒杯，伏在桌邊慟哭起來了。

全座一時都驚愕了，大家都看著我們。我於是同史山說：

「我可以帶她到裡面談幾句話麼？」

「你去，你去。」史山說。

我從座位裡走出來，拉著阿清，她一面啜泣著一面跟著我。我們走進了原先他們打牌的房間。

我關上門。

阿清忽然倒在小沙發上大哭起來。

「阿清，怎麼一回事，你怎麼到這裡來了？」

她一直在哭。

「不要哭了，同我談談。」我一面拉她，一面給她一塊手帕。

她用手帕揩著眼淚，仍是嗚咽著。

「你父親呢？」

「死了。」她又忍不住哭起來。

「你母親呢？」

「死了。」她一直在哭。

我知道這樣談話是沒有結果的。我問她：

「你住在什麼地方？遠麼？」

「不遠。」

「你一個人住？」

「我們四五個人住在一起。」

「吃完飯你可以到我那裡去麼？」

她點點頭。

「不要哭了，他們等著我們。回頭吃完飯你跟我走，我們再談。」

「你出去吧，我不想吃飯。」她一面揩著眼睛，一面說。

「吃飯還是要吃的。」

「讓我在這裡耽一會吧，你去，你去。」她揩著淚眼說，「省得他們等著你。」

七十八

我不知道，假如不是由於我當初送阿清的花綢圍巾，我們是否也能彼此相認。

我們雙方都變得太多。阿清由一個純潔簡樸的少女變成一個妓女，我則由一個土匪變成了一個作家。阿清燙了頭髮，搽了脂粉，我也由光頭養成偏分。阿清換上了都市的衣服，我也穿上了西裝。要是我們的裝束完全同以前一樣，我們的面貌也許還不是這樣難認的。

如今阿清告訴我她一家的遭遇了。

原來我走後的第二年，周泰成的眼睛完全瞎了，他無法耕種，雇了一個長工。

我寄給他們的錢，周泰成也都買了田地，因為這是他唯一懂得的儲錢方法，也是唯一懂得的花錢方法。

抗戰軍興，沒有多久，周泰成被當作地主，在清算鬥爭中死去。阿清的哥哥後來忽然出現，可他是一個小嘍囉，所以並沒有能力救他的父親，但有足夠的經驗關照阿清同他母親逃生。

阿清同她母親原計劃到四川去依靠她們久疏的姨母，可是到了那面，竟發現姨母已經外遷。她母親忽然病倒，當時他們的旅費已經用盡。阿清為醫治她母親的病，她想找工做，但是哪裡都沒有工給她，倒是有一個女人勸她賣淫，那個女人答應她在她聽來可以馬上醫治她母親的病的一筆錢，她就聽從了那個女人。

阿清拿了賣淫的錢打發了許多房飯的債務，她為她母親請醫吃藥。她母親自然很奇怪阿清忽然有這許多錢，阿清只是支吾撒謊，可是有人把阿清賣淫的事情告訴了她母親。她母親就打了阿清兩個耳光，罵了她一頓，氣憤填膺，痛哭不已，晚上就死了。

阿清於母親死後，為葬她的母親，只得又去賣淫。

幾個月以後，有一個司機喜歡她，就把她帶到湖南鄉下，安頓在他的家鄉。那位司機一二個月回家一次，倒也安定，可是後來忽然有半年多沒有他的消息，她吃盡當光，沒有辦法，四出打聽，有人說他還有一個家在衡陽，阿清就拼檔到了衡陽。各處打聽，才知道他已於很久前翻車死了。

阿清於是再度淪為娼妓，一直到現在。

阿清的身世是當時很普通的一種遭遇，阿清也並沒有特殊的勇敢或堅貞，但不知怎麼，它竟是這樣奇怪地感動了我，使我覺得這一切的不幸都是由我而起的。

我後來想到阿清之所以引起我憐惜與愛，完全是她見了我以後的樸質、坦白與忠實，她把這一切經過告訴我，真像告訴她自己的母親一樣，她沒有掩飾，也沒有做作。

一個做了多年娼妓的阿清，在見了我的一瞬間，又變成了一個質樸簡單的鄉村姑娘，就這一點，已經夠使我感動了。

「阿清，你是不是也曾想到過我？」

「是的，有時候。」

「那麼，剛才你看見我，一直盯著我是不是有點認識我？或者想起我呢？」

「沒有，沒有，我沒有想到你，我想到的是我哥哥。你記得當初我們都認為你有點像我的哥哥嗎？的確，你的臉形眼睛嘴巴都很像我哥哥。」

「那麼你的那條圍巾呢？」我說，「你是不是有意脫去那絨線衣要我看看那條圍巾呢？」

「我沒有，我沒有，我被你注視得很不安，借此想避你的眼光就是。」阿清說，「我保留那條圍巾，倒是因為這是你，是我第一個情郎送給我的。可是帶在身邊久了，我也並不因為這圍巾而想到你了。」

「阿清，你知道當初我真是很喜歡你的。」

「我也是。」

「現在呢？」我問。

「現在我沒有資格說這句話了。」阿清低聲地說著，眼淚又流下來了。

這是夜。

油燈早已熄了，月光從窗外映入，已經從地上移到我們臉上了。

在小旅舍的斗室中，我和衣靠在床上，阿清靠在我的身上，我們低訴了一晚，如今真是疲倦了。

「阿清……」我說。

「不要碰我，我想我是有病的。」她說，「我對不起你。」

「是我對不起你，對不起你父母，你們是我救命的恩人。」
「為什麼你後來不回來呢？」
「是我不好。」
「現在什麼都完了。」
「阿清，讓我們重新開始。」我推開她身子說，「聽我說，今天我們去桂林。那面有醫院，你先去看病。等你病好了，我們結婚，我再不離開你了。」
「我配不上你，我是……完了。」她又啜泣起來了。
「一個人只有碰到死時才是算完了。」我說，「否則每天每時每刻都是生命的開始。過去的都過去了，過去的都算死了，現在讓我們開始吧。」
阿清沒有話說，只是流淚。我拉著她潮冷的手，使我想到當年為我端早餐凍紅了的手了。我輕吻著她的手指，不知道說什麼好。
窗外的白光濃了起來，天已經亮了，我說：
「天亮了。回頭我們到你那裡先去理東西，再去買票。我們就去桂林好麼？」
阿清還是不響。
「你記得你給我的木梳麼？我帶在這裡。」為調劑她沉悶的態度，我就起身拿我的行李。我劃了洋火，點起油燈，打開行篋。
阿清的梳子一直在我身旁，但是同她梳子在一起的，則一直是那束長長的頭髮，那束紫裳的頭髮。

我為了紫裳，捨棄了阿清。

如今紫裳捨棄了我，我也重新碰到阿清。天下還有比這公平的事麼？

我把那木梳給阿清，阿清把玩了很久，她忽然說：

「這是奶奶的，她的嫁妝。」

我又拿出了那束紫裳的頭髮，我說：

「這裡還有一束頭髮。我要帶到桂林去還一個人的。」

阿清接過那束頭髮，散開來，看了看說：

「她一定是一個很漂亮的女人。」

「是的。」我說著把那束頭髮收了起來。

阿清沒有再說什麼，她一直把玩著她給我的木梳。忽然說：

「你真的願意我跟你去桂林麼？」

「為什麼還要問呢？」

「我在想，」她低著頭低聲地說，「如果你在第一次碰見我的時候就把我帶走，這是多麼好啊？」

「也許更不幸也難說，」我說，「以前種種譬如昨日的事，過去就過去了，我們應當一直想未來，未來不是更值得我們想嗎？」

「好的，你要怎麼樣就怎麼樣，但千萬不要使我牽累你，這些年來，我什麼都經歷過了。你嫌我討厭時，隨時隨地不要管我就是了。」

「阿清，你說這話我覺得我過去是多麼對不起你了。」

這時候，門外忽然有人敲門，我才發現天已經亮了。

「誰呀？」我問著，吹滅了油燈。

「我。」原來是史山的聲音。

我開了門。史山說：

「剛起來？」

「我沒有睡過。」我說，「您早。」

「你今天去桂林麼？」

「是的，聽說車票不容易買，是不？」

「我可以托人給你買去。」

「真的，那就謝謝你了，但是我要兩張，她也同我一起去。」我說。

「現在我們一起去吃早點吧。」史山說。

「也好。」我說。

我們一起出門時，史山忽然私下問我說：

「她到底是你什麼人呀？」

「不瞞你說，是我的未婚妻。」

「咄！」史山笑一聲，以為我開玩笑，但也不再問下去了。

七十九

車窗外是神奇的山景，我們於第二天早晨到達了桂林。

我把阿清與行李安頓在一家旅館後，去找韓濤壽。

韓濤壽住在一所老式的木房子的樓上，那房子像一個公寓，一個年輕的夥計，告訴我韓先生住在四號房間。

我從過廊走過去，就看到韓濤壽用圖釘釘在門上的名片。

我在名片上敲了幾聲。

「誰呀？」韓濤壽睡夢中迷糊地問。

「野壯子。」我說。

「誰？」

「我。」

門打開了，韓濤壽望望我，就拍著我的肩胛叫了起來：

「你什麼時候來的？怎麼先不通知我？」

「已經來了，還通知什麼。」

韓濤壽穿著睡衣，我看他胖了許多。我說：

「你好？你氣色看起來比以前好多了。」

「戒了那玩意兒，我重了三十磅。」他拿出紙煙，敬我一支，說：

「雙喜，這是這裡最好的。」

「我進來時，帶了兩百支煙。吸完了，我也想戒煙了。」

「你真的戒香煙了？」

「我想戒，可是見了你我就不想戒了。」我說著接過他的紙煙，吸上一支。

「你的行李呢？」

「我住在通和旅館。」

「為什麼，暫時搬到我這裡來吧。」他說，「這裡可以加一張床。」

「你怎麼知道我只一個人。」

「怎麼，你還有朋友？」

「未婚妻。」

「怎麼！衣情同你一起來的？」

「你怎麼想到衣情？」

「我看報上說，潘宗岳被暗殺了。」

「你難道以為他是我暗殺的？」我說，「我那時候已經到了鷹潭了。」

「你這傢伙，把誰帶來了？」

「慢慢告訴你，你先告訴我紫裳與宋逸塵怎麼樣？」我說，「後來你怎麼也不寫信給我？」

「我寫過一封信的……啊，我記不起來啦。寫信路上要走這麼久，而且常常遺失，所以懶得動筆了。」

「他們怎麼樣了？」

「他們一直沒有給你信？」

「沒有。」

「他們到昆明去了。宋逸塵到西南聯大去教書。你不知道麼？」

「我不知道。」我說，「這樣也好，省得見面彼此……」

「你又有了未婚妻。」他說，「誰呀？」

「慢慢告訴你。」我說，「你先告訴我這裡的朋友們。大夏、大冬怎麼樣？」

「啊，他們到延安去了，聽說在魯藝學院。」

「那麼他們的父親呢？老耿？」

「老耿死了。」

「死了？」

「陸夢標呢？」

「他們去重慶，你看，這也只好說是命運，他們一起去重慶，在貴陽過去，翻了車。死了十幾個人，老耿就在裡面。可是陸夢標只受了輕傷，被送到貴陽的醫院裡，現在聽說早好了。」

「真是！老耿這個人，好像一輩子都沒有享過福。」我說著，心裡浮起說不出的傷感。我忽然想到如果當初我不告訴他關於他的兒子的下落，不幫助他到上海，也許他不會有這樣下場。如果他一直在旅館中做一個茶房，也許倒可以平平靜靜過一輩子。找到已經得意了的兒子，換上綢袍緞褂，舒舒服服做老太爺，反而起了這許多波折，這不是誰也想不到的事情嗎？

「老耿的個性就是悲劇的個性。」

「也許，他同失意人做朋友，往往很好；同得意的人來往，就會弄不好了。」我說，「大夏、大冬知道他們父親死嗎？」

「知道。他們那時候還在這裡。老耿要去重慶，大夏、大冬勸他不要去，他一定要去。大夏他們就送他一點錢，讓他去了。誰知出了這樣的事情！事後，大夏、大冬還趕去貴陽為他們父親料理後事的。」

這時，一個夥計拿了開水進來，又為韓濤壽倒上一臉盆水。

「讓我洗洗臉，換了衣服，同你一起出去走走。」

「你們常逃警報麼？」

「這兩天好一點，前些日子差不多天天逃。但是市區倒還沒有被轟炸過。」

韓濤壽換衣服的時候，我才注意他的房中的什物。那間房子開間不小，光線很亮。除了一張床以外，有兩個書架，一個衣櫃，一個書桌，一個方台，一個臉盆架子。

書架上有不少中國書，裡面大都是本草綱目等的中醫用書。書桌上很亂，書稿、煙灰缸、茶壺、報紙、筆墨……等，幾乎沒有一點空隙，牆上還掛著胡琴、月琴、簫、笛之類的，我順手拿了一本書，看看又是一本中國的醫書，我就問：

「怎麼你在研究中醫？」

「我本來就會的。現在我正式行醫了。」

「行醫？」我說，「那麼你在哪裡診病呀。」

「在一個中藥鋪，每天五點到七點半。」

「為什麼這麼晚？」

「白天警報太多，不方便。」

「你真是多才多藝。」

「我父親是一個中醫，你知道。我從小就學中醫，可是後來我幹了別的，就放棄了。現在內地西藥貴而少，中醫正需要。我想這比寫文章好，也比拉胡琴好，所以就掛牌了。」

「怎麼樣？生意好麼？」

「一天大概有二三十號。」

「那麼很發財了。」

「發財哪裡談得到。」他說，「開始的時候我只為熟識的朋友開開方子，慢慢知道的人多了，才正式掛起牌子，現在倒慢慢做開了。有時候也常有出診。」

「這倒不錯。我拜你師父，怎麼樣？」我說，但是韓濤壽不理會我，他說：

「我住這裡，就因為這裡有電話，可以接出診的生意。」

「你真有本事。」

這時韓濤壽已經換好了衣服，他拿了一個舊報袋，就同我一起出來。韓濤壽忽然問我：

「你真的不是一個人？」

「真的。」

「為什麼你不帶她一同來看我？」

「我想先同你單獨地談談。」我說，「你知道她是誰麼？她就是阿清。」

「阿清？」

「啊，你忘了，我記得我曾經告訴過你的。」我說。

韓濤壽帶我到一家咖啡館，我們坐了足足一個鐘頭，我把我會見阿清的經過詳細地告訴了韓濤壽。韓濤壽很同情地說：

「你真的想娶她？」

「為什麼不？」我說，「我是她第一情郎呢。」

「野壯子，你真是想成家麼？」

「我現在第一步想送她到醫院去住幾天，她先需要一個全身檢查才好。你可以介紹一家醫院麼？」

「當然是省立醫院，我還認識一位醫生，隨時可以去。」

就在這時候，警報突然來了。我與韓濤壽匆匆離開咖啡座，趕到通和旅館，接阿清一同出來，走向郊外。

桂林的山景是神奇的，那天天氣很好，只是有點燥熱。

阿清已經沐浴梳洗，換了一件很素淨的衣服，她雖然薄施脂粉，但掩不去她的黃暗的臉色，她的眼睛很大，但沒有神。在太陽下，她額角浮出了汗珠，不時用手帕按抹著。

我們並沒有跑得太遠，就在一個小丘旁坐了一會。韓濤壽忽然說：

「你打算在桂林耽下來麼？」

「我還沒有想到這些。」我說，「但無論如何，我要先去重慶看看。」

「你可以把你的幾本著作在這裡重版，多寫些東西。」

「你說我可以靠寫作為生嗎？」

「也許可以，但是你要成家，那就……」

「這裡的出版界情形怎麼樣？」

「這裡先來的幾家書店聽說都發了財，他們把以前上海出版能銷的書都翻印了。有一家書店，也偷印了你的《盜賊之間》。後來我認識了他們老闆，同他提起，他說等你來了給你版稅。他認為偷印工作倒是為作者保留讀者的印象呢。」
「這大概也正是『盜賊之間』的另外一種行業。」我笑著說。
「可是現在有資格出書的都是那些靠偷版起家的幾家書店。」韓濤壽說，「許多作家都要靠他們生活。」
「你的那些劍俠小說呢？」
「還在賣，不過銷得不多。」他說，「好在我現在做了中醫，比做作家可好得多了。」
「但是你勸我做作家。」
「你已經是作家了。難道是我勸你做的？你做『盜』不成，做『賊』又不成，又不能『盜賊之間』。你就只好做作家了。」他笑著說，「宋逸塵一直說你有天才，你的寫作當然不是為錢。藝術天才吃苦是應該的。」
在我們隨便瞎談的時候，阿清一直坐在我的身旁，沉默地凝視著天空。這時候我偶爾握到她手，我發現她手掌很熱，我說：
「阿清，你不舒服嗎？像有點發燒。」
韓濤壽當時就為阿清按脈。我問他，他說：
「是有點燒。恐怕肺部不太好。我想反正下午到醫院去，如果可以找到病床，先去住三四天，一面養養身體，一面做一次全身檢查。我想這是最好的辦法。」

八十

韓濤壽帶我們看省立醫院的孫大夫，孫大夫很誠懇地為阿清在二等病房裡安排一個床位。阿清於下午就搬了進去，預備第二天做一個全身檢查。

阿清進醫院後，韓濤壽告訴我根據中醫的診斷來說，阿清很虛弱，看來是有肺病的。我說我要她檢查身體，主要的是她的性病。韓濤壽說阿清很需要幾個月的療養，我應當讓她身體好一點後再說。

從韓濤壽的態度中，我發現他對於我與阿清的結合，很不熱心，我笑著說：

「你好像不贊成我娶她似的。」

「你想到你娶這樣的一個女人，會幸福麼？」

「為什麼想到我幸福，」我笑著說，「你怎麼不說她嫁給我這樣一個男人是否會幸福？」

「好一個多情種子。」韓濤壽露著諷刺的笑容說，「如果你不幸福，她怎麼會幸福？」

「但是，我總覺得我欠她太多了。」

「可是結婚，還是應當真有愛情才對，如果你不愛她，娶她也不一定就是幫她。」韓濤壽說，「而且你知道她是真的愛你嗎？還是只是因為你從火坑救了她？」

韓濤壽的話，使我一時無從對答，他又說：

「我想現在不必談這些。她還要養病，你也想先去重慶一趟。你很有時間來冷靜地考慮考慮。」

韓濤壽走後，我想想他的話，心裡很不安，我一個人關上門，靜靜地吸了一支煙，於是我想到我應該寫幾封信。我寫了一封信給黃文娟，我很詳細地告訴她我與阿清重會的種種。第二封信我寫給小鳳凰，我原意也是想把阿清的事情坦白地告訴她，但是一動筆，就不知道該怎麼寫了，我寫了好幾張紙，都一一撕去，後來我就索性不提阿清，於是一種很奇怪的感覺在我心裡伸張起來，我忽然想到韓濤壽的話是對的，我並沒有在愛阿清。我之願意娶她，好像完全是為報答當初她父母對我的恩惠，或者可以說是一種對自己的補贖。我不但沒有為我自己的幸福打算，也沒有為她的幸福打算，覺得自己完全為一時的充滿浪漫情調的重會所迷惑，好像只有我同她結婚，才會顯得故事有聲有色。而阿清因為是絕路之中遇到了救星，也像是非嫁我不可。我不知道阿清是否還有愛情，但我可以確定，如果她的健康恢復，環境好轉，她一定也會發現她愛的並不是我。

這樣一想，我忽然覺得我應當特別審慎與冷靜才對。我很可以像父兄一樣幫助阿清，讓她安心療養，等她健康恢復後，再作別的打算。

一個人思想與感情的起伏真是自己都無法捉摸的，我不知道我下意識中，是否因為阿清淪為妓女而對她有所輕視。我也不瞭解自己的愛情，是否不光是憫憐報恩一類的情緒，我靜靜地看到了我所愛的是小鳳凰。總之，當我把這些思緒理清了以後，我心境一時很開朗，我很無拘束地告訴小鳳凰，我希望很快地可以到重慶去看她。

韓濤壽再來的時候，我已經寫好了信。他看了我信封上寫著劉容裳，他知道這是小鳳凰的名字，他就問我：

「小鳳凰怎麼樣了？」

「很好，她在念書。」

「我不是這個意思，我是說她對你怎麼樣了？」

「我不知道。」我說，「不過至少她是很同情我的。」

「同情你什麼？」

「她知道紫裳結婚對我有很大的打擊。」我說。

「現在你把與阿清重會的事情告訴了她？」

「沒有。」

「為什麼不？」

我一時不知道怎麼回答。韓濤壽忽然說：

「野壯子，你並沒有真想娶阿清，也許你也根本不想結婚，你不過想做英雄，覺得不娶阿清不足表示你的勇敢與俠義，其實你並不愛她，是不是？」

「也許像我這樣的人，已經不配說有什麼愛情了。」我說，「我愛過衣情，但是現在我討厭衣情，雖然我還同她養了一個孩子。你說我愛紫裳嗎？離開了紫裳。我也的確喜歡過小鳳凰。但是，我可以不瞞你說，我第一次吻小鳳凰，倒是因為她的嘴唇像阿清。」

「她像阿清。」韓濤壽笑了，「我可看不出來。」

「你不知道阿清。現在的阿清自然不是以前的阿清了。」我說著，很自然地想到我當初為什麼在小鳳凰身上看到阿清。這是一個奇怪的問題。但後來我知道這不過是我對於自己行為與愛情的一種合理的曲解而已。

「我想如果你是愛阿清的，你應當有勇氣告訴小鳳凰。」

「我承認我現在沒有勇氣，我要當面同她講。」我說，「我正想把阿清安頓好了，先去重慶一趟。我想看看舵伯與野鳳凰，我也想先看看小鳳凰。」

「這是對的，」韓濤壽忽然說，「你如果要成家立業，憑一時慷慨激昂的俠氣是不行的，你應當冷靜地考慮考慮。」

「謝謝你寶貴的意見。」我說。

韓濤壽一番話，對我影響多少，我不知道。但是他揭穿了我幼稚的英雄感，則是一針見血的話。我當時想到，我可以幫助阿清的方面很多，我可以把她當作妹妹一樣去照顧她，教導她。我沒有理由一定要娶她的。

韓濤壽問我是不是在桂林想找什麼人或者想接洽什麼事，我說什麼都沒有，我只要他留意有什麼人想寄款到上海，可以由我撥兌。我告訴他我有錢在黃文娟那裡。韓濤壽告訴我這個機會很多。說還有許多走單幫的人特別需要上海的款子。他可以為我留心。

韓濤壽告訴我，晚上中山堂有慰勞前線將士的平劇籌款公演，他要去幫忙，所以要提早吃飯。他知道我晚上沒有事，送了我一張票子。我們倆一起吃飯，飯後他匆匆忙忙地先走了，我因為時間還早，在馬路上蹓了許久才去。

我到中山堂的時候，會場裡已經擠滿了人，我翻閱節目單，才知道那天公演中壓軸戲是《玉堂春》，而演員則是姚翠君。

姚翠君同我雖並不熟稔，但是她給我印象則是很深的。從那天觀眾的掌聲中，我發現姚翠君在這裡是很走紅的。

《玉堂春》上演的時候，胡琴手就換了韓濤壽。姚翠君的扮相很美麗，嗓子很好，水袖功夫也不錯。我雖是很早就知道她，但除了在電影中看到她做紫裳的配角外，沒有看過她的戲。我一直以為她是唱紹興戲的，沒有想到在平劇上她也下過工夫，想來是在上海時學的。台下觀眾情緒非常熱烈，每到她唱了一段就掌聲雷動。我很為姚翠君驕傲，好像我是她的朋友一樣。

散戲後，我就到後臺去找韓濤壽，我要他帶我去看姚翠君。我滿以為她不會記得我的，但是她竟很熟稔地對我說：

「周先生，你什麼時候來的？怎麼沒有聽人說起？」

「啊，我才到沒有幾天。」我說，「你還記得我？」

「怎麼不記得，而且紫裳一直同我談到你。」

「你們常通信麼？」我問。

「雖然不常通信，但是有她消息。」

「我希望她很幸福。」

「我想是的。」她說。

這時候有許多人過來找她，我就告辭出來。姚翠君說：

「有空同韓先生一同到我家來玩。」

「你應當為他接風才對。」韓濤壽忽然說。

「自然我要為他接風，」她說，「我們再約時間。」

我與韓濤壽走出來，韓濤壽說：

「我沒有想到你們是認識的。」

「本來也不很熟。」我說，「不過我很早就知道她了。我想她年紀也不輕了，可是看起來不過二十三四歲。」

「一個人走紅真是奇怪。」韓濤壽說。

「怎麼，她現在很紅？」

「她在上海是一個電影演員，一直沒有怎麼紅。」韓濤壽說，「到了桂林，她成了平劇票友，做了交際花。現在變成這裡了不得的人物了。黨軍政商文化藝術各界，她都吃得開。」

「你常同她們來往？」我問。

「我們在上海就認識，但來往不多，這裡有幾個票房，我常去玩，所以我們就常常在一起。她的性格很豪爽，像一個男人。」
「女人真比男人容易成功，是不？」
「但也容易失敗。」韓濤壽說，「女人有成功的條件時，缺少經驗；等有了經驗，條件就差了。」
「你是說青春與美貌？」
「青春與美貌不過是一筆遺產。」韓濤壽說，「有遺產的公子少爺，也不見得是容易成功的。」
我與韓濤壽一面說著，一面走到外面，路上觀眾還未散盡，許多人同韓濤壽招呼，我說：
「我先回去了，明天上午我來看你。」

八十一

阿清的健康檢查已經有了結果。很出我意料，我所擔心的性病倒並不十分嚴重，積極治療是不難除根的；嚴重的則是肺病，需要完全長期的休養。省立醫院的病床很擠，不能長住，所以必須找一家便宜清靜的療養院。

韓濤壽於是想到湖濱路底的協惠婦女療養院，是幾個護士辦的，同姚翠君很熟，他說通過姚翠君介紹，一定可以打一個折扣，我叫他不要提到我，只說是他的一個朋友就是。

阿清於省立醫院出來後，在旅館住了兩天，第三天就搬進協惠婦女療養院。

協惠婦女療養院是一所很簡陋的木房，但很乾淨，而且地理位置很好，在一個坡上，前面臨湖，後面靠山。大概有七八個房間，最大的住八個病人，最小的住兩個病人。

因為病人都是婦女，所以訪病的人不准進病房，只准在接待室等病人出來，每天規定是在下午五時到七時。

療養院裡並沒有醫生，多數的病人是醫生介紹進去的。阿清雖是通過姚翠君的介紹，但仍是孫大夫的病人。孫大夫答應一星期去看她兩次，一切針藥由他指示給療養院的護士長，由她們處理。

這是一個很理想的地方，我叮嚀阿清靜心療養，什麼都不要想，住半年以後再說。阿清則一直不安，說牽累我太多，我說，只要她身體好起來，那就比什麼都使我快樂。我告訴她在療養院可以同別的病人做做朋友，或者學一點什麼，也就不致太寂寞。這一次，我同阿清的談話有一點不同，那就是我避開了我們的婚事問題。我不知道這有否使阿清感覺到不同，在我，則好像對她保持了一種祕密，有一種說不出的內疚。但等她搬進了療養院，我的心就輕鬆了許多。

韓濤壽叫我退了旅館，搬到他的房裡去住。我為節省起見，也就搬了過去。我打算在桂林住兩星期就去重慶一趟。

韓濤壽為我介紹那個偷印我《盜賊之間》的書商，付了我一筆版稅。我帶來的錢不多，撥兌出來的也快花完。為付阿清療養院的錢，我已向韓濤壽移借一些。這時候，幸虧黃文娟找到了機會撥下一筆錢來。我也收到了她的第一封信。

黃文娟的信是在潘宗岳被暗殺後寫的，但是還沒有收到我看到這個消息後的信。她告訴我潘宗岳被刺時，葛衣情就在一起。潘宗岳剛下汽車就遇到槍殺，衣情因此就躲在車裡沒有敢下來，自然很受些驚嚇，病了一場，以後神經有點失常，時癒時發，一直沒有好過。但常常去看黃文娟並且問我近況。

她還告訴我小江湖與唐光穀合作幹汽車生意很好。她也常與唐默蕾在一起，大家時常談到我。

信中還附了唐默蕾一封信，唐默蕾文字不很好，字倒還端秀。她說她父親現在收入還不錯，要她不做舞女。可是她因為正走紅，不想放棄，她想稍微多積點錢，預備到內地看看，問我內地是否有什麼辦法。她信中似乎一點沒有想到國家在戰爭中，興趣很高地談自己的熱鬧生活。

讀了這兩封信，我有很多感慨，我覺得在這偉大的抗戰時候，像衣情與唐默蕾這樣的人，的確應當到內地來才對。衣情如果放棄潘宗岳來了內地，也不會碰到這種不幸的事情。但是現在自然是更無法來了。至於唐默蕾，我相信她不是一個沒有國家民族觀念的人，可是在上海這樣環境中，她是無法自拔的。我因此很想寫信勸她進來。

可是我從上海到桂林，覺得愈到後方，抗戰的精神愈衰微，桂林住了幾天，自己的感覺也麻木起來。我所接觸的人不多，大多是文化界一些朋友同一些小商人，大家掙扎的還是一個生活。許多到內地來的人、以為到內地可以做許多抗戰的工作，可是實際上竟是什麼都不能做。我當時發覺，如果我想做點抗戰工作，大概最多也不過寫些抗戰的宣傳八股了，那麼我叫唐默蕾到內地來又有什麼意義呢？

日子一天一天地過去，我什麼都沒有做。我覺得還不如在上海，我也許還可以寫點東西，因此我急於到重慶去。

當時從桂林到重慶是有飛機的，但飛機的座位是由航空檢查所控制，普通人想買一張票，就必須通過很多的人事。韓濤壽說，如果要搭飛機，只有姚翠君可以幫忙。

恰巧那天接到姚翠君一張請柬，請我與韓濤壽到她家去吃飯。我還以為她是實踐上次洗塵的話，吃飯一定是幾個熟人敘敘。誰知竟是一個意外的場合。

姚翠君住的是一所很大的花園洋房，據韓濤壽說，那以前是一位方將軍的別墅。方將軍已經過世，他的子女都在國外，這裡三樓住的是他們家族，他們把二樓與樓下租給姚翠君。

我們到了那裡，鐵門大開著，花園裡已經停了好幾輛汽車與許多包車，房子裡燈燭輝煌，人聲嘈雜。穿過花園，走上階梯，我就看見外廳裡許多人在談話。韓濤壽只同幾個熟人招呼，就帶我到裡面。這才看見姚翠君。她穿一件白緞繡花的旗袍，戴著珠環鑽戒，過來招呼我，接著就為我介紹了場中的人物。

這裡有當地軍警的要人，有商界的聞人，有年輕的空軍軍官，有政府的官吏，也有幾個新聞界文化界的朋友，還有名票與明星等等。他們一群一簇地在交際應酬。有的在談戰事，有的在談政治，有的在談當地的人事浮沉，有的在談平劇。我對於這些都沒有興趣，只在那裡站著閒聽。

傭人們來回在佈置酒席，我偷偷數了數，有六桌，我估計大約有六十多個人。

這時候，我看到有些人從裡面出來，我與韓濤壽走過去，韓濤壽同正走出來的一個人招呼，我才知道裡面還有人在玩撲克。

九點鐘的時候，外面有汽車響，這時候大家都站起來。姚翠君同幾個軍警界人物忙著迎了出去。韓濤壽告訴我是第幾方面的S司令長官。昨天才到桂林，今天特別是為歡宴他的。

於是，我看到一個穿著軍裝的十分軒昂的人物進來了，他憑空地向大家招呼著：「你好，你好。」許多人簇擁著他，到了內廳，我忽然發現裡面的牌桌也早已停了，許多人都出來恭敬地站在前面。那位長官像檢閱一樣周圍走了一遍，接著就被邀入上席。

於是大家跟著入座，我與韓濤壽自然坐在最沒有人注意的地方。

席間，姚翠君站起來，請S司令長官說幾句話。我們大家鼓掌，於是那位長官站起來，用洪亮的聲音說：

「諸位，今天得參加姚小姐宴會同諸位見面，非常榮幸。我於昨天來這裡，後天就要去前線的。我來這裡的任務，事關軍事祕密，不能對諸位報告，但是有一點可以告訴諸位的，是前線的兵士都非常忠勇。希望在後方的同胞，多多鼓勵、回應與配合前方，那麼我們抗戰一定勝利。」

他把「一定勝利」四個字說得很響，於是大家鼓起掌來。接著他放低了嗓子，舉起杯子說：

「祝抗戰勝利！」

「祝抗戰勝利。」大家站起來，都舉起杯子乾了杯。

以後各桌又各自談人間的花絮起來。我們一桌恰巧坐著從裡面賭桌裡散出來的人，因此談的是一些賭經，這倒使我想到了唐默蕾，以及我與她到賭場的生活。我當時並沒有發言，只是靜觀當場的人物與氣氛。

司令長官於席未散時先告辭了，我們都站了起來，姚翠君同幾個主要人物送他出去。等園中汽車駛去後才回來，這時候氣氛又重新輕鬆下來。

席散後，裡面的賭博又繼續下去。內廳有人拉起胡琴，許多人開始唱戲。外廳有唱機奏起爵士音樂，有許多年輕人跳起舞來。

我拉著韓濤壽，偷偷地向主人道謝，先告辭出來。姚翠君送我們到園中，韓濤壽就開始為我托她幫忙購買飛機票的事情，姚翠君沒有為難地就答應了。

外面街燈黯淡，看錶已近午夜。

在這宴會裡，我真是一個不速之客，姚翠君所以把我約在裡面，我想一半是韓濤壽的關係，一半則是紫裳的關係。我總算看到了一個所謂交際花的氣派。

八十二

我收到了余子聰從重慶來信。這一位說話不多、態度冷靜的人，信裡竟充滿了憤激的情緒。他提到了他一路上的經歷與到重慶後的見聞，他談到士兵待遇的低微，軍官的貪污，豪門的奢侈與官場的腐敗。他談到他路上所見到壯丁的情形，一群一群被繩子拴著，全身生瘡，衣服襤褸；住在破廟裡，受凍挨餓。他的話同我上次在一個刊物上讀到的一篇文章所報導的竟完全一樣。他接著又談到他在重慶的一些朋友，有的變成毫無志氣，只在泥潭中鬼混，求升官發財；有的傾向延安。他提到他的一位原來放印子錢的親戚，現在居然拍上豪門，官居局長，見了他很想拉他幫忙，他已經拒絕。他的讀書計畫也無法實現，所以現在在陽明中學教書。

余子聰的信給我許多感慨。我回他一封信，勸他不要只在一個角度看事物。我說，一切老的舊的都會過去，國家的前途總是在年輕人手裡，如果我們可以使下一代的人有真正的覺悟，二十年後，天下也就不同了。

我的信寫得不長，但是我告訴他我可能於最近會到重慶。有一定的日子時，我再寫信給他。

黃文娟又有信來，她已經接到了我在鷹潭寄給她的信。她告訴我衣情精神失常，迄未痊癒，衣情生活很亂，孩子交給傭人，很少同母親接近，黃文娟接到我的信後，就勸衣情把孩子交給她養，衣情很高興，並且願意每月給文娟一筆錢。

小鳳凰也有信來，她很愉快活潑，說功課很忙，但同學來往很熱鬧，她們常常旅行，週末也常有許多家庭裡舉行的跳舞晚會，她認識了許多朋友。她希望我可以早點去重慶。她說舵伯與她母親也都盼我會住在重慶。

在這些信中，我發覺人的關係靠信箚來維繫實在很難。小鳳凰幾乎每封信都像是另外一個人一樣，她的文字很有進步，我無法捉摸她的內心的變化。余子聰也是，雖然我與他相識不久，但他的來信竟完全不像是我當初認識的人了。

我的生活現在真是完全像一個旅客，我不能做什麼，我唯讀了些當時一些作家的作品，許多刊物報章約我寫稿，我也僅能寫了些報導式的短文。我已經碰到一些當初上海認識的文人，也交識了許多文化界的人士，我發覺他們的生活也正是同我一樣，大家似乎都很少做認真的吃重的工作，而計較爭論的又都是文化界的一些小是小非。我發覺我需要離開這裡，我很想做一個新聞記者到前線去跑跑；或者我索性找一個安靜的鄉下，讀點書寫點什麼。因此我急於先去重慶。

阿清在療養院中已很習慣，氣色也有點好轉。我大概隔天去看她一次，去的時候常常拉著韓濤壽一起去，我們總是在會客室中坐一個鐘頭，這樣談談說說的，阿清也比較活潑起來。於是，我忽然發現了一個很奇怪的變化，那就是我對於阿清的感覺變成非常平淡，——當初在衡陽碰見時那種神祕浪漫的情味已經完全沒有。而韓濤壽對於阿清倒反而同情起來，他說，他想不到阿清淪落為妓女這麼久，竟不像是一個妓女。

「妓女也是人，你說妓女應該怎麼樣？」我說。

「你不知道，一個人遭受了許多打擊淪為賣淫，心理上沒有一個是正常的。有的是恨，對一切都恨；有的是沒有廉恥，沒有情誼，不分是非，真偽，好醜。這些人我見過多了，我也幫助過多了。」韓濤壽說，「自然，上等一點的，如長三班子裡的姑娘還有好的。那些完全皮肉生涯的女人，真是很難恢復正常的。」

「老韓，你的話也許有道理。但是如果你真的好好重新教養她，開導她，治療她，當她是一個病人，自然還是可以挽救的。」

「可是，我們並不是個個都是心理治療的醫生，是不？」他說。

「但是，你為什麼說阿清又不像是個妓女了？」

「真的，她不同。我發覺她還是一個有真的情感，有愛情有靈魂的女孩子。她還有鄉下姑娘的味道，而且我看她是愛你的。」

「啊，你真是奇怪，一下又對她有了好感。」

「野壯子，但是我知道你並不愛她。」韓濤壽感慨地說。

不知怎麼，自從那次以後，韓濤壽對於去看阿清也熱心起來。後來我就同阿清談到我要去重慶一次，也許幾個月才能回來，不過韓先生會照常去看她的。阿清雖是沒有表示不願意，但總有點依依不捨。

日子就是這樣地過去，姚翠君的飛機票還是沒有消息。如果她說沒有辦法，我也許就由陸路走了，偏偏她總是說沒有問題。

自從上次姚翠君請我們吃飯以後，我只在別的宴會中同路上碰見過幾次，關於飛機票的事情，都是韓濤壽在催她。於是，有一天，韓濤壽說她又要請我吃飯，我說上次已經上了當，這樣的宴會我實在不想參加，韓濤壽說這次只請我與他兩個人。

韓濤壽並沒有告訴我到底是為什麼，我還以為是關於飛機票，或者是上海撥錢的事情，——她曾經要我撥過幾次錢。誰知完全出我意外。

原來我與韓濤壽閒談之中，曾經談到我在上海時候的生活種種。我告訴他紫裳結婚的消息給了我很大的打擊，我每天去舞場與賭場。我也告訴他我認識唐默蕾，由她那裡學到了許多耍牌的技巧等等。韓濤壽一個人的生活，無聊或失眠時喜歡一個人打五關，所以他桌上常有一副牌九牌同一副撲克牌，當我們談到賭經的時候，我就表演了幾種手法給他看看。這原是我們住在一個房間內閒談而來的。沒有想到他同姚翠君談起這些。

原來姚翠君這樣豪奢的生活，一半是靠賭博的挑頭。自然，有時候自己也湊搭子下場。這一陣，她忽然輸了很多。一位姓郭的單幫客人一直贏錢，她懷疑他一定有點花樣。韓濤壽同她講起過我，她要韓濤壽找我，所以她請我們吃飯，同我談到了這些。我說：

「我不過自己玩玩的，從來沒有下過正場。」

「本來我們這裡也都是玩玩，可是那一位郭先生……」姚翠君說，「我只請你來看看，如果他真有手腳，我希望你肯幫我們一些忙，把輸了的錢贏回來。」

「你們的錢？」我說，「不是你一個人的？」

「自然還有別的朋友，大家都是被騙，我應當把錢還他們。」
「大概多少錢？」
「二十幾萬。」
「二十幾萬？」我說，「這怎麼贏得回來？如果他發現他遇到了對手，他輸了一次就不來了。如果他的手法比我高明，也許還要再輸一點給他。」
「那麼你說怎麼樣？」
「我想我們只能捉他，捉到他用手法，我們就翻臉同他談判。」
「這不好，」姚翠君說，「說出去不好聽，而且這事情也不能報員警，也不能到法院。」
「我想你只有把所有同他賭過的人都找來，或者坐兩桌三桌的，一到捉出的時候，大家一齊來逼他。二十萬元錢，他不見得就花光了，沒有花去，能交出多少就多少。」我說。
當時韓濤壽也覺得我的提議很對。姚翠君就沒有再說什麼，她約我星期六晚上六點鐘去。飯後出來，我責備韓濤壽不該把我的事情告訴姚翠君，我說：
「這班人到底在幹什麼？國家在抗戰，他們窮奢極侈地過著糜爛生活。」
「這正是戰爭時候的生活。越是在亂世，人們的生活越是荒唐。」
「這總不是好現象。」我說，「我看不慣。」
「日子一多，你也就麻木了。」
「我所以想離開這裡。」我說，「我不懂，那天那位司令長官還到她家去吃飯，還即席致辭。」

「哪裡不是一樣！重慶也許更厲害。老實說，這就是人生。你是小說家，什麼樣生活都該經驗經驗。」

「你似乎太玩世了。」

「也許，但是有什麼辦法，我們沒有能力改革社會。生氣發火有什麼用？」

韓濤壽的想法，使我有許多感觸，我想到這正如我接到余子聰的信後對他的勸慰。也許這是年齡的關係，一個人年齡大了，人情世故深，對人生越來越看穿，覺得什麼都不足為奇；但也可以說這是一種麻木與僵枯。於是我說：

「那麼，這些不滿現狀而夢想革命的年輕人呢？他們不是求改革社會嗎？」

「年輕人應該有這種夢想，這對他們至少是一種幸福。」韓濤壽說，「可惜我年紀太大，連夢想的幸福都沒有了。」

「我想有夢想的幸福，也就有覺醒的痛苦。」

「這正是每一個人的過程。許多年長的人愛勸年輕人不要做夢，可是這是沒有用的。」

「你也曾經做過夢麼？」

「自然，自然。」韓濤壽眼睛望著天空，他說，「我也曾年輕過。當時因為我父親不許我做夢，所以我一個人從家裡跑了出來，從此沒有回去過。」

「你後悔。」

「我曾經後悔過，但是現在我不再後悔，因為這是命運。」

……我沒有同韓濤壽再談下去。我想到自己的過去。我的生命也正是被夢想所引誘，一步一步地走到想不到的境域。而每一次覺醒也就產生了另一種夢想。等到完全沒有夢想的時候，那大概就是老了。

八十三

沒有再比賭博的際遇更像人生的際遇。命運在人生中所安排的正如在賭場中所安排的。許多走運的人都相信自己的本領，正如幸運的賭徒相信自己的賭術。但是有一點則是不同的，人生中的成功可以不擇手段，賭場中的勝利則絕對不容許欺騙。

我雖是在唐默蕾那裡學會了紙牌的技巧，但從未正式用過，也沒有看到別人在施用過。如今則要看看一個正式的場合。我可說是為好奇心所驅使，才沒有拒絕姚翠君的要求。

我於星期六六點鐘到姚翠君家裡，裡面已經有一桌在賭。內廳裡坐著三個客人，姚翠君為我介紹一下，其中一個姓丁的，我記得上次韓濤壽告訴我他是戴將軍部下的要員，派在這裡的，何以今天姚翠君則介紹他是一個什麼公司的總經理，她介紹得也很含糊。介紹後，姚翠君坐在我的旁邊，她輕輕地告訴我，那位對手叫郭鳴岐，還沒有來。我問她他是一個人還是有伴的，她說是一個人。一杯茶以後，姚翠君帶我到裡面，我看到在另外一間小屋子，已經放好了一張圓桌與賭具，她告訴我她沒有把今天的策劃告訴別人，只有我與她兩個人知道這件事，省得捉不出時別人多心。我說這樣很好。她問我捉出了以後應當怎麼處置，我說他們這裡人才濟濟，讓他們大家去決定，我的任務，只是注意那位姓郭的是否作弊，發現了就將他揭穿，揭穿了我就藉故走了，以後是他們的事情。我並且要求她事後也不要把我的真姓名告訴別人。

六點半的時候，郭鳴岐來了，他是一個面目清秀、態度文雅、談話聲調非常柔和的人。我很奇怪姚翠君會疑心他是一個騙手。

接著另外三個客人也陸續到了，我們沒有什麼交談就開始入局。

我的座位在郭鳴岐斜對面，我很注意郭鳴岐洗牌發牌的動作，他並沒有露什麼破綻，但是他也沒有贏錢。

一個鐘頭以後，郭鳴岐開始贏錢。我非常注意當時牌局的進行，但是看不出什麼。於是，當輪到我切牌的時候，我清楚地記得底牌是一張紅心十，可是當我的下家發好了牌，我發現那張底牌變了黑梅A。當時我的下家正是那個姓丁的。這副牌我在第二輪就放棄了，姓丁的在第三輪的時候也放棄，我的上家是一位姓曹的，他手上是三張K，他與郭鳴岐彼此加錢，姓曹的最後看了郭鳴岐，郭鳴岐手裡竟是三張A，而那張黑梅A已經在他的手裡。

這時候，我才想到我注意郭鳴岐是錯了，我相信他與那位姓丁的是搭檔的。飯後，由我搬位，我故意把我排在郭鳴岐的下手，我兩次發牌都用了手法，我使郭鳴岐第一次拿到三張Q，第二次三張J，我自己佈置好同花與順子，但是郭鳴岐一交手就放棄了，我相信他是知道我用了手法的。我也試那位姓丁的，兩次他都上了當，輸盡他的檯面。

中途我藉故出來，我告訴姚翠君，我雖已發現了一些什麼，但是我無法揭穿什麼，明天將再同她詳談。那天我們賭到三點鐘，我沒有什麼輸贏。大贏家仍是郭鳴岐。

回到寓所，我把我所發現的告訴韓濤壽，韓濤壽覺得非常詫異，他先是怎麼也不相信，因為那位丁某是姚翠君的一個大戶，也是後臺支持人，怎麼反而會是郭鳴岐的搭檔呢？可是後來我把切實經過細述了一遍，他才有點相信。他說這只要問是誰把郭鳴岐介紹到姚翠君那裡去的，就可知道他們的關係了。他又說，假如真有這樣的事情，我們也很難對姚翠君說穿，因為第一是丁某的地位與權勢，第二是他與姚翠君的關係。說給姚翠君聽，姚翠君一定不會相信，而且也一定會告訴丁某，自然我們要被他懷恨，這種事情由我們去得罪人是不太值得了。但是我既然受姚翠君之托，似乎不能不說，我與韓濤壽討論很久，覺得只有含糊地向姚翠君暗示一下。

第二天上午十一時半，姚翠君打電話給我，問我什麼時候有空，想同我單獨談談。我說什麼時候都可以，她於是就約我去吃中飯。

我於下午一點鐘到姚翠君那裡，她已經打扮得很整齊在等候我了。

那天天色陰沈，但仍是有點燠熱，姚翠君說她喜歡這樣的天氣，可以沒有警報。

姚翠君有一張古典美人的臉龐，眼睛很俏，有一排整齊小巧白皙的牙齒。我猜想她的年齡比紫裳至少要大好幾歲，但是她仍保持著非常嬌嫩的皮膚。她同我斜對地坐在沙發上，問我那天的發現，我當時問她：

「那位郭鳴岐是誰介紹來的？」

「是一位姓劉的朋友。」

「那位劉先生那天沒有來？」

「他去重慶了。」

我沉吟了一會，開始問她：

「那位劉先生是那天那位丁先生的好朋友麼？」

「是的，你怎麼知道？」

「我想丁先生同郭先生也一定是很熟的。」

「啊！他們並不頂熟。」姚翠君否認我的話說。

我當時沒有再說什麼，歇了一會，我才再問她：

「你怎麼懷疑郭鳴岐打牌不老實呢？」

「有好幾個朋友這樣覺得，每次他總是先是小輸，後是大贏，總是在別人有大牌的時候，他也有更大的牌。」姚翠君說著忽然問，「你昨天看了他怎麼樣？」

「他的技術很高，但是我發現座中一定有人是同他通的。」

「你有沒有發現那個人是誰麼？」

「我沒有發現，」我說，「照我想那一個人一定是同郭鳴岐最熟稔的人。但也很可能，他們因為要行騙，兩個人故意裝得很生疏。」

「那麼想多幾場來發現他麼？」

「我不是這個意思，我想你這裡來往的都是有地位身分的人，郭某一個人混進來，要沒有背景，他怎麼敢？」我說，「我想你不妨問問那位介紹他進來的劉先生，究竟是怎麼一回事。總之，在你這裡的人都是你的朋友，真要當面捉出來，弄得大家過意不去，這就很難下場。而且我是一個外人，當然不便得罪你的那些有面子的朋友。」

我的話是非常笨拙的。許多人總把說話的效果衡量說話者的辭令，而忽略聽話者的警覺。可是當我無法好好地表示我所說與該說的話，而發現對方已經完全清楚瞭解時，我就會知道對方是一個多麼聰敏的人了。姚翠君聽了我的話，一言不發，沉吟了半支煙的工夫，像是恍然大悟似的，她站了起來笑著說：

「你想喝點酒麼？」

我謝謝她，說上午我是從來不喝酒的。

「你什麼時候去重慶？」

「不是等你給我辦飛機票麼？」

「真是！」她笑著說，「我再為你去催去。」

接著傭人告訴我們飯已經開好，姚翠君就領我到了飯廳。這是另外一間房子，光線很好。她說：

「平常人少，我就在這裡吃飯。」

菜肴不多，但很精潔。我們一面談著，一面吃飯，我覺得非常愉快。姚翠君再沒有提到郭鳴岐的事情，也沒有再要我去幫她對付騙手。

我慢慢發現姚翠君真是一個聰敏絕頂的人，她很知道怎麼迎合人的心理。我同她談到紫裳，她說在上海時她同紫裳並不十分接近，可是到了內地，她們來往還很多，她覺得紫裳是一個胸襟最廣肚量最大的女性，她說紫裳不驕傲，不妒忌別人，不談人家是非，這是影劇圈裡面所沒有的。我不知道她是否知道我與紫裳的關係，當我談到紫裳的婚事時，姚翠君說紫裳嫁給宋逸塵真是出人意外，他們認識那麼久，一直是普通的朋友，不知怎麼，到了內地很快地就相愛了。當時我不知怎麼，竟無法自禁，把我愛紫裳的事實告訴了她。她很同情地勸慰我，說這只能說是命運，天下真的愛情永遠是很難團圓的。

姚翠君真是一個很能瞭解男人心理的女人，就在這一餐飯的時間，我們像是成了可以互訴衷曲的朋友。

我當時告訴她我第一次看到她名字的日子。

「啊，那時候，是的，那個戲院，我那時還是一個小孩子。」她說。

飯後，我又坐了好一會才走，臨別的時候，姚翠君說：

「飛機票一有眉目，我會打電話給你。你有空隨時可以來坐。你知道我的電話麼？」

「我會問韓濤壽的。」我說。

「是的，他知道。」

從姚翠君那裡出來，我忽然感到我交這個朋友實在太晚了，如果在上海的時候有機會同她成一個朋友，我也許可以依賴她維持紫裳對我的愛情。現在，我告訴她我愛紫裳有什麼用呢？

姚翠君雖使我對她的看法有所改變，但當我想到我們是在生死交關的抗戰中，我就覺得她的生存是多麼可惜地在浪費啊！

八十四

三天以後，姚翠君已經為我辦好飛機票，她還請我與韓濤吃中飯，說是為我餞行。我於一星期後搭飛機到重慶，記得那正是六月十五日。我於前一天打了一個電報給舵伯。所以野鳳凰帶同一個工友到機場來接我。

我與野鳳凰好久不見，她容光煥發，好像比以前又胖了些。她一見我就說：

「容裳在學校裡，所以我一個人來接你。」

「你氣色很好。」我說。

「你好像瘦了些，也黑了許多。」她看了我一會兒說。

野鳳凰帶我進了她的車子，我就看到了那抗戰的都城。

「這就是重慶了。」我說。

「我們住在南岸，離這裡很遠。」

「舵伯好？」

「他很好，只是血壓高。現在很少出來。」野鳳凰說，「他很想你。你的腿怎麼樣了？完全好啦？」

「現在沒有什麼了，」我說，「紫裳怎麼樣？常有信麼？」

「她來過一次。上個月……住了一星期。」

「宋逸塵呢？」

「他沒有來，自然因為學校走不開。」野鳳凰說，「我不瞭解你們間有什麼誤會。她很不願談起你。」

「她已經結婚，自然應當早點把我忘去才對。」我說。

車子在不平的路上顛簸，我一時沒有再說什麼。

「這次你來，我們希望你可以同我們在一起。舵老已經老了，他希望你不要再離開他。」

「謝謝你。」我說，「我還沒有想到自己該怎麼樣。」

「大家都說你寫作很成功。」

「那倒完全是紫裳與宋逸塵對我的鼓勵。」

「他們都說你有天才。」

「我的生活比較豐富些，這倒是實在的。」

我們的談話很廣泛，但是都沒有深入。野鳳凰對我很誠懇，但不知怎麼，我們間的情緒並不能像以前鴉片榻上一樣的和諧。

下車後，坐滑竿到江邊，過了江，又坐滑竿，走了半個鐘頭，才到她家。

那是一所築在山坡上的平房，圍著不高的圍牆。門側的牆上有一塊石塊刻著「舵園」兩個字，牆內有很大的園地，種著花木，菜蔬，還養著雞鴨。

舵伯站在屋前平臺上迎接我。他穿著寬大的白布衫褲，踏著黑緞粉底的鞋子，手裡還拿一把芭蕉扇。他的頭髮完全白了，眉毛也有點灰白。但是臉色紅潤，精神很煥發。

「舵伯。」我一面上坡，一面揚揚手叫他。野鳳凰在我的後面。

他用扇子對我招招。等我走近了他，他拍著我的肩膀說：

「野壯子，你真像是一個文弱書生了。你的腿現在怎樣？」

「還好，還好。」我說著一面跟他走進屋內。

「現在你總算找到了自己。」

「怎麼？」

「聽說你在寫書，很成功。」

「那都是我一個老師的鼓勵。」

「很好，很好，」舵伯說，「那麼你現在可以好好安定下來了。」

「我也希望可以安定下來。」

「我們都在等你。」舵伯說著，這時候恰巧胡嬷端茶進來，他又說：「連胡嬷都每天談到你。」

胡嬷給我茶，她說：

「周先生，你才來？我們每天惦著你。」

「您怎麼樣？氣色很好，」我說，「你這裡住得慣麼？」

野鳳凰這時候進來，她說：

「胡嬤好福氣，她已經快抱外孫了。」

「怎麼？」

「翠妹去年嫁了人。」

「翠妹嫁了人？」我問，「男家幹嗎的？」

「是在銀行俱樂部裡的。」

「還是你有福氣。」

「你還不娶太太？」胡嬤說。

「沒有人嫁給我。」我說。

這客廳很大，家具許多都是上海帶來的。房子雖比不上上海的舵園，但簡單雅潔。野鳳凰與胡嬤幫著照拂我的行李去了。舵伯同我談談上海的情形。

野鳳凰要我去看看為我佈置的房間，她順便帶我參觀他們的房子。房子建築很朴質，正房大小也有九間，我的房間在右端，兩面有窗，一面看出去是草地，遠處是山，一面是一些花木，花木後面是另外一排平房。我因為搭飛機，有一個大箱子存在韓濤壽地方，隨身行李很簡單，這時候他們已為我拿進來，野鳳凰叫我安頓了先去洗澡。

這是一個非常寧靜的世界，除了鳥鳴與蟬噪以外，只有我們談話的聲音。我不知道是否該住在這裡，這也許是一個讀書寫作的環境，但不一定是一個生活的環境。我們來後方是為抗戰，可是現在離戰爭好像越來越遠了。

在時間之中，我們每個人都像漂在水流裡的一些花瓣、樹枝或落葉，人人都是隨時在變化。我們無法知道一個人在時間中會變得怎麼樣，正像無法知道一朵花在水流中會變成什麼形狀與什麼顏色。我們無法從認識的老年人中想像他年輕是怎麼樣的；我們也無法從認識的青年身上想像他將來會變成怎麼樣。在舵伯身上，誰也找不出他當初做海盜時的影子；在野鳳凰身上，誰也無從想像她在十幾歲時做漁家女時的風采，除非在那個時候看見過他們的人。當我回憶到我與舵伯一同駛船經商的日子，我與野鳳凰一同躺在榻上吸煙的日子，這些像是近在目前的生活，也好像已經是隔世一樣。我有時真覺得他們都不是我過去所認識的人了。

舵伯有一間書房，放置了許多瓷器古玩與書畫，其中多半是從上海帶來的。他對這些都已經很內行。野鳳凰變得很相信佛教，她佈置了一間經堂，每天晨晚兩課都在經堂裡。這間經堂很幽靜，一直留著供佛的香味。但是供的是一幅很精緻的佛身的畫像，前面還放著一座金身的佛像，這使我忽然想到她的那座玉觀音像。她告訴我這次紫裳到重慶時她送給了紫裳。她說她本來早想送她，因為怕紫裳不相信佛，不會虔誠地去供奉，所以一直不曾送她，這次紫裳來重慶，答應野鳳凰會很尊敬地去供奉它，所以送了給她。桌上的那座金佛，則是紫裳送給她母親的。

舵伯的生活很平靜，大概半個月一次或兩次去市區，那面有銀行界的俱樂部，舵伯就在那面與社會往還，有時候也在那面打牌。平常總是在家裡，許多事情都由野鳳凰去處理。舵伯來重慶早，他把他的財力都購置地產，所以很發了些財。舵伯與上海銀行界很熟，現在大家集中在重慶，自然應酬很多，不過舵伯藉著住在鄉下為理由，有時可以不常去應酬。

野鳳凰自然忙些，一星期總要進城幾次，不過她並不同別的太太交往。她不但戒了煙，而且到重慶後，紙煙也不吸了。她不但比以前胖，而且比以前輕健年輕，她喜歡種花草蔬菜，養雞養鴨，完全變成了另外一種人。我以前對她的稱呼沒有一定，組成班子到上海，我跟著陸夢標一些人叫她大班。現在更不知道怎麼稱呼。我同她談到小鳳凰，就說「小鳳凰」，她關照我見了小鳳凰千萬要叫她容裳，現在容裳久已沒有用她以前的藝名了。我當時就問她我應該叫她什麼。她說我可以叫她曇芳，我忽然想到曇芳這名字是我為她取的，可是連我自己也忘了。我是紫裳的朋友，又是舵伯的子侄，她的年齡也比我大很多，叫名字自然不合適的。她於是提議我可以叫她舵媽，我說這把她叫得太老了。後來我想出叫她曇姨，她很贊成。

我在那裡靜靜地住了三天，一步都沒有出門。總算寫了好幾封寄上海與桂林的信。星期六容裳要回家。我想去接她。但是曇姨說她自己會來的。住在南岸的同學很多，她們會一起回來，而且她還不知道我已經到了重慶，貿然去接她，也太突兀了。還是在家裡碰面好。

那天我於中飯後，一直在企待容裳，可是怎麼也等不到她。曇姨倒很放心，說她可能去看電影，也可能到同學家去了。看我很焦急，曇姨說：

「早曉得這樣，還不如讓你去接她好了。」

太陽西斜下去，天色慢慢地暗下來，我實在等得有點焦躁，於是就順著路走去，大概走了一里路的光景，我忽然看到兩個穿中學生制服的女孩子走過來，我希望其中有一個是小鳳凰，所以就站住了等著她們，可是她們走得越近我越覺得不像。她們兩個一面談話，一面走著，我等她們在我身邊走過時，才從右面一個的眼睛中認出是小鳳凰。可是她並沒有認出是我。我就隔了幾步之遙跟在她們後面。她們談的是四川話，好像是關於排球賽的花絮，我沒有興趣去注意。我所注意的是小鳳凰已經完全不是以前的小鳳凰了。

她粗壯了許多，穿著制服，好像矮了一些。她不但沒有施脂粉，而且汗汙滿面，頭髮早已剪短，也沒有好好地梳理。手上提著一個灰布的包袱。

制服是灰色的愛國布的上身，玄色的裙子。腳上是平底蠻頭黑皮鞋，都是泥巴。

我怕她發現我在跟她，所以把距離拖得遠一點。這樣走了大概十分鐘的辰光。小鳳凰的同學在一條支路上轉彎，兩個人分手了。小鳳凰再向前走，這時候，我們的房子已經在望。我跟在後面，於是搶前幾步，就叫她：

「容裳。」

她沒有理我，我於是大聲地叫：

「小鳳凰。」

她回過頭來，我已經搶步到她的面前。我說：

「你不認識我了？」

「野壯子！」她叫著忽然臉紅了一陣，眼睛有點潤濕似的望著我。

「容裳！」我用手圍著她的身軀。一手接過她手上的包袱。我說，「我幾乎不認識你了。」

「讓我看看你好不好？」我說著站到她的面前。

「髒死了。」

「我可以……」我說。

她閉上眼睛，我輕輕地吻了她，於是我一面挽她走，一面說：

「你不認識我了。」

「我想不到是你，」她說，「真的，你瘦了一些。你來了幾天了？」

「三天。」

「三天，你不通知我？」

「應當讓你驚奇一下，是不？」

「怎麼，你的腿完全好了？我先還以為是小傷，上次姐姐來才知道你傷得很重。」

一提起紫裳，我總覺得對小鳳凰有點慚愧。我曾經為紫裳而疏遠她，而在紫裳結婚後又想接近她。不知怎麼，一瞬間我竟很想虔誠地對她坦白與懺悔起來。

走到家裡，天色已暗；小鳳凰急於去梳洗，我對曇姨說：

「我不認識她了。她遠比以前年輕，更像是一個小孩了。」

舵伯這時從書房裡出來，他開亮了燈，拍著我的背說：

「野壯子，你這次可不要辜負你的曇姨了。」

八十五

這裡沒有人知道我為什麼會失去了紫裳。曇姨還以為紫裳發現了我愛容裳，所以嫁給了宋逸塵。但這只是我從她的語氣中猜想，我們並沒有詳細談這件事情。好幾次曇姨想同我徹底談談我與紫裳的經過，因為看我不想提起，所以沒有談下去。

我還不知道容裳是不是還是像以前一樣地愛我，但是我心中竟還有一個沒有告訴她的故事，那是在桂林療養院裡的阿清。

為衣情的關係，我失去了紫裳；我怕為阿清的關係，我會失去容裳。到重慶以後，我幾次三番都想把我與阿清的種種告訴曇姨，但是我竟不敢開口，不用說，我是更沒有勇氣去告訴容裳了。

容裳從裡面出來，她已經沐浴梳洗，換了一件白色的旗袍。但是她還是一點不施脂粉，她的皮膚是一種健康的棕紅色，眼睛清亮如水；她頭髮已經剪短，也沒有鬈燙，但蓬鬆有致。

她真的已不是以前的小鳳凰了。

「你為什麼一直看我？」她笑著，露出她整齊的潔白的稚齒說。

「你知道麼？」我說，「你真是同以前不同了。」

「我應當感謝你的。」她說，「你鼓勵我讀書。」

「學校生活怎樣？」我說，「你過得慣？」

「我很快活。」她說，「我先過不慣，現在早習慣了。」

曇姨叫我們吃飯，在燈光下與熱氣騰騰的飯菜中，我真是感到一種從來沒有過的溫暖，這使我想到了我童年時我父親患病前的日子。

舵伯穿白衣短衫褲，曇姨也換了一套黑紗的衫褲。她與容裳都沒有戴一件首飾。我發現我們的身上都是布衣，真像是鄉村裡一個家庭。

曇姨告訴我因為舵伯血壓高，很少吃肉類；她又是吃素的，所以平常多半都是素食。今天為我與容裳殺了一隻雞。她又說桌上大部分的菜，都是自己種的，雞自然也是自己養的。

舵伯晚上愛吃幾杯酒，現在也並不能完全放棄，但曇姨給她一定的限量，她每夜也陪他喝一杯或兩杯。今天大家都高興，舵伯曇姨都多喝了幾杯，容裳也喝了兩杯，我們談談說說，真像在夢中一樣。

飯後，容裳要我到她房裡去看照相。她的房間就在曇姨房間的隔壁，是一間長方形的房子。牆上掛著她自己一張照相，是她到了內地以後照的。有好幾個洋娃娃，有的還是從上海帶來的。她給我看的相片都是學校裡的生活。她的照相簿裡竟沒一張是她過去的照片。我說：

「怎麼，你以前的照片呢？」

「我都燒了。」

「為什麼？」我說。

「我已經是劉容裳了。」
「我倒很想有你一張以前的照片。」
「為什麼？」
「一張沒有剪去頭髮的照片。」我說。
「學校裡不許我們留長頭髮的。」
「我想得到。」
「剪去的時候我真不捨得。」
「你沒有寫信告訴我。」
「我想，我要重新開始。剪去也好。」
「你剪去的頭髮呢？」我說，「你不想送給我麼？」
「我交給了母親。」她笑著說，「我本來要送給你，後來我想，我要你重新認識我。」
「為什麼你這樣不要你的過去呢？」
「過去我是一個唱大鼓的。」
「這有什麼不好？」我說，「這不是什麼恥事。」
「可是……可是學校裡誰都不知道我……」容裳沒有說下去，她的臉有點泛紅。
我馬上想到這是社會傳統的偏見，她的同學或是老師如果知道她是唱大鼓的，一定會用特殊眼光去看她，也可能生出許多無聊的謠言。把讀書一定看作高於別種生活的偏見，恐怕正是教育的失敗。我當時說：

「容裳，在我腦筋中，你永遠是你，你怎麼變還是你。你怎麼變還是可愛的你。」

「但是我的確不是以前的我了。」她忽然笑著說，「你知道我對什麼功課最有興趣嗎？」

「音樂，是不是？」我說。

「不是，我最感興趣的是化學。」

「化學？」

「我想中學畢業後去讀化學系。」

「你真的這樣相信讀書了？」

「你這話是什麼意思？」

「我只是發覺了你對讀書真是發生興趣了。一個人對於讀書發生興趣，就像戀愛一樣。」

「我還沒有到這個程度。不過每當我煩惱的時候，我拿一本書看看，或者到化學實驗室去洗洗瓶子，就什麼都忘記了。」

房中有一排小小的書架，容裳放著許多雜七雜八的書。我看她讀書相當廣泛，我就隨便同她談談一些流行的社會問題，她也很有意見。她正在知識慾盛旺的年齡，她有許多出我意料之外的問題。

胡嬤邀我們到舵伯房間裡去吃水果，我們又在舵伯書房中坐了一會。鄉間生活，習慣上都睡得很早，容裳下午又打了球，說特別疲倦，所以不到十點鐘，大家就去就寢。

回到自己房裡，我一個人躺在床上，可怎麼也不能入睡。

我不知道我是否在愛容裳，也不知道容裳是否在愛我，但我竟覺得容裳離我是比以前遠了。她進了學校後突然年輕起來，而我在生活中折磨，真的已經老了。尤其我的腿傷，有時候還是隱隱作痛，這不能說不影響我的精神。我從容裳想到紫裳，從紫裳想到衣情；又從容裳想到阿清，從阿清想到紫裳；一個人情感的創傷正像肉體的創疤，我的心靈的隱痛也正像腿部的隱痛。

不知怎麼，我一時竟有許多奇怪的傷感，過去的壯志雄心現已煙消雲散，我覺得我唯一可努力的應當還是寫作。那麼我何不決定在這裡住下來，倘若容裳真是愛我的，我為什麼不向她求婚，而在這裡安逸地成家立業呢？舵伯年齡老了，他需要我；曇姨同我也投機，她也許正希望我同容裳可以結合，那麼不是一個最美麗最幸福的團聚麼？我還要去追求什麼？

我於是想到應當把這個意思告訴韓濤壽，要韓濤壽照拂阿清，半年或一年後，等她健康恢復，再慢慢地把我的事情告訴她，或者介紹她一些朋友，使她可以把我只當作她的父兄。我還應當找機會把阿清的事情同曇姨談談，免得她與容裳將來對我誤會。我相信上海撥兌出來的錢是足夠幫助阿清的。我這裡需錢不多，在這個環境中，我大可埋頭寫作，也借此養養身體。這樣一想，我倒開始安詳一點。

窗外傳入蟋蟀的低吟，月光照在我的床前，我翻身聽著我枕邊的表聲，就入睡了。

醒來是七時，陽光已經映到窗上。外面有胡嬤與容裳的語聲，我翻身起來。盥洗完畢，到了外面，發現舵伯、曇姨等都已起來，正在吃早點。

「為什麼不多睡一會？」曇姨說。

「已經睡晚了。」我說。

「我們現在都早睡早起，同以前完全倒過來了。」曇姨說。

「那完全是我把你改過來的吧！」舵伯說。

「咱們倆也不知道誰改誰的，你也一直不是早起的。」曇姨說。

「舵伯在上海不也是很晚才睡麼？」我說。

「到重慶我每天五點半就起來了。起來我打半小時太極拳，一直在花園裡，到七點鐘才進來。」舵伯說，「不過下午我要睡一個半鐘頭。」

「這倒是很好。」我說，「我要住在這裡，也跟你學。」

「在鄉下，很容易習慣。」曇姨說，「容裳她們在學校裡也是六點就起床了。」

「晚上幾點鐘就寢？」

「九點半。」容裳說。

早餐吃的是稀飯，可是舵伯餐後要喝一杯咖啡，咖啡在重慶當時是很珍貴的。我不十分喜歡咖啡，曇姨也不愛喝，所以只有容裳陪他喝。

早餐後，容裳說帶我到外面走走，說小山後有一條小溪，風景不差。

那時已是滿野陽光，但還不很熱。我們從屋後越過小山，下坡走過好些別墅，穿過一條小小的山徑，才走到一座叢林，於是我看到了坡下一灣小溪。溪邊有幾株黃桷樹，容裳就帶我到黃桷樹下面。她說：

「這裡不是很好麼？」

我看到小溪的對岸有許多杜鵑，正開著深紅淺紅的花朵，遠處有幾叢竹林，隱約可以看到一個村落。黃桷樹下有幾塊亂石，石上露水還未全乾，我把手帕揩了一下，我們就坐了下來。

「容裳，你記得你動身來四川前我送你上船時的情形麼？」

「我自然記得。」

「你現在還是像那時一樣的愛我麼？」

「你呢？」

「我比那時更愛你了。」我說，「你知道為什麼？」

「因為紫裳已經嫁人了。」

「也許，但也因此我更瞭解自己了。」

「我現在也比較瞭解自己，」容裳忽然說，「我覺得我的愛你是很不自然的。」

「怎麼？」

「因為那時候我妒忌紫裳，一切她有的我都想要。」

「那麼現在呢？」我說，「是不是她不要你也不要了？」

「我不是這個意思。你記得我們一起看紫裳的電影，我覺得太可笑麼？」

我點點頭。

「我當時總覺得我是強於她的，她會的我都會比她好。」容裳說，「你說我多可笑。」

「那麼現在呢？」

「現在我知道她有的，我永遠不會有，我有的她隨時可以有。」

「為什麼？」

「這因為她是一個天才，我只是母親教育的。」

「你好像變成很崇拜她了。」

「是的，也許我是受舵伯與母親的影響。」

「怎麼？」

「母親一直以為紫裳會不再認她為母親，或者會恨她，不願見她，可是紫裳竟什麼都沒有計較，她愛母親完全同我一樣。舵伯說紫裳在上海時許多人都妒忌她破壞她，她可從來沒有說過人一句壞話。特別是對衣情，她始終沒有恨過衣情，雖然衣情做過許多破壞她的事情。」

「她上次回來你見過她？」

「自然。」

「她同你談些什麼？」

「她勸我好好讀書。」

「沒有談起我。」

「沒有。」她說，「一句都沒有。」

我沒有再說什麼。

「你一直愛著她的，是不是？」容裳忽然說。

「是的。」

「但是你還愛著我。」

「我不知道自己。」我說，「我大概因為已經覺得她是高不可攀了。」

「你不過是拿我去替她就是了。」

「也許你可這麼說，我也無法說明我的感覺，在上海，有一度你知道她已經是我的太太了，那時候，我只想把你看成我的妹妹一樣。可是後來……」

「你不要說下去了。」容裳說著忽然眼眶裡露出淚水。

「現在，這些都過去了。我已經回到你的身邊。我覺得，如果我可以有點幸福的話，那只有你可以給我了。」我說著很想接近她，但是容裳避開了我。她說：

「假如你是愛我的話，我們就這樣做個好朋友，我現在不想戀愛不想結婚，我只想多讀幾年書。」

「是的，你還年輕，可是我已經老了，我需要一個家，一個……」

「但是，」容裳截斷了我的話，說，「如果你是愛我的，你可以等我，如果你只想有一個太太，那麼，我可不要找一個並不是因為愛我而想娶我的丈夫。」她一面說著，一面站起來，又說：「不要說了，我們回去吧。」

「是的，我知道我太自私。」我說，「只要你願意我等，我等你，一直等你不要我的時候為止。」

八十六

容裳於當天星期日下午就回學校去了，她不要我送，因為她要先去同學家裡結伴回校。她去後，我一個人想想她對我談的種種，覺得我自己急於要結婚成家也許只是一種對紫裳報復的心理，我現在正可以做點我想做的事，寫點我想寫的東西。我覺得我一個人住在舵伯家裡沒有什麼，結婚以後自然不能同他們住在一起了。照我現在的情形，我也實在還沒有能力成家，而且還有阿清的問題。容裳想讀書，我可以同她做一個朋友，這不是最幸福的事情嗎？

這樣一想，我倒覺得非常愉快，容裳雖已不是過去的小鳳凰，但我們還是彼此瞭解的。我好像新交了一個我所喜歡的朋友，可是又關聯著我過去的舊情。

這一次會見容裳，對我最大的影響，是我像是確定了在重慶住下去了。當我在桂林動身的時候，我總以為我是很快會回去的，現在好像再沒有這個打算。

我於星期一去市區，看了幾個朋友，我又去訪余子聰。余子聰在上清寺中華中學教書。中華中學在一個山坡上，環境很好。我去看他，很出他意外，他說他正發出一封信給我。

中學教員待遇很辛苦，不過余子聰有一間很幽靜的房間，使他可以讀書寫作。他非常誠懇地招待我，拉我一同去吃晚飯。他說，他正打算同一家新文書店合作，預備恢復宋齊堂先生主編的文學雜誌。他寫信給我，就是希望我可以早點來重慶一起辦這個雜誌。為紀念宋齊堂先生，以前撰稿的朋友可以重新集合起來，也是很有意義的事。我當時聽了非常興奮。飯後他就同我去那家新文書店，為我介紹負責人戴光祚，戴光祚又請我到心心茶室喝茶，很具體地談這本文學雜誌，同時還希望重版我的《盜賊之間》幾本小說。

戴光祚打算根據我們所講的擬兩張合同，擬好了大家同意，就可以簽訂。他一面先要我們著手進行文學雜誌的編務。我們談得很久，後來他們又談到當時重慶文化界出版界的種種，我因為完全不懂，像是走進了一個新的世界，所以聽起來，覺得很有趣。

從心心茶室出來，已經很晚，余子聰邀我住在他那裡，當晚我們商談文學雜誌的進行，我們手頭上沒有文學雜誌可查，只憑記憶想到以前寫稿的人，開列名單，其中有的都在這裡別的報章寫稿，有的在大學或中學裡教書，另外有些人，余子聰說間接可以打聽到。還有一些在上海沒有出來的，自然無法去約他們。我答應回到南岸先做這寫信工作。由余子聰與戴光祚接洽，進行另外一些事務的工作。這樣我於第二天就回到南岸。

這是我重慶生活的開始，這是一個有工作的生活，同桂林的生活自然很不相同。

一個半月以後，文學雜誌就出版了。我第一篇文章就是紀念宋齊堂的，我寫出他的為人，為學，報導了他真正致死的原因。最後我敘述我與他的關係，以及我受他的教益與鼓勵。這篇文章雖只有兩萬字，但是因為所寫的都是事實與真情，所以很受一切認識宋齊堂先生的人的誇讚。早來內地的人，許多人連宋齊堂死去都不知道，自然更不知道他致死的原因，讀了我的文章都紛紛來信詢問，本來找不到地址的朋友，看到這本刊物也都聯絡上了。這本刊物復刊就很成功，其原因就因為它是宋齊堂多年心血所培養的。

余子聰因為教書忙，編輯工作結果都由我負責，以後我就規定了一星期兩次進城到新文書店去處理編務，當時我的小說也陸續在新文書店出版，再加上許多應酬接洽，所以這兩天工作往往很忙，有時候就要住在余子聰那裡。不過我們工作得很起勁，余子聰不但同我合作得很好，而且還給我許多鼓勵。

但是不管怎麼忙，我總不願意把星期六下午的時間支配出去，我必須同容裳在一起。通常下午我陪她去看電影，戲散後就伴她回家，第二天早晨我們總是散步到那個溪邊去玩。學校的暑假到了。先是容裳預備考試，兩星期沒有回來，接著她就放假了。

放假那天，曇姨同我都去接她，這是我第一次到她學校。當我幫同校役把容裳的行李什物放到車上時，我心裡感到非常快樂。因為我現在竟有兩個月長長的暑假可以同她在一起了。

容裳汗漬滿面，笑容可掬，與同學嘻嘻哈哈地告別，最後提著大包小包的上了車子。我說：

「做中學生可真是快樂。」

「你第一次來這裡吧？」

「可不是。」

「想不想參觀參觀？」

「下回再來參觀吧。」曇姨說，「你看你在學校裡這麼髒。」

「每天考試，誰有工夫去打扮。」容裳笑著，用手抹抹額上的汗說。這時手上的墨水反染上了前額，我用手帕為她揩著說：「你好像瘦了些，考得很好吧？」

容裳頑皮地笑了笑，她說：

「馬馬虎虎。」

那天晚上我與容裳在家裡睡得很晚。我們談東談西，吃這樣那樣的，時間過得很快。她忽然告訴我明天晚上有一個舞會，在同學家裡，要我帶她去參加。她說平常舞會都在霧季，明天因為那位同學的哥哥們從成都回來，又逢到她們放假，所以她的家裡有人發起這個晚會。那位同學的哥哥是空軍，所以一定有許多空軍的朋友。我到重慶後還沒有跳過舞，我自然很高興地答應了她。

我來重慶後，容裳一直一點沒有打扮，完全是一個骯髒的中學生。現在，就在我們參加舞會的那一天，她忽然打扮起來，這真是很令我驚異。她穿一件銀灰色的旗袍，配一雙銀色的高跟鞋，臉上又塗上了脂粉口紅，一瞬間我覺得她像是突然成熟起來了。

那天因為舞會是在城裡舉行，我們恐怕晚到，所以先到了市區，在歐美同學會吃晚飯。在飯桌上，容裳忽然說：

「你還記得在上海第一次帶我跳舞的情形麼？」

「你還記得？」

「我每次跳舞時都想到。」

「在費蒙達，是麼？」

她看我一眼，點點頭笑了。她臉上淡淡的笑渦與淺淺的黑痣以及充滿了青春的眼睛，一瞬間顯得奇怪的美麗，我忽然想到我來重慶後還是第一次兩個人相對在一張小桌上吃飯。這使我回想到我們第一次在費蒙達的情味。我說：

「你是更加年輕與美麗了。」

「我黑了許多，是不是？」

「也健康了許多。」

她又看我一眼，點點頭，臉上閃著微笑。

「你知道你打扮起來完全是另外一個人。」我說。

「我這些衣服沒有機會穿，除了這樣的晚會。」她說，「秋天起我們有很多晚會。好像一年多一年似的。」

我沒有說什麼，一直看著她。

「我們來的時候，好像只是耶誕節同新年，或者歡迎成都來的一些空軍才有舞會。第二年就多了，現在好像秋天一到就是舞季，每星期都有。」

「你都參加？」

「我並不都參加，不過我喜歡跳舞；還有，借此我也可以打扮一次。」容裳說，「冬天我們要考試，我就不參加了。」

「你認識很多空軍？」

她點點頭，笑笑。忽然說：

「他們都很可愛。」

「自然囉，年輕、健康、活潑。」

「除了舞會，我很少同他們來往，我要讀書，不過有幾個也同我通信。」

我沒有說什麼，心裡感到一種說不出的不舒服，我知道這是一種嫉妒，我一面極力想擺脫這種嫉妒的情緒，一面還是抑鬱著這奇怪的不舒服，我說：

「你不怕我妒忌？」

「你以為我不應該多交一些朋友麼？」

「自然你應該多交一些朋友。」我說，「我不過同你開玩笑。其實我有什麼資格嫉妒呢？」

飯後我們就到棗子嵐椏江家去參加舞會。

這是我第一次參加重慶的舞會。我碰到了許多活躍的太太、小姐與英俊的空軍。容裳一一為我介紹，有許多都曾經讀過我的作品，我們有很多話可談。

在許多小姐之中，容裳顯得非常出色，她同許多人都很熟，這很使我詫異。因為她在學校裡很少同人接觸，怎麼竟能認識這許多人。在她們交際談笑以及後來跳舞中，我突然發現我的年齡像是已經不在他們的時代裡面了。

在許多傾慕容裳的男人中，我注意到一個姓孔的空軍中尉，他好像特別對她傾倒。他年輕漂亮，身材高高的，有一張孩子的面孔，笑起來嘴唇微彎，像是有點含羞。大概因為容裳曾經跑過碼頭，她能大方應付這些男人。我於開始時和容裳跳了幾隻舞，以後我一直同一群年紀較大的人在一起，那時候我心境非常開朗，我沒有被嫉妒的情緒所困擾。

因為我們住在南岸，所以十二點半就先告辭。

到了外面，容裳說：

「你不喜歡？」

「怎麼會不喜歡。」

「你舞跳得很少。」

「你不覺得我年紀同你們不同麼？」

「好幾個老頭子都在跳，你年紀大得了多少？」

「容裳，你想這裡多少人是對你傾倒的，你來參加舞會，我自然不要霸佔你才對。」

「我不是說對我，裡面這許多小姐，你不跳舞。」

「但是……但是我不是說過我只是等你麼？」我半玩笑似的說。

容裳沒有再說什麼。

回到家裡已經一點三刻，可是我們還在客廳耽了很久，容裳拿出餅乾來吃。

「容裳，你不睏？」我說。

「我下午睡了兩個鐘頭。」

「你好像是為我才回來的，不是許多人都希望你通宵麼？」

「我只通宵過一次，很不舒服。還有我母親也不許我通宵。」

「明天早晨我們還去散步麼？」我問。

「自然，為什麼不？」

「怕你起不來。」

「我一定起來，下午我可以午睡一會。」

吃了些餅乾，喝了點茶，我們於三點鐘才去就寢。

這真是一個奇怪的夜晚，當我一個人躺在床上的時候，我非常清楚地意識到，我是真的在愛容裳了。這個感覺很突兀，我之喜愛容裳由來已久，為什麼偏偏在這個時候讓我意識到這樣一種無法描述的感覺呢？

第二天在散步的時候，我把我這個感覺告訴了容裳，她說：

「我現在感到很快樂，如果你也是快樂的，那麼我們應該是在戀愛中的。」

「但是我也痛苦。沒有苦澀絕不是愛情的滋味。」

「快樂產生於愛，痛苦產生於慾？」

「你從哪裡聽到這樣的話的。」

「你看，你自己都不知道了！這是你自己小說裡的話。」

「你也看我的小說？」
「自然。」
「沒有聽你談起過。」
「為什麼要談起。」
「你應當給我一點意見，是不是？」
「我怎麼夠資格。」她忽然笑著說。
「意見還有什麼資格不資格。」我說，「寫文章同唱戲一樣，作品也是一種表演，誰都有資格說歡喜不歡喜，你想聽戲的人不一定真懂戲，但有權利批評。」
容裳於是開始說出她對我作品一點意見，慢慢地我們談到了思想上藝術上一些問題。這是我第一次與容裳談到學問思想，正如我回到上海時與大夏、大冬交換意見一樣，我發覺容裳真是長大了。
年輕的成長，因為環境不同，氣質不同，每個人的歷程往往不同。這正如不同的花草一樣，它們因為土壤不同，環境不同，尤其是本質不同，成長的速度與過程往往是不同的。
容裳的許多思想與意見同大夏、大冬有不同的來源。她對於抗戰有本能的信心，對於政治沒有興趣；講到社會的改革，如平等自由一類的概念，也還模糊。可是她對於藝術的標準有非常肯定的主張，她有許多很精闢的意見，但有時也互相矛盾；她的知識慾非常旺盛，她也熟識當時流行的所謂左派思想，她不贊成；但不贊成的理由只有一個，就是說他們把一切當作工具，一切都是手段，所有是非美醜都以現實的政治來定標準。容裳能見到這一點，的確很使我驚奇，我們間不知不覺竟有許多意見可以互相交換了。

八十七

我很難敘述這長長暑假的生活。一個人訴苦易，訴樂難。多少年前，當野鳳凰忙於與李白飛交往的時候，我同容裳在一起機會很多，可是那時候她還跟陸夢標學唱，她母親也正希望她到上海打天下。現在她是一個學生，她母親也已經是一個很幸福的太太。我那時候還不知自己該幹什麼，現在則已經有了生活的重心。那時候我還常掛著紫裳，現在紫裳也已經嫁了人，時間的變化使我們什麼都改變了。

容裳在家裡仍是很用功，她說她已經比一般的同學大了兩三年，所以她一定要有更好的成績，她同一個同學合聘了一個家庭教師在補習英文與數學。她一星期要去市區兩次。我也總是在她去市區的時候去新文書店，等她下課後一同回來。

因為學校已經放假，余子聰也比較多有時間幫我編校文學雜誌，所以我就空了許多。天氣又熱，因此有時候我就不再按時去市區了。

這是一段最安寧與幸福的生活，不光是容裳與我，就是曇姨與舵伯也有這樣的感覺。現在我們似乎不必懷疑我們的愛情，也不必懷疑我們可以結合。我們會像舵伯與曇姨一樣的美滿。但是我心裡竟還有一個陰影，每當這陰影浮起時候，我就不知道該怎麼才好。幾次三番我都想把阿清的事情同曇姨或容裳談談，但實在因為我們的生活太和諧幸福與美滿，我怕我會使她們失望，而破壞了我們當時的幸福。

我早已寫信給韓濤壽，要他把我存在他那裡的箱子帶來。我還托他把我箱子內那束紫裳的頭髮寄還給她。我坦白地告訴他我與容裳舊情新愛的情形，以及我們辦文學雜誌的種種。我告訴他我打算不再回桂林了，預備在重慶長住下來。我還告訴他我很感謝他當初提醒我關於愛情的錯覺，我對阿清確是一種自作多情的英雄綜錯，我沒有愛她。我希望她可以諒解，我還是可以像是她哥哥一樣地愛護她，我懇托韓濤壽慢慢地勸解她使她瞭解，如果覺得現在不適宜提這件事，那麼請他於阿清健康恢復後再談也好。阿清識字不多，我不必直接同她通信，這使我省了不少困難。因為只同韓濤壽通信，所以也不會引起曇姨與容裳的注意。

我良心上自己覺得沒有對不起阿清，我想韓濤壽應該會同情我的心境，我希望我在經濟上可以幫助阿清，並托韓濤壽常常帶些朋友去看她，也許由此可使她碰到一個合適的男人，病體復原時可以有個歸宿。

韓濤壽常有信來，箱子已經為我帶到重慶，紫裳的頭髮也已經為我寄去。黃文娟有很多機會把我的錢撥到內地，韓濤壽問我要不要劃到重慶，因為阿清療養院的開銷，還用不了這許多。他每封信都說到阿清健康的改進，與她對我的癡情，說她一見韓濤壽就談我，並且常常提到將來同我成家以後的種種，韓濤壽看了這種情形，只好支支吾吾，不但無法透露我的意思，還只好撒謊說我去信怎麼關念她。韓濤壽是當時叫我仔細考慮同阿清結婚的人，現在來信，似乎反而在怪我薄幸，見異思遷。他說阿清的健康尚未恢復，他無法把我意思告訴她。照他看來，如果阿清不知道我愛她，她絕不肯接受療養的。所以還是讓她安詳地多養一個時期，等她完全恢復了健康，由我自己去桂林親自同她談一次，比較好些。韓濤壽說，除了我自己，誰也無法為我處理我愛情的公案的。

韓濤壽還轉給我黃文娟的信，她那時還不知道我到了重慶。她報告我關於為我匯撥錢的種種，還告訴我上海的許多事情。她說小江湖同唐光穀合作得很好，他們舊汽車的買賣，因為汽油困難，已經很少。但是他們貨車改用柴油，又出租，又駕駛，又修理的，生意甚興隆。小江湖比以前忙，但收入比以前好了許多。唐默蕾因為得罪了敵偽的特務分子，他們跟她為難，所以她不做舞女，預備下星期動身到內地。文娟已經把地址告訴她，到桂林一定會來找我的。說到衣情，說她的神經錯亂時好時發的，但每次重發時總比一上次要厲害。小壯子在文娟家裡倒是很頑健，衣情有時候很想念他，有時候偏又把他完全忘了。每次衣情見他就說要帶他回去，見不到他倒不再提起，所以文娟索性不讓他們見面。文娟最後說他們已把老江湖接到上海，他身體還是很好，不過他們要他退休，在家裡納福。她說老江湖每天抱孫子，還教他們耍玩藝兒，小壯子也喜歡他，家裡多了老江湖不但熱鬧很多，還有了一個幫手。讀了文娟的信，我有許多感觸。老江湖真是好福氣，有這樣的一個賢慧媳婦。我想到老耿，他為什麼就無法享兒子的福？照常理來說，老江湖的兒子娶了太太，自然比沒有太太的更難相處，可是事實恰好相反。這裡面因素自然很複雜，譬如老江湖與小江湖在父子關係以外，還有一種友情，老耿的父子間是沒有友誼的；老江湖性格與老耿不同；但是最大的關係，還在文娟的賢淑，這自然也可以說是老江湖的命運了。人間往往就是這些偶然機緣的輻合。

重慶與桂林的航空信很快，所以我同韓濤壽通信最多。我後來特別同他談到唐默蕾，說她到桂林找我時，請他代為照拂，並請他告訴她我重慶的地址。韓濤壽每封信都提到阿清對我的癡情，這實在使我非常煩惱。

我到重慶後，曾經寫過一封簡短的信給姚翠君，向她道謝請我吃飯與幫我辦機票的事情。我也收到了姚翠君的回信，她首先謝謝我上次打牌時的幫忙，很坦白地告訴我我的發現一點不錯，那位姓丁的果然是通同郭鳴岐的。她說姓丁的一面向她擺闊，一面向她行騙，她已經與他翻臉不再來往了。姚翠君還提到紫裳，說有朋友從昆明告訴她，紫裳現在完全同以前不同，過著非常簡樸的生活，但是很愉快。姚翠君的信很誠懇地當我是她的朋友，我自又回她一封信。就這樣的，她成了我在桂林同我通信的第二個朋友了。

文學雜誌出版時我曾寄了一本給宋逸塵。我到內地後一直想寫封信給紫裳與逸塵，但總不知道怎麼措辭才好。現在我終於寫了一封信給他們，告訴他們我從姚翠君那裡知道一點紫裳近況，並為他們祝福。我對於自己沒有什麼辯護或解釋，我只是說，我只求朋友原諒，並不敢奢望朋友對我瞭解。一切過去的都已過去，我希望我還可以做他們的朋友。接著我提到我寄出的文學雜誌，盼他寫稿，並請他合作在昆明拉點稿子，共同使這本雜誌能夠保持他父親主編時一樣的水準。最後我提到紫裳的那束頭髮，說我已經托韓濤壽寄奉給她。我說對紫裳決無不敬不愛不忠實之心，現在仍想以我最忠誠的心做他們的朋友。這封信很快地獲得了逸塵的回信，他簡單地說他與紫裳很感激我的友情美意，希望不要再提過去。此外長長的信，就是對於文學雜誌的意見與鼓勵，他說他隔幾天就會寄稿子給我。

我所以在這裡提及這些朋友間信箚的往還，因為這實在占了我當時重慶生活很重要的部分。除了與容裳在一起以外，我生活就是工作，閱讀是我唯一的娛樂，同朋友寫信則是我生活的另一種調劑。

暑假開始，我的生活有了變化。我好像不能離開容裳一樣的整天要對著她，我們一起散步，常常兩個人帶著書到溪邊閱讀，我們有時候也去釣魚。我們曾到南溫泉去旅行一次，參加過幾次晚會。其他的時間，除了一星期兩次到市區以外，我總是在家裡，但是我寫作不多，通信也少，我不知道這時間是怎麼過去的。我與容裳現在已經忘去了自己，但是我們並沒有談到將來。這倒並不是我們不想到將來，而是我們太相信自己，也太相信這世界，好像一切的幸福都在我們手裡一樣。時間在歡樂中永遠是比在憂苦中容易消逝，悠長的暑假就悄悄地過去了。

容裳又重新住到學校去。

八十八

世界的戰爭正在進行，因為中國空軍的建立與飛虎隊的活躍，重慶的警報已經少了。我們對於抗戰勝利的信心，使我們的生活充滿著希望。但是另一方面，中國內政的腐敗，幣制的不穩定，士兵待遇的菲薄，後方豪富生活的糜爛以及國共的暗鬥，各種令人憂慮的現象使我們又不知道應該怎麼樣生活才對。

我們文學雜誌成績很好，當時文藝界左右兩派暗鬥得很尖銳，我們始終保持一個超然不牽涉政治的地位，所以倒很安定。我個人寫作也很有收穫，只是交際日廣，應酬也多了起來。余子聰要我搬到市區去住，我沒有答應。我雖然來回跑麻煩一點，但因為住在鄉下，可以推辭許多應酬，多有點自己的時間。我每週兩天在新文書店辦公，其他時間就在舵園裡，生活得很有規律。

日子在平靜安詳中過去，一陣風，一陣雨，天氣就冷了下來。

韓濤壽來信，一直沒有提起唐默蕾，我也慢慢把她來內地的事情忘了。但有一天，記得是一個下雨的下午。她忽然到新文書店來找我。她打扮得非常華麗，使我愣了很久。

「默蕾。」我最後才認出是她。

「你不認識我了？」

「我們這裡從來沒有這樣漂亮的小姐駕臨的。」我說著招呼她坐下，又說，「你什麼時候到重慶的？文娟來信說你早進來了，怎麼一直沒有來看我？」

「我只有你桂林的位址。」她說。

「我接到文娟的信時已經在重慶，可是她那時還不知道。不過我托了朋友，說也許你會去找我，請他照拂你。」

「可是我沒有去桂林。」

「那麼，這許多日子在哪裡呀？」

「我已經嫁了人，你相信麼？」

「怎麼不相信，」我說，「這麼漂亮的小姐，只要你想嫁，自然大家都要搶了。你是不是結了婚一同進來的？」

她搖搖頭。

「你有工夫麼？」我說，「我們一同到外面去喝杯茶。」

「只要你有工夫。」她說。

當時我和唐默蕾出來，到了旅歐同學會，叫了茶點。唐默蕾這時候坐在我的對面，微笑著一直望著我。

「怎麼？你這樣看我。」

「你胖了。」她說，「好像你又有了愛情。」

「你真是聰敏。」我說。

「因為你神色同在上海完全不同了。」她說，「在上海你認識我時，你正在失戀；這一次見面，你又在戀愛了。女朋友呢？讓我見見。」

「哪一天我帶她來看你，現在請你先告訴我你自己。」我說，「聽文娟說，敵偽的特務跟你為難，所以你脫離了舞場。」

默蕾吸上一支煙，很豪爽地說：

「你走了以後，我真是大走桃花運。好些人要我嫁他們。他們爭風吃醋，其中有七十六號的人，他威脅我，我就索性不幹了。我在黃文娟家住了三個星期，天天在家裡，後來父親有一批走單幫的朋友來內地，我就跟他們來了。」

「你嫁了其中一個走單幫的朋友？」

「胡說。」她說，「我嫁人真是意外。你猜我嫁給誰？」

「那怎麼猜得到。」

「實際上我只是做人家的姨太太。」

「我不懂，這我可真的不懂了。」

「我嫁給了S司令長官。」

「啊，那你是……真的？我在桂林碰見過他，他看起來有四十幾歲，很英俊。一個人的命運真是不能想像。」

「這講起來倒很有趣的。」

「怎麼？」

「我到了衡陽，去找一個朋友，恰巧那個朋友去了柳州，要一星期以後才回來。我等在衡陽沒有事，而且天天有警報，所以就到南嶽去玩了一趟。」

「你一個人去的？」

「我一個人去的。一個人才有趣。」她笑著說，「從衡陽到南嶽，先要搭小輪船到衡山，由衡山坐人力車到南嶽。到南嶽的時候，已經是下午二時，我投宿在中國旅行社的招待所裡，我預備休息一晚，第二天上山。我叫旅館裡為我預訂一頂轎子，可是到了五點鐘，突然來了七八個軍人，當地縣長員警都聚攏了照拂，很吵鬧，我知道一定是什麼要人來了。就一個人出去散步。回來的時候天已黑了，我吃了點東西，就就寢，預備第二天一清早上山去。

「第二天一早，我盥洗完了，問我昨天定的轎子。旅館裡的人居然說轎子沒有來，等一會替我再去找。我說我昨天約定六點半的，怎麼忽然沒有了？他只是支吾其辭。可是當我走到門口，就看到七頂轎子等在那裡，當時我心頭一氣，就上去坐進一頂轎子，要他出發。轎夫先不以為意，就想抬我入山，可是旅館的人出來叫他不許抬我，我就同他們爭起來。後來又出來了一個副官，說這是他們司令長官的，同我理論，要我讓出來。

「當時我真是發火了，我想我是一個女人，他們總不至於用武力拉我出去，我就坐在那裡不讓。這樣爭持了約有二十分鐘，於是七八個軍官出來了，為首那一個就是S司令長官。當時就有人報告他情形，他走過來看我一看。我就告訴他這是我昨天三點鐘定的轎子，你們如果一定要，也應好好地事先同我商量通融，怎能就作威作福，強佔了我的轎子。

「當時你猜怎麼樣。那位S司令長官，一句話也不說，他只是揮一揮他手中的手杖，叫轎夫把我抬走。轎夫抬我入山時，我在轎內竟一直想念那個S司令長官的風度。

「到了山頂，我住在上峰寺，吃晚飯時又碰見了他們。他們就叫和尚來請我同他們一起吃飯。以後我就做了他的朋友。我們一同回到衡陽，又一同到柳州，到貴陽，我就糊里糊塗地做了他的情婦。」

我聽了她的羅曼史，覺得這正是唐默蕾應有的機遇。一個人的際遇往往是配合著個性而來的，換了一個人，碰到這種場合，就一定不會有這樣的發展了。我當時問她：

「你現在住在什麼地方？」

「歌樂山。」

「你的先生呢，他不是在前線麼？」

「他去去來來的我從來不管他，也從來不問他。」

「但是你愛他？」

「自然，他是一個最有度量的男人。」

「你是說你同我在這裡喝茶，他知道了不會不開心的？」

「你真會開玩笑。」她說，「哪一天我請你到我家來玩，我們家裡朋友很多。」

「你常常進城？」

「一星期總有三四次。」

「在家裡幹什麼？」

「他們打仗，我們打牌。」唐默蕾笑著說，「有時候我們也開舞會，許多年輕的軍官們都來，很熱鬧。」

當時，我也告訴她一些我的情形。我說我常常同容裳參加晚會，她家開晚會的時候通知我，我一定會去參加的。臨別的時候，我告訴她一星期兩次我一定來新文書店，她如果上午來市區，希望隨時可以一同吃中飯談談。

這以後，唐默蕾就常常到新文書店來看我，有時候一起吃中飯，有時候吃吃茶；有時候她只在我辦事室中坐一會就走了，有時候她來買東西。大包小包的暫時在我地方存放，隔一會再來拿去。唐默蕾住在歌樂山應當很靜，可是她竟三天兩頭地進城，好像總有許多事情似的。我知道她是一個好動的人，無法一個人住在鄉下，市區裡有她許多朋友，自然常常有應酬，有時候她要帶我去看她的朋友，有時候她也帶朋友來看我。不過我一星期只有兩天進城，一進城自然有很多事情又有許多約會，所以雖然碰見過她的許多朋友，但都沒有熟稔起來，成為我的朋友。

唐默蕾是一個很豪放的女性，有一天我們在心心茶室吃茶，她看我好一會，忽然笑著說，「真奇怪，我們倆來往那麼久，會沒有……」

「沒有什麼？」

「沒有戀愛。」

「男女來往不一定就是戀愛。」我說。

「可是在我的經驗中，同我來往的男人，很少沒有別的心思的。」

「你是說男女之間沒有友誼了。」

「男女之間的關係：不是仇人，就是路人；不是路人，就是情人；不是情人，就是夫妻；不是夫妻，就是冤家。」

「這是你發現的？」

「這是你自己同我說的，你忘了？」

「我說過這些話？」我想了一想又說，「也許，那時候我還不很認識你。」

「認識我以後怎麼樣？」

「認識你以後我就發現你是我一個真正的女朋友。」

「真的，連我自己都不相信起來，怎麼我們倆來往這麼久，真的會同兄妹一樣，一點也沒有……」

「連你父親都不相信我和你只是朋友。」我說，「他要我娶你。」

「我沒有這樣的好福氣。」

「這是我沒有福氣。」我說，「你知道我們來往時我的情形麼？」

「我知道，你剛剛失戀。」
「等我們熟稔了？」
「我們進了賭場。」
「這就是了。」我說。
「你知道我是一個賭博的讚美者麼？」
「你應當說你是一個賭徒。」我說。
「一點不錯。」她說，「我有一個祕密，沒有告訴過別人。」
「什麼？」
「我做舞女的時候，如果碰到一個對我有壞念的人，我就帶他去賭場；等他賭盡了他的所有，他連對我的慾望都沒有了。這個辦法，萬試萬靈。」
「啊，所以你那時候帶我去賭場。」我開玩笑地說。
「這就是我第二種經驗，對於我喜歡的但對我沒有慾望的人，我也幫他進賭場，等我幫他贏了錢以後，他對我就會有情慾了。」她豪爽地笑著說，「你們男人都很簡單。」
「可是我一直當你是我的朋友。」
「這所以我對你很尊敬，也因此我們可以合作去賭錢了。」
「默蕾，你知道我為什麼對你只有朋友的感覺？」
「這因為我們一開始就是朋友。」

「那麼以後就只能是朋友了？」

「這因為愛情是突然發生的事情，真正的戀愛總是一見鍾情的。」

「但是也有許多年的朋友變成情人的。」

「可是那也一定是突然發生的，這因為友誼與愛情總是兩件東西。」默蕾笑著忽然說，「其實，最美麗還是初戀。」

「你從來沒有告訴我你的初戀。」

「我正想告訴你，我那天碰到了我真正的初戀的男人。」

「誰？」

「他現在在外交部做事。」

「你們是同學？」

「不是，我們是在船上碰見的，在從上海到天津的船上，我同家裡在一起，他也同家裡在一起。」

「那麼後來呢？」

「沒有什麼羅曼史。」她說，「我們到天津，他們由天津轉到北平。那時候我真還是個小女孩子，他也是一個學生，大家沒有表示什麼，可是我以後很想念他，我們通了很多信。」

「後來呢？」

「後來我有了別的男朋友，就懶得寫信了。可是我還是常常想念他。」

「而這次在重慶碰見了？」
「上星期在一個朋友家裡。」
「你還覺得愛他麼？」
「不，我只希望可以同他做一個朋友。」她說，「我變了許多，他也變了。」
「這真是很美麗的事情。」我說，「他始終不知道你愛過他。」
「我想他不會知道的。」
「他叫什麼名字？」
「叫呂頻原，他現在外交部做事。」
「呂頻原？你是說呂頻原。是這樣寫的麼？」我說著，用手指寫著問她。
「怎麼？你認識他。」
「如果是這個人，那他與我可真是很老的朋友了。」我說。

八十九

呂頻原是誰呢？你也許已經記不起這個名字了。

在我們生命中，有許多人碰見過一次就此不再見面，有許多人有過很密切的關係，而後來忽然就不再來往，也有許多人先有過一度來往，以後就各自東西，可是忽然又重聚一起，影響了彼此的生命。

呂頻原是我到上海時第一個朋友，他的父親，我叫呂叔叔，是舵伯介紹我去看他的。呂頻原是為我安排補習學校，後來又一同進大學的朋友。

我很疏忽地沒有把那一段生活仔細敘述，原因是我以為這對我生命是沒有什麼大影響的。現在唐默蕾提到了這個名字，我不得不重新再來追敘一下。

呂叔叔有一個兩開間的煤炭店，樓上是辦事處及職員宿舍，我初到上海，先就耽擱在職員宿舍裡，後來他們撥了一間小房間給我，我也付了一點膳宿的費用。呂叔叔家並不住在那裡，自然呂頻原也並不同我一起，但過年過節，有時候呂叔叔也請我到他家去吃飯，吃了飯也就散了。呂叔叔似乎很忙，煤炭店以外還有許多事情，他不但很少同我往還，同他自己的兒子也像很疏遠的。

呂頻原比我年輕，同我同時進大學，他進的是法學院，因此見面不多。我進大學後就住在宿舍裡，呂頻原偶爾來看我，或者約我到他家去，我們的過從並不親密。他很用功，對政治，對學生會什麼都不感興趣，他很像他父親，不愛說話，很冷峻。同我完全是兩種人。他進大學一年後，他的家裡要搬到北平去，他也就轉學到清華大學，起初我們還通一兩封信，以後就再沒有消息。舵伯到上海時，呂家已搬走，所以他們也沒有會面。現在唐默蕾談到船上同呂頻原相識，大概就是他們搬到北平去那次的船上了。

當時我告訴默蕾我與呂頻原的過去，我說我很想見他。

默蕾本想馬上打電話給他，可是已經過了辦公的時間，所以她於第三天下午帶了呂頻原來看我。

呂頻原真的完全不是以前的呂頻原了，要是在路上或在別處碰見，我一定不會認識他的。他的頭髮原來是平頭式的，現在已經分開，他戴了一副金腳的眼鏡，穿一套灰色的西裝，非常整齊。我同他握握手，收拾起我桌上的東西，就同他們出來到心心茶室去喝茶。

原來呂頻原家裡搬到北平後，他父親事業一直很好。呂頻原進了清華大學，畢業後進了外交部。現在他父親還在北平，因為有點產業，沒有離開。呂頻原談話聲音很低沉，可是很有條理。我講到當初介紹我到上海看他父親的舵伯，他說他聽見他父親談起過他，但從來沒有見過面。我說哪一天我帶他去看舵伯。

默蕾當時忽然提到呂頻原可能會派到加拿大去。她說他應當在重慶結婚才對，不然很可能會娶加拿大的女子了。

我們談了很久才散，我回家後就把我碰見呂頻原的事情告訴舵伯，舵伯也很想見他。於是我約定一個星期六請唐默蕾與呂頻原來家裡吃便飯。

那天由我陪默蕾與呂頻原到了家裡，為他們介紹舵伯、曇姨同容裳。容裳與曇姨都打扮得非常漂亮。因此。雖是便飯，這氣氛倒顯得很正式。

起初是舵伯與呂頻原談談他父親的情形，後來大家閒談起來。容裳與默蕾很快就熟了，呂頻原忽然向容裳說：

「我們是不是在什麼地方見過？」

「啊，啊，我想是的，也許在什麼家庭舞會裡吧。」

「啊，對啦，在王家。」呂頻原說。

「你們跳過舞？」我問。

「沒有，我舞跳得不好。」呂頻原笑笑說，「不過我很喜歡音樂。」

這樣，我們的談話就越來越自然了。

吃飯的時候舵伯要默蕾報告一些上海的情形。呂頻原與他在北平的父親經常有信箚往還，也告訴我們許多北平的情形。曇姨與容裳都聽得很有興趣。

菜並不多，但很精緻，我們還喝了一點酒。飯後大家還聽了一會音樂。曇姨鼓勵我們跳舞，我們就在客廳裡跳了一會舞。默蕾以前是職業舞女，當然跳得好，容裳因為常參加舞會，現在也跳得很好了，呂頻原同我差不多，都跳得不很好。

我們一直歡敘到十一點多才散。

以後，默蕾與呂頻原常常到舵園來。後來S司令長官回渝，默蕾也請我們到他家去。

他們家在歌樂山，房子就在一座小山的頂上。有很大的客廳，客廳外有很大的草坪。

S司令長官風度很好，很威嚴又很和氣，他同舵伯在銀行俱樂部裡見過，所以有很多話可以說，我們一直很自由地由默蕾招待著。默蕾說，等司令長官離渝以後，她打算舉辦一個舞會，要我與容裳、呂頻原大家發起，玩一個通宵。

是這樣的一種關係，我們就有了很密切的交往。

日子一天一天地過去，天氣冷了下來。舵園的草已不青，樹葉開始凋落，一陣霧，一陣雨，秋已經深了。

當我在重慶的事業生活與戀愛生活，甚至社交生活都很順利的時候，想到在桂林療養院中的阿清，竟覺得是一個負擔，甚至是一個陰影了。我曾經以為我與阿清的關係是愛情，也曾經以為對她的幫助是我的道義，但我竟怕把這件事告訴曇姨與容裳。現在我不但怕提起，而且怕想起了。可是韓濤壽每封信都向我談到阿清，他說到阿清的健康，也說到她的感情與她的夢想。我現在幾乎很少寫信給他，有信也非常簡短，我從上海來的錢足夠給阿清開銷，我希望韓濤壽可以為我好好安排才好。現在韓濤壽忽然來信說阿清又照了X光，醫生說已經可以出院了，他要我回桂林一趟，關於感情方面的事情，最好我親自去解說。我讀了信，真不知道應該怎麼處置，我實在怕見阿清，老實說也怕想到我與她的情感，韓濤壽越誇讚她的感情的真摯，我越覺得無法同她見面。我把這封信壓了一星期，不知道該怎麼回答才對，但是我並不能把這件事情忘懷，我每天在思索與憂慮之中。最後我忽然想到了姚翠君，我想如果阿清可以暫時住在姚翠君那裡，那就是最理想的處置了。姚翠君那裡來往人多，也許可以交到了會愛她的朋友。而且姚翠君過的是交際花的生活，阿清也許可以幫她點忙。等阿清稍稍習慣了以後，我再托姚翠君告訴她我對她只是朋友的感情。或者對於她不會有什麼打擊的。我自然還希望阿清對我的愛情並不如韓濤壽所說一樣堅貞，我想這不難托姚翠君留心，請她看情形告訴我阿清的意見。

這樣我就詳詳細細寫了一封信給姚翠君，把一切經過都告訴了她，我並且告訴她我心裡的痛苦，希望她可以瞭解我給我幫助。我同時也寫了一封信給韓濤壽，但我附在給姚翠君的信裡，求他幫忙接阿清到姚翠君那裡，並為我解說我因為工作無法離開，所以暫時不能夠來桂林。我特別托他把我的錢給姚翠君，請翠君為阿清置辦一些衣服首飾，並且最好為她請一個家庭教師，讓她識一點字。

姚翠君接到我的信後，就有回信給我，她很熱誠地應允了一切。並且告訴我給韓濤壽的信也已經當面交給他，說他也答應明後天就去接阿清。接著韓濤壽也有信來，說已經把阿清接到姚翠君那裡。他說他以前並不是不肯幫我忙，實在阿清對我太癡情。他本來就勸我不要隨便同她結婚，但後來看到她太癡情，就覺得我不應該辜負她了。現在姚翠君肯幫我忙，把阿清安頓在她那裡，自然是一個較好的辦法。但是照他看來，阿清也決不會就此忘了我的。最後他說阿清在醫院中已經識不少字，她本來讀過幾年書，所以學得很快，他現在已經為她請了一個家庭教師，每天到姚翠君那裡去教她，叫我放心。

我當時就寫了一封信給韓濤壽，我說我很感謝他幫我忙，阿清已經在姚翠君那裡，我很放心。我說我本打算自己到桂林的，只怕見了阿清，更使她對我抱別種希望，我說現在我清清楚楚看到我沒有愛她，我希望她可以早點忘去我。……

是這樣的一種安排，我以為是再妥當沒有了。所以我開始把這件事情淡忘下來。

日子悄悄地過去，不知不覺耶誕節已經近了。

唐默蕾一直要開一個熱鬧的舞會，因為大家事情忙，容裳又在學校裡，所以沒有實現，現在她決定在耶誕節前夜舉行一個舞會，她要把她的房子與花園做一個華麗的佈置。她非常有興趣地買這樣那樣，還同我與呂頻原商量請些什麼人。

重慶所謂家庭的舞會，雖也有大有小，但大部分都是很簡單，無非是一些年輕人的熱鬧。現在唐默蕾的舞會，則特別隆重。我起初總以為是女人的虛榮心與喜愛排場，後來我發現倒並不是如此，而是她想借此事有點事情忙忙而已。

九十

離耶誕節只有幾天時，默蕾說她的先生，那位S司令長官也預備回家過節。舞會的舉行在飯後，主人並不預備晚飯的，現在默蕾要另組織一個牌局，她請舵伯與曇姨下午就去。所以這場面也就越來越大了。

默蕾的家是一所很寬敞的洋房，高高地矗立在小丘上，小丘的下面雖也有別的房屋，但都沒有她那所房子觸目。耶誕節那天晚上，他們的燈光顯耀，老遠就可以看到。

歌樂山離市區很遠，那天參加舞會的人許多都是有車子，或者是搭別人的車子去的，但是S司令長官還撥了兩輛專接賓客的卡車。我與容裳那天在市區吃飯，偕同呂頻原同他的伴侶孫小姐搭這輛卡車。到默蕾的家裡，大概是九點半鐘。

就在他們門口，我忽然看見一個衣服襤褸，滿面鬍子的人。他手裡拿著手杖，一面在空中揮舞，一面在罵：

「媽的，前線在打仗，你們倒在作樂。……你做司令的住在洋房裡，娶姨太太，開跳舞會，我們當兵的在挨餓受凍，睡在地上……」他顯然是喝醉了酒的。

那天天氣很冷，有點微雨，雨沾在那個酒鬼的鬍子上，閃著晶晶的光亮。

門口有兩個衛兵，正在把那個醉鬼趕開去，看見我們到了，就招待我們進去。我們同車來的人都沒有理會，又因天有微雨，怕打濕衣服，都匆忙地照拂著女伴進去了。我因為聽這些辱罵的言辭有點刺耳，所以遲走一步。這時我忽然發現我是認識這個人的，雖然我想不起在何時何地碰見過他。我當時就請呂頻原照拂容裳先進去，我就走近了那個醉鬼去看看。他一面推開衛兵，一面還在罵：

「你是什麼東西？我是少校團長，叫你們司令出來，我倒要問問他，他到底吃了我們多少軍餉。」

這時候，就有人吆喝著要把他扣押起來，那個醉鬼一面躲著，繞著圈子，一面還在罵。於是有三四個人過去抓他。我搶步走上去，恍然我認出他是誰了，我不禁又害怕又高興地叫了出來：

「穆鬍子，你是穆鬍子。」

「我是穆鬍子，怎麼樣？」他大聲地嚷著說，「我穆鬍子坐不改名行不改姓，我就是穆鬍子，怎麼樣？」

「你不認識我了，你看看我。我就是野壯子，野壯子。」

穆鬍子於是摔開那幾個想拉他的人，他用粗壯的兩手緊握我的兩臂，用充滿紅絲的醉眼盯著我，大聲地嚷著：

「野壯子，真是野壯子——想不到在這裡碰見你，我還以為你還在上海呢。」

「說來話長。穆鬍子，你現在先到裡面去吃點東西，睡一覺。明天我們慢慢再談。」

我說著一面拉他到裡面門房裡，請衛兵及傭人招呼他一下；一面我到裡面告訴默蕾，我告訴她我碰到了一個多年的老友，現在竟落魄像一個叫花子，希望她再叮嚀門房招待他一晚，讓他在床上睡一個覺，等舞會散了，我帶他回舵園去。

當時舞會已經開始，這裡有許多閨閣名媛，有青年軍官，有官貴子弟，有名太太與交際花以及在政府機關任事的美麗小姐。默蕾一一為我介紹。呂頻原似乎很適合這樣的環境，他彬彬有禮地東西招呼著，容裳同幾個小姐則混在青年軍官中間。我覺得我不能習慣於這個氣氛，我很想念穆鬍子，我想去看看他。我沒有穿大衣，一個人溜到外面，才知道穆鬍子已被安頓在花匠房中，他早已沉沉入睡了。

我沒有驚醒穆鬍子，回到裡面，音樂已經響起，我隨便請了小姐太太們跳了幾支舞。

在同容裳跳舞時，我同她談到那個醉鬼是我的老朋友，以及過去一些故事時，她竟一點也沒有興趣。她不斷地告訴我場中有名的太太與小姐。不知怎麼，我忽然感到了一種說不出的寂寞。音樂停時，我離開了容裳。這時候我看到曇姨從裡面出來，我就過去找她去談話，我告訴她關於碰見穆鬍子的事情，以及我想暫時帶他到家裡去住的意思。曇姨不但一口表示歡迎，還非常同情穆鬍子。她的眼睛閃出熱忱的光，要我馬上去帶他來為她介紹。我告訴她穆鬍子已經在外面睡覺，我預備我們回家去時帶他一起回去。她對於我有這些奇怪的朋友感到很驕傲愉快。這態度與容裳的態度對照，我覺得我竟是屬於曇姨一代的人了。

我請曇姨跳舞，曇姨還是不斷地問我穆鬍子的過去。這時候，很奇怪我忽然想到了阿清。如果我把穆鬍子這樣一個朋友介紹給阿清的時候，阿清的態度會像容裳這樣的冷淡麼？我於是想到我當初投到阿清家中的日子，不正是現在的穆鬍子麼？我心中一時有說不出的感觸。我真想把曇姨帶引一個靜靜的環境中，像過去我們在鴉片榻上一樣，把我心中的苦悶疑問同阿清的關係向她低訴。但是音樂中止的時候，有人過來與曇姨招呼，我只好強作歡笑地混入人群當中。

穆鬍子的出現，使我的心理起了很大的波瀾，我對於這熱鬧溫馨的場合竟像是不能吸收一樣的覺得隔膜，對於所謂風趣的談話感到厭煩，我很想一個人在一間斗室裡耽一會，於是我就找默蕾帶我到一間小廳裡讓我休息一會。

那間小小的廳房佈置得很簡單，綠絨的窗簾，白色的牆，放著一部像專為裝飾用的二十四史的書箱。有一張方桌與幾張綠色套子的沙發，沙發後是一盞宮燈型的腳燈，我開亮了那燈，看到燈絹上的工筆劃，像是黛玉葬花一類的故事。燈光是黃色的，很幽靜。我於是關了頂燈，坐在沙發上，伸直了兩條腿，覺得很舒服。我隱隱約約地聽到前面的音樂，但感覺上竟像離我很遠了。

我不知道我坐在那裡想些什麼，我當時思緒非常紊亂。我總覺得這樣的舞會不是我的社會。我在那些年輕人中間覺得太大，在那些有錢人中間覺得太窮。我不懂呂頻原為什麼會適應得這樣自然。他的態度彬彬有禮，對誰談話都不疏不親。一個人坐在角落時也像是在享受那熱鬧的氣氛。我於是想到穆鬍子，他怎麼會到重慶，又為什麼弄得潦倒至此？他剛才的話雖是醉中狂言，但也句句都是真話。究竟我們民族是在生死存亡中掙扎，而我們竟都在醉生夢死。

就在我靜靜地坐在那裡，大概有二十分鐘的時間，我正想找一本書看看的時候，我忽然聽到窗戶上有一種粗澀的聲音，仔細聽時，我斷定有人在撬窗門。

窗前掛的是綠絨的窗簾，我無從看到是什麼。我先是很想過去看看，但繼而想這一定是一個賊，我走過去一定會把他駭跑了，不如等他進來了容易捉他。當時我就關上了燈，等在書架右側的電燈開關旁邊。

這時我聽到窗戶像是已經開了，窗簾慢慢地在掀動，我看到一個黑影子從窗外跳了進來。他到了裡面，站了一會，才拿出洋火劃了一根，四周照照，這時候我突然看出這個人正是穆鬍子，我當時很快地撥開電燈開關。這突然的光亮使來人吃了一驚，我站了出去，叫：

「穆鬍子。」

穆鬍子愣了一下，不知道該怎麼樣才好，最後他退到窗戶前，很不好意思地似笑非笑地說：

「野壯子，是你？」

「幸虧在這裡碰到我。」我說，「你怎麼會又弄到這樣地步？請坐請坐，我們談談。」

「我看不慣這群王八……」

「你坐下慢慢談，好不好？」我說。

穆鬍子這才慢慢地走過來，坐倒在沙發上。

「到底怎麼回事，你什麼時候來重慶的？」

「我來了三個多月了。

「你在第四號山區不是很好麼？」

「很好，你來看我的時候我們很好。」

「後來怎麼樣？」

「後來，共軍方面派了人來，給我們政治指導。抗戰爆發，我們弟兄都要打日本人，可是政治指導員反對，同我有點衝突。接著我被邀到後方去開會。在共區耽了七個月。」

「後來呢？」

「我在那邊每天閒著，什麼事都沒有，我想念我的弟兄們，我要出來打遊擊，他們不給我回來。」

「你有沒有看見唐凌雲？」

「看見過，我很想同他談談，但是我們沒有單獨的機會，我發覺他變了，他只同我打官話。」他又接著說：

「在那面沒有一個朋友。我想念我在第四山區的弟兄們，但是他們把我的兄弟們都害了。」他很憤慨地說，「當時我的弟兄們都要我回去，不聽那個指導員領導，於是他就調了共軍把他們繳械了，一部分被調到後方，一部分就此散了，還有一些想自己成立隊伍的，被他們在一個山谷裡全數掃射死了。」

「你就這樣出來了？」

「這些是我後來才知道的。」他說，「後來你知道，日本軍隊來了，國軍撤退，共軍擴張了。我在那時候跑出來，我原想到第四號山區去，但是一個人都沒有了，我到附近農家去打聽，才碰到一個我們的弟兄，他詳細告訴我一切的經過。這樣我就跑了出來，我投到國軍陣營裡，我就在這S司令長官的部下，我掛了彩，進了傷兵醫院。日本人來了，大家撤退，許多傷兵都沒有人管。我逃了出來，一個人，沒有一個機構收容我照顧我，你看他們軍長師長們，大公館小公館的，吃的是什麼？住的是什麼？可是兵士，你知道他們過的是什麼生活？吃，吃不飽；穿，穿不暖；病了沒有醫藥。傷兵醫院裡，睡的是稻草，吃的是雜糧，到處是蚊子臭蟲蒼蠅，都沒有人管，你說我們為什麼要抗日，難道就是為保護他們這些貪官污吏公子少爺跳舞看戲麼？」

穆鬍子很興奮地談著，我沒有作聲，等他講完的時候，我說：

「你現在同我講這些幹什麼？我們老朋友了，你現在沒有地方去，且到我地方去住些日子。慢慢想個辦法，你跳窗戶進來想偷東西，這總不是辦法，是不？」

穆鬍子看我指出他以前的毛病，就有點氣餒，他說：

「我想離開這裡，我只想找點盤纏。」

「慢慢再說，你要去哪裡，我們再商量，盤纏也用不著偷，我也許同你一起去，也說不定。」

就在我們這樣談的時候，有人敲門了，穆鬍子有點不安，我叫他不要動，一面說：

「請進來。」

進來的是唐默蕾。她看見是剛才那個醉鬼同我在一起，就關上門。我當時就替她介紹：

「這就是我的朋友穆鬍子。」

穆鬍子很難為情似的點點頭。

「你要不要什麼？」唐默蕾問。

「不要什麼，不要什麼。」我說著，忽然想到我不如先帶穆鬍子回家去，以免這裡打擾他們，我走近默蕾，我對她說：「我想帶他先回去了。最好不驚動別人，你借我一輛車子，怎麼樣？」

「我可以叫一個司機送你們回去的。」她躊躇一下，又說，「不過，我想你等一等，我先去找點衣服讓他換換再出去。」

唐默蕾去了大概有一刻鐘工夫，她抱了一堆衣服進來。她說：

「先讓他換了衣服吧。我去預備車子。」

唐默蕾放下衣服出去，我叫穆鬍子換去破衣。

唐默蕾拿來的衣服是一襲中國絲綿袍子與全套內衣褲與夾襖褲，袍子是綢質的，夾襖褲是呢絨的。

穆鬍子實在太髒，也沒有洗澡洗臉，換上了整潔的衣服也不像是這裡的客人。他好像還是第一次穿這樣的衣服。穿上了就不知道如何動作。衣服雖稍短些，但大小都還合適。而那雙腳則汙髒不堪，他還穿著破了的樹膠底布鞋。當時我很怕別人看到穆鬍子，我覺得換了這襲綢衣比不換還要見不得人。

幸虧唐默蕾來說，她已為我安排好車子，我就帶穆鬍子出來。外廳正在跳舞，電燈暗著。甬道上進進出出的人很多，倒沒有人注意我們。

我拜託默蕾代向容裳同曇姨致意，就帶著穆鬍子出門，上了汽車。

九十一

回到家裡，我先打發穆鬍子沐浴修面，掃除了他身上的積垢，我拿舵伯的舊鞋舊襪給他換上，以後又叫他穿上默蕾給他的衣服，這樣穆鬍子才開始像一個人。接著我又要胡嬤弄點東西給他吃。他要喝酒，我沒有給他。吃了東西，我帶他到我的房間內，才同他談敘別後的種種。我告訴他老耿與大夏、大冬的事情，我從我認識老耿開始，講到他們父子重會，無法相處，又講到抗戰開始後，他們到了內地。老耿翻車慘死與大夏、大冬去了延安的種種。

「他們去了延安？」穆鬍子說。

「你沒有碰見他們？」

「他們什麼時候去的？」

我計算了一個大概的時期，告訴了他。

「那麼，我們應當同時在那邊。」

「你沒有碰見？」

「沒有，沒有。」穆鬍子說著，沉吟了許久，像是惋惜什麼似的，他忽然問我，「他們怎麼樣？真的相信共產主義麼？」

「我想是的。」

「那麼即使碰見了，他們也不會是我的朋友。」

穆鬍子忽然凝視我很久說：

「日子過得真快！還是你，你大概發了點財了。」

「我沒有發財，」我說，「不過我算是改行了。」

「你本來沒有入什麼行，是不？」穆鬍子忽然笑了。

「也許，那麼現在算是有行了。」

「你一直在上海？」

「是的。」

「老江湖呢？」

「他一直在跑碼頭，但現在聽說回到上海享福了。」

「怎麼？小江湖發財了嗎？」

「小江湖開了一個鋪子，很好。」

「你們都有辦法了，我聽了很高興。」

「穆鬍子，你現在是不是想做點別的，比方做點小生意，或者種點田。」

「你是說你給我一點本錢？」

「自然，我願意幫你忙的。」

「謝謝你，我不會種田，也不會做生意。」

「那麼想幹什麼呢？總不能一輩子都……都這樣不安定。」

「我想出家。」他很認真地說。

在這樣的談話中，我忽然發現穆鬍子真是變了。他的外形，除了鬍子有點灰白外，可說沒有什麼變化，可是他談話的神情竟換了一個人，我想到他剛才激昂興奮的態度，一定還是酒精的力量，現在他可是清醒了，我說：

「你是不是常常喝醉酒的？」

「我並不常喝醉，但是喝酒是我最大的快樂。」

「那麼你喝點酒吧。」我說著站起來，我到裡面找出舵伯的一瓶白蘭地，我說：「我請你喝一杯好酒。」

我斟了一杯給他。

他喝乾了，我又斟給他一杯。於是他自己斟了第三杯。

「我想這樣夠了，」我說，「現在天快亮了，他們也許快回來。你先休息去，就睡在我床上好了。」

我要穆鬍子早點就寢，省得舵伯他們回來了，有許多不方便。第二天，我們在後面平房裡為他佈置了一間房子。穆鬍子就開始住在舵園裡了。

穆鬍子在舵園裡，正像鳥籠裡多了一隻耗子，或者像魚缸裡多了一隻青蛙，他與周圍都不容易調和，第一不喜歡他的是傭人，特別是胡嬤；第二則是容裳。曇姨與舵伯對他雖很諒解，但也覺得應當為他安頓一下才是辦法。

穆鬍子生活太隨便，沒有禮貌。有時一早起來便出門去了，有時睡到中午才起身；別人吃飯時找不到他，別人吃完飯，他到廚房裡自己找東西吃；有酒吃酒，有肉吃肉，有時別人晚回來，想吃點什麼，發現廚房裡的東西都已經光了。

起初我勸勸他，他還接受，可是隔了幾天，舊病復發，一切同過去一樣。後來我說他，他竟說我是對他擺架子。這還不算，以後他竟引來了一群窮朋友，他把食物拿出去分給他們，他不是說他們是他以前的部下，就是說傷兵醫院裡的舊夥伴。這使曇姨感到非常困難。我們商量很久，覺得唯一的辦法是替穆鬍子找一份職業。可是他既不識什麼字，也沒有什麼技能，要是做工役或勤務兵，他倒也是一個軍官，自然太委屈他了。舵伯為他留意了很久都沒有機會。最後，碰巧有一位內江公路站長過重慶，他要一個看守倉庫及打雜的人，我們覺得這職業於穆鬍子還合適，我就去問他。我當時很怕他閒住白吃慣了，不肯去做事，誰知同他一說，他竟非常高興，他說：

「野壯子，我正在想，這樣在你們這裡住下去不是辦法。可是我沒有地方去。我自己一個人自然不怕什麼，只是那些窮朋友，我不能不為他們想到。現在你為我找了事，自然再好沒有。我這次一定好好地去做事了，我第一要戒酒。」

「穆鬍子，你是一個好人，只是不適合這個社會。我希望你換一個樣子做人。不要嫌事情小錢少，安安定定地耽下來，看有機會再換。省得一個人流落。能戒酒自然好，不戒，能少吃不醉，也沒有什麼。你現在是不是戒賭了？」

「自從我們當初一同離開上海後，就沒有賭過。」

「那就不要破戒了。」

「沒有對手，沒有錢……」

「可是你做了事，有了薪水以後，我怕你會破戒的。」

「大丈夫戒酒戒賭都不難，你放心好了。」

「那就再好沒有了。」我說。

穆鬍子去內江，就是預備跟那位內江公路站站長同行，當時我知道他於一月後才有薪水，所以給了他一點錢。曇姨也揀出一些舵伯的舊衣服給他。

在他動身的前一晚，我在他房內坐了許久。我們談了許多過去的事情，他很感激舵伯與曇姨，說以後要找機會圖報。我當時一再勸他以後少喝酒少罵人。我們談到一點鐘，我告辭出來，可是他忽然叫住了我：

「野壯子。」

「怎麼？還有什麼？」

「你勸我許多，都很對，我也有一句話想勸你。」

「什麼？」

「我問你，你真的打算同容裳結婚麼？」

「大概會的。」

「我想勸你，你還是多考慮考慮。」

「怎麼？因為她不喜歡你，你就……」

「不是這個意思。」穆鬍子說，「我冷眼旁觀，你娶了她決不會幸福，這不是說她不好，是你們倆不合適。」

「怎麼不合適？」

「就是不合適。」他很有信心地說。忽然他望著我，笑了。

「你笑什麼？」

「也難怪你，你不酗酒，不賭錢。一個人總有一關，你太喜歡漂亮女人。」

「你不要這樣說好麼？」

「我穆鬍子走遍了江湖，看穿了世界。我見過不少英雄好漢。野壯子，我沒有冤枉你，你太好色。」

「穆鬍子，我們是老朋友了，你知道我，我從來沒有尋花問柳，現在我愛容裳，我們預備結婚，你不應該這樣說我是不？」

「你如果知道玩弄女人，倒不是什麼好色了。你這樣只是被女人在玩弄。容裳也許是一個很好的女孩子，可是被你寵壞了，你知道你在她面前真像一個沒有用的傢伙麼？」穆鬍子一面說著一面斜著嘴笑。我一氣，就把他推了一下，他坐倒在床上，兩手支在床沿，一面說：

「你如果要成家，我勸你娶一個你敢罵敢打會伺候你的女人。」

「不要你胡說。」我一揮手打了他一個耳光，反身就走出他房間，重重地關了房門。

但是穆鬍子並沒有對我生氣，第二天一早他來敲我房門，同我告別。我起來，一直送他到門外坡下。

舵伯也送他到門口，站在那裡，一直望我們，我們沉默地走了好一會，我開始低聲地說：

「穆鬍子，你真好，昨天你沒有對我生氣。」

穆鬍子笑了笑，忽然靠在我身邊說：

「野壯子，你真的這樣愛容裳？」

「是的。」

「我覺得她不夠愛你。」

「怎麼？」

「她不夠真誠。」

「為什麼你要提這件事呢？」

「我只是想提醒你一點就是了。」

「謝謝你。」我說，「我們結婚時一定會請你來吃喜酒的。」

「那麼你常常給我一點消息。」

「自然自然，到內江也不遠，也許我會來看你的。」我說。

同穆鬍子分手後，我回到家裡，舵伯還站在門口，他說：

「他倒是很難得的。」

「你的意思是……」

「是一個可以共患難的朋友。」他說。

九十二

人與人的往還與相處，似乎都有一種機緣，容裳與穆鬍子真是一開始就不相投。

那天在唐默蕾家裡，我帶了穆鬍子先回家，沒有通知容裳，得她同意，容裳回家後對我發了很大的脾氣。她認為我重視朋友不重視她，實際上，如果在交際或應酬的禮貌上講，我當然是不對的。可是容裳不光是我邀她去參加舞會的舞伴，而是一個妹妹一樣的家庭的一分子，我看見她與許多年輕空軍軍官玩得很快樂，所以沒有去打擾她。當時穆鬍子的情形狼狽，我只想早點帶他回家，我就煩默蕾轉知容裳一聲，而且舵伯與曇姨都在，自然會照拂她回家的，所以就沒有想到別的。容裳回家後，一直沒有理我，我還以為她有什麼別的事情不開心，第二天我找她，她還是不理我，等我一再央求，她才對我抱怨。說我輕視她，說每個小姐都有舞伴護侍回家，而她竟半途被我捨棄，於她面子過不去。當時我自然一再賠罪，請她寬恕，一面我自然還把穆鬍子情形告訴她，只隱去了穆鬍子意圖行竊的一點，我說我怕他出事丟臉，所以要把他送回。容裳說這也不怪我，說我把他送到家裡後應該再去陪她，怎麼就此就不管她了，我再三怪自己當時沒有想到這點，還說因為安頓穆鬍子，所以太晚了。總之，經過我一再賠罪求恕，才得容裳化涕為笑。這是第一次容裳對我發脾氣，她的眼淚好像使她更可愛了，等她渙然冰釋後，我們的感情好像增加了許多。我也更覺得少不了她。

但自從這一次以後，容裳竟常對我發脾氣了。容裳於陽曆年過後就回學校去了，一個月以後她有寒假，整個寒假幾乎三天兩頭對我發脾氣，每一次脾氣使我對她更覺可愛與可憐，也更覺得她越來越接近我與需要我，我也一次一次更深地愛惜她，順從她。她的脾氣有時發得很大，有幾次竟是一生氣出去一天。這使我坐立不安，出去到處找她，找不到回到家裡又一直等她，等到她回來了，求她回心轉意，破涕笑後才覺得心曠神怡。她每次生氣原因往往很小，譬如有一次我約她到新文書店找我一同去看電影，恰巧有兩位女作家在座，好像為討論一篇稿子事情，我就請容裳在客廳裡等我一會。等我談好事情，出去看容裳時，她已經不在。我知道她生氣了，到處找她找不到。原來她找了呂頻原陪她去看電影，電影散後，呂頻原知道她對我生氣，才來找我同他們一起吃飯，我才知道。飯後我帶容裳回家，我就責怪她不應該這樣，不過等我幾分鐘時間，我就可以辦完事情，為什麼要生氣走呢？她說我如果對那兩位女作家沒有別的心理，她去了為什麼不替她介紹，而要她到會客室等我，明明是對她一種輕視。當時說不得還是由我賠罪認錯，才得她原諒，我還答應她隔幾天特別請幾位朋友，包括那兩位女作家，同她介紹。諸如此類小小風波，好像使我嘗到我從未嘗過的戀愛的各種滋味，而我下意識地竟也像很需要這種小小波折所產生的刺激，好像就因為我喜歡容裳在生氣後對我諒解的溫柔。那時候，我們會偎抱著流淚，重新山誓海盟地互證相愛，她的手會摸著我的頭髮，唇吻著我的前額，告訴我她覺得她比我長八歲十歲一樣的。奇怪的是我對容裳的愛戀越來越深，迷醉越來越切的時候，而容裳的疑慮妒忌也越來越多，她對我的事業，對我的社交，甚至對唐默蕾對穆翳子都會發生誤會妒忌而生氣。而這一些妒忌生氣竟使我覺得是她對我的愛情的明證。她比我年輕許多，我自然要多多愛護她原諒她，而最使我內疚而覺得她有權對我責備的則是我一直隱瞞著她的阿清的事情。

穆鬍子走後，我想想穆鬍子的話，開始反省到我與容裳情緒的變化。我發覺我們的愛情好像有點不很正常，我雖是愛她，但在有些地方似乎還在把她當作小孩子，或者把她當作中學生，我沒有像對待別的女人如唐默蕾、姚翠君一樣地對她。如果同唐默蕾在一起，不知怎麼，大家都把容裳看成低了一輩一樣。唐默蕾雖是比曇姨年輕許多，但因為她丈夫與舵伯關係，竟像是平等的朋友，這就顯得容裳更小了。可是容裳的年齡本來大於她的學齡，她曾經一個人跑過碼頭，單獨接觸過人群，自然她要自視為大人，不把她當作成人，就像是看輕她了。我因為始終把她當作小孩子，一方面像對她不夠尊重，有時候也缺少對女性的應有禮貌，一方則又太縱容，把她嬌養壞了。我們中國人對女性的禮儀早已變易，像容裳這一代的女孩子，她們從電影裡看到紳士們對於淑女的禮貌，很自然地在要求男子對她們有同樣禮儀。而這種西洋的禮貌正是一般的空軍軍官及呂頻原一類的人士所遵守的。那麼我一方面自然要改變自己，以後要完全當容裳是一個女人才對，另一方面，我必須不縱容她嬌養她才好，我應當糾正她發脾氣的習慣，使她對我有更多的信任與諒解。

我的自省自覺的確是很對的，可是要糾正這些，事實上並不是很容易。最大的原因還是阿清的問題始終在我心上。當時阿清早已出院，她住在姚翠君的家裡。姚翠君過的是交際花生活，阿清幫助她倒是很好。我很希望有人會喜歡阿清，使她可以對我忘去。可是姚翠君每次來信，總說阿清非常靜默，不愛交際，許多人對她有興趣，她都不理，總是不肯單獨同人家出去。她非常用功，每天上午到補習學校讀書，下午還請了家庭教師。我每次接到姚翠君這樣的信，心裡總有說不出的煩惱。我很想忘去有那麼一件事有那麼一個人在那面，所以自欺欺人地不願想它也不要有人提它，我常常擱了很久不回信。姚翠君以外，那就是韓濤壽。他一直是同情阿清的，現在好像更對她關切。我在上海的錢不斷有進來，我叫他全數保留給阿清，希望她可以找到一個對象，把這些錢做她的嫁妝。可是韓濤壽來信總是說阿清的癡情難移，他已盡他的力量旁敲側擊地叫阿清多找快樂，並給她一些暗示，他說他自然無法明說，因為怕對她的打擊太大。韓濤壽最後說，看情形阿清對我的愛真是終身不移的，我不應該辜負她。他說他知道我不是一個忘恩負義的人，也不是勢利的人，希望我看重這份難得的愛情。韓濤壽這種話顯然是一種激功，他之所以一變以前的態度，顯然是被阿清的癡情所感動了。我對於他這種信實在很有反感，我也無法對他理論，只好置之不理，去信則了了數行，只說我的意志已決，請他設法幫忙解決。我從姚翠君與韓濤壽的來信中，發現阿清似乎把心事都告訴了韓濤壽，但還沒有告訴姚翠君，所以韓濤壽的信有時更反映她的心緒。

如今，忽然發生了一件意外的事情，韓濤壽最近來信，忽然談到阿清很想到重慶來找我。這真是一個晴天的霹靂。我一直以為日子多了，很自然可使她對我淡忘或者可使她找到別的對象的，另一方面，我後來實在怕想到阿清，也怕提到阿清，因為我一直瞞著容裳，一想到阿清我在下意識中就會覺得非常慚愧與不安。

接到阿清想來重慶的消息，我頓悟到這事情實在無法再拖延了。就在寒假中容裳對我常常為妒忌與疑慮而發脾氣的時候，我特別擔憂，如果容裳知道阿清的事情，真不知道該起了什麼風波。我知道韓濤壽太維護阿清，一定不肯為難，所以我寫了一封信給姚翠君，請她幫忙，設法斷絕阿清到重慶的念頭。實在沒有辦法，則只好直截了當對阿清說我已經同另外一個人結婚，並且一同出國了。我覺得這等於一個病人遲早要動手術一樣，再拖延也總是難免的，究竟我同阿清並沒有什麼山誓海盟，即使痛苦，也很容易忘去的。

沒有想到一件可怕的事情發生了：

就在容裳開學兩星期後，一個陽光和煦的早晨，我接到韓濤壽一個電報：

「阿清自殺，請即飛桂。」

這個可怕的消息，一時使我真是又驚又怕又苦又急。我很奇怪地想到阿清自殺的原因可能不是為我。我很自私地希望她別有男友，或者為別的緣故而尋短見。我還希望她雖是自殺，但沒有死。但不管我怎麼自諒與自解，我還是知道這是很難有挽救的可能了。我當時先打了一個回電，我說：

「電悉，即辦機票飛桂，先請照拂。」

九十三

當時交通非常困難，我費了九牛二虎之力，通過唐默蕾的關係，才弄到了一個飛機的位子。但動身飛桂林已是六天以後了。

桂林的一切依舊，我趕到姚翠君那裡，知道阿清的喪事已過，現在停頓在郊外水鏡庵。姚翠君當時很熱心地就陪我去那邊，她在路上告訴我阿清自殺的經過。

原來，姚翠君接到我的信，並沒有把我要她說的話同阿清說，她覺得，說我已同別人結婚就打算出國這種謊話不很妥當。她發現阿清雖有到重慶找我的意思，但並不是急於動身。翠君覺得還是慢慢告訴阿清我另有所愛，再告訴她我與她結合會有害於我的前途。如果阿清真是愛我，應當為我的幸福著想而不妨礙我的前途才對。翠君覺得她以第三者立場說這樣的話比較不會太傷她心，也可以都使她諒解。

「那麼你同她講了？」我聽了翠君向我解說後問。

「我沒有，我想應當找一個合適一點的機會再同她講。」

「那麼她又為什麼自殺？」我說，於是一種自私的希望在我心頭浮起，我說，「是不是她有別的朋友，或者……」

「啊！你真是一個狠心的男人，也太沒有良心了。她對你做如此癡情，為你自殺，你還在疑心她。」姚翠君很生氣地說。

「我不是這個意思，我只是希望她不要單純地為我而死，使我覺得罪愆不太重才好。」

「她是為你而死的。」姚翠君說，「她看了你給我的那封信。」

「她看得懂我給你的信？」

「她這些日子來進步很多。」姚翠君說，「我也沒有想到她會看我的信，否則我應當把它收起來才好。」

「你怎麼知道她是看了信？」

「她留了一封遺書。」

「遺書呢？」

「在韓濤壽那裡。」翠君說，「裡面沒有說什麼，只說謝謝你，謝謝我，還謝謝韓濤壽。她說可惜她不值得我們這樣愛護她。她覺得她的父母都在地下，她仔細想過，還是跟他們去最好。」

姚翠君說到這裡忽然啜泣起來。我自聽到阿清自殺，趕到桂林，一直驚惶不安，但沒有流淚。這時候，因為翠君的啜泣，我也一陣鼻酸，禁不住也流起淚來。

韓濤壽在水鏡庵照料，他見了我只是拉拉我的手拍拍我的背，一直沒有說什麼。我知道他是很責怪我的，但是我希望他會諒解我。

水鏡庵是一家在山腳下的小庵。因為主持人慧正尼姑是江南人，與韓濤壽相識，所以停櫬在這裡。阿清的靈前還供著香燭，我癡呆地在靈前站了很久，不知怎麼，它使我想到了當年紫雲庵裡為何老辦理喪事的情境。

姚翠君歇了一會就回去了。我在水鏡庵住了一夜，與韓濤壽同居一室。我們都沒有睡眠，在植物油燈的光線下，板床對著板床，我們吸著紙煙。開始時彼此竟沒有說話，後來我先提到為阿清購置墓地的問題，這才開了話題，以後韓濤壽就一直談到阿清的種種。

韓濤壽從阿清的為人，談到她美麗聰慧的性格。他說她從醫院出來，不但身體恢復健康，而且精神趣味都變了。她幾乎完全是兩個人。韓濤壽說倘若我那時可以來桂林，也許我會非常喜歡她的。阿清到了姚翠君那裡，沒有好久，就成了姚翠君的摯友，她會理家，姚翠君幾乎把整個家都交了給她。姚翠君那裡來往的朋友，男女老幼個個都喜歡她。所以前天在殯儀館裡，認得她的人個個都來弔唁，也很熱鬧。

姚翠君常常失眠，有服安眠藥的習慣，阿清因為有機會為翠君拿安眠藥，所以很熟識，她偷服了足足一瓶，到第二天才發現，送到醫院後，不到兩小時就去世了。

最後韓濤壽從懷裡拿出那封阿清的遺書同一些照片給我。

阿清的遺書是寫給姚翠君的，雖是很簡單，但也說盡了要說的話，她說：

「翠君姐：我偷看了你的信，還想偷吃你的藥。我一百分地感謝你像姊妹一樣地對我。我不怪別人，只怪我自己的命運。請你代我謝謝韓叔叔，他真是像父親一樣地愛護我。還請你為我致意周先生。他救我出火坑，為我醫病，我都很感激。我發覺我活在世上只有增加你們麻煩，想到父母在地下或者會更需要我，所以我決心跟他們去了。我對不起你。妹清」

我讀了三遍，當時我的眼淚已經使我的視覺模糊，我揩乾了眼淚，再看那些照片。

我對於照片向來不感什麼興趣，但是這些照片裡的阿清，竟使我有一種奇怪的感覺。這些照片都是在她出院以後照的，可是竟不是我在衡陽看到的阿清，而像是恢復了多年前在她的家鄉，站在村口送我時的阿清。

我於是想到其中有幾張是曾經由韓濤壽寄給我過，但是我從未注意過它，我只是隨隨便便看一看就放在信封裡了。我後悔我當時怎麼會這樣疏忽，連阿清的變化都沒有發現。其中有些照片是有很多人在一起的，顯然是在姚翠君家裡照的。

我看完了把這些照片都還給韓濤壽。

「你不想留幾張麼？」

「我沒有留人，留照片做什麼呢？」

這一瞬間，我忽然想到了阿清當初送給我的那把木梳——那把鑲著螺鈿的木梳。那把木梳是同紫裳頭髮放在一起。我托韓濤壽把紫裳的頭髮寄給紫裳，木梳一直在我的箱子裡，運到重慶後我從未把它拿出來，現在我已經好久沒有看到想到，也不知道是否還在了。我感到說不出的內疚與慚愧。當時我說：

「我還有她最好的紀念品。」

「那把木梳是不？」韓濤壽馬上接著說。

我點點頭，但我忽然又想到了另一件東西，那是一條花綢圍巾，是紫裳包著頭髮送我，後來我把它當作定情之物送給阿清的。我問韓濤壽：

「是不是有一條花綢圍巾？你知道那是我送給她的。」

「她服毒時，包在她的頭上。」韓濤壽說，「送到醫院後就取下來了。入殮時我放在她的枕邊。」

「謝謝你。」我說。

隔了許久，韓濤壽忽然長歎一聲，說：

「野壯子，你知道有一件事情我一直不舒服。」

「什麼？」

「我當初勸你不要娶她，勸你多考慮考慮。甚至罵你自作多情，這是多麼可恥。我有時候真以為是我害她的。要是當你想同她結婚的時候，我促進你，鼓勵你，成人之美。也許……」

「老韓，這絕不是你的錯。你說那些話時候還不認識她，你一認識她就沒有批評過她。而我，我並沒有受過你的影響，相反的，你說她不好的時候，我倒想娶她，你說她好的時候，我倒變了心。你知道什麼原因麼？現在她死了，才知道她的高貴。你知道那些照片嗎？有幾張你寄給我過，我看了從來沒有注意，一直覺得她是我救出火坑的一個妓女。剛才我看的時候，竟發現她已經恢復當初我在她家裡初會時的她了。這只是我的庸俗與無知。」

「你真的是愛小鳳凰麼？」

「我這個人還談什麼愛情，我沒有資格接受任何人的愛情。我恨我自己，我真的不瞭解自己。」

韓濤壽沒有再說什麼。一時顯得十分靜寂。

植物油燈像是油水已盡，漸趨昏黯，我們都靠在床上，沒有再說什麼。

這時候，我忽然聽到窗外有腳步聲。我很奇怪，仔細聽時，這腳步聲由近而遠，又由遠而近，輕輕地，緩緩地。像是一個穿著平底布鞋女子的步聲。

玻璃窗是關著的，我很想起來到窗口去望望，但是我沒有那麼做，我怕驚動了那在窗外輕步的行人。

最後這聲音由近而遠，慢慢地消失在寂靜中。

「你聽見沒有？」韓濤壽忽然問。

「我聽見，」我說，「但是我不相信鬼怪。」

「你也不相信有靈魂麼？」

「我希望我沒有靈魂。」

「這是什麼意思？」

「如果靈魂是不滅的，那不是死後還要苦惱麼？我們活在世上難道苦得還不夠麼？」

九十四

我與韓濤壽在水鏡庵不遠的地方，為阿清購買一塊墓地，我們都想把阿清的墳墓造得講究一點。所以很費點時日。

入葬那天，我們也為阿清舉行一點傳統的儀式。送葬的人有幾十個，除了我與韓濤壽之外，都是阿清到姚翠君家後認識的朋友。像阿清這樣低微的人，來送她葬的自然不是有什麼別的企圖，而是真正對她有好感的人們。

這些朋友，除了三四個我曾經碰見過的以外，我都不熟，韓濤壽與姚翠君雖曾一一同我介紹，可是因為大家匆匆地就出發去送葬，沒有多交際，入土以後，大家也就散了。其中一個蕭既勳，是新聞界的朋友，據韓濤壽說，他很傾慕阿清，可是阿清一直沒有接受過他的好意。這次阿清自殺，蕭君聽說與我有關，恐怕對我很有誤解。韓濤壽很想約他吃飯談談。我當時心情不好，覺得阿清已經死了，何必再談這些。一個人很難要求人諒解，何況是陌生的人，所以我覺得沒有必要。

阿清的死雖不能說是我直接害她，但也絕不能說不是為我所害。我把她從流妓中救出來，給她養病，恢復健康，雖說總是一種善意，可是這善意有什麼用呢。也許我不救她，她會有機會被一個有錢的司機娶作姨太太，她可以很安詳地生活，她的病也會痊癒。她也就決不至於自殺的。我再分析自己的責任，覺得我的過錯，實在遠在我在她家投宿的那晚。當時我窮途末路，得他們一家的招待，我的確有就此歸農的想法，而阿清，含羞的天真的自然的健康的少女美，無論如何是打動了我的心的。要不然，我為什麼要同他們做一年的約，又為什麼同她交換禮物？我以後一再否認對阿清有愛情，這只是一種懦弱的遁辭而已。我在為李白飛工作時候，我有多少次都想回到阿清那裡去，可是我還是回到了都市。我好像每在失敗的時候想回到阿清那裡，而在成功的時候則想去找紫裳的。甚至當我搭船到上海的那天，我站在甲板上感到渺小無依的時候，我還是想回阿清身邊的。一瞬間我對自己忽然輕視起來。我像是始終把阿清當作我的退步一樣，沒有珍貴她，也不願意放棄她。

阿清也許自己不知道什麼是愛，但是她是愛我的，她的愛我，正是遠超過衣情、容裳甚至於紫裳的愛我，是如此純潔高貴，不帶有任何其他的雜質的愛情，而我竟在她死後才瞭解，這也可以說是我的不幸。

因為對於阿清的內疚，使我對容裳的感覺有了奇怪的變化，我怕想到容裳，也怕提到容裳，正如我在重慶時，怕想到阿清與提到阿清一樣。我曾經寫了幾封信給容裳，但都非常簡短，我只告訴她我因為有要緊事情，所以來桂林，始終沒有告訴她阿清種種。容裳來信也不長，她的功課很忙，生活也很愉快，情緒也很平靜。我自然也寫信去上海，我覺得真正可以讓我訴述我的痛苦的人還是黃文娟，她對我不但瞭解，而且還能原諒。我給她的信比給容裳的信有更多的話可說。但是我也無法詳細告訴她阿清自殺的種種，我只是對她說我自己的痛苦與內疚。

當時湘西的戰爭相當緊張，桂林有新聞文化界赴前線犒軍訪問的組織，我為驅除我個人心頭的煩惱，參加了這個團體。我在湘西走了半個月，後來我又到江西，又到福建，我跑了很多地方，接觸了很多人。我看見忠勇的前線兵士，他們待遇之低，生活之苦，真是在我們想像以外的。我看到流離失所的難民，也看到暴發的商人。我還看到沒有書讀的學生，許多女生在旅店中流落為賣淫的妓女。這使我不得不時時想到阿清。在吉安，我碰見一個中學教員，他在旅店中生病，盤費用盡，進退兩難。他手上有一部關於地理的著作，他叫他太太到處兜售，竟沒有人接受。有一個書店老闆拒絕了那部稿子，而無恥地情願買他十六歲的女兒，那位教員的太太不敢告訴她病中的丈夫，一個人在哭。而那個書店老闆偏挽了旅店掌櫃的來做媒，要娶他女兒做姨太太。我們從旅店掌櫃那裡知道這個故事，就拼湊一筆錢，以重價買了那部稿子。這是一部很用功的著作，作者把中國地名沿革變化的歷史，原原本本清清楚楚很有條理地記述下來。當時同行有一個姓戎的朋友，是一個新聞記者，他很喜歡這本書，搶著要看，並且答應到桂林後就為他出版。以後我去武夷山，他先回桂林，誰知他在中途翻車身死，這部稿子就失蹤了。大概沒有人當他是一件有價值的東西吧。

這一個多月的旅行，我在身體上的影響是黑了許多，瘦了許多，在心理方面的影響則是悲觀了許多。

我把所見所聞歸納一下，則是好人到處吃虧，壞人到處佔便宜；廉潔的貧窮，貪污的發財；愛國守法的走投無路，作奸犯科的無門不通。到底這世界要怎麼演變，這社會要如何改革，我無從解答；我所體驗到的是這世界一定要動，這社會一定要變。這樣的情形是無法維持下去的。

從福建回到桂林，已經是春天。當時我住在環山旅館，韓濤壽來看我，帶給我很多郵件。我離重慶以後，文學雜誌由余子聰在編。他很忙，來信總是催我快點回去，並叫我在桂林拉點稿子。我對於他的信總不以為有什麼重要的事。所以沒有馬上打開。

黃文娟也有信來，她已經接到我從桂林寄她的信，她對我的痛苦有很多的勸慰。她說她接到唐默蕾的信，知道我與容裳相愛，很為幸福，想不到我們有這許多痛苦。她告訴我上海的情形，說衣情神經病好像越來越厲害，大家正計畫送她進天主教一個神經病院去。小壯子長得很頑健，衣情現在反而很少想到兒子，也不再給錢給文娟。小江湖投身汽車生意以後，收入不錯。所以錢很夠用，文娟又說她一定會像自己孩子一樣地撫育小壯子，叫我完全放心。我在旅途中曾經有信給容裳，容裳有兩封信來，第一封信裡她還表示很想念我，對我很鼓勵。可是第二封，則真是晴天一個霹靂，這封信是這樣寫的：

「野壯子：想不到你是這樣一個人，算我愛錯了一個無恥的小人，現在你不能再騙我，我也不能再糊塗下去，免得將來自殺。再會。愛過你的容裳，四月三日。」

我看了這封信後，真是不知怎麼才好。我想一定是因為她聽到了關於阿清的消息，對我有很多的誤會。我當時覺得我實在不能再失去容裳，我非常焦急地擬了一個急電：

「容裳，辦機票中，容面釋一切，壯。」

一面我急切地去找姚翠君，請她設法為我購置機票。當時我竟沒有想到容裳的信是兩星期前就到了的。我於晚上才有冷靜地思索的機會，我很後悔當初沒有把阿清的事情告訴雲姨，我怕現在連雲姨都很難對我有所諒解了。

韓濤壽對我雖是很同情，但無能安慰。他說著急沒有用，唯一的辦法就是早點回重慶去。但是飛機票是一點沒有把握的事情，很可能要一二星期才有。如果搭公路車，也許更慢。沒有辦法，我只有在痛苦中等待。

我於第二天才發覺我還沒有拆余子聰的信，我拆開信，發現他信裡附有一張剪報。那是發表在重慶報上的桂林通信，是一篇關於我的文章。

文章裡雖然沒有直指我的名字，但誰看了都知道裡面說的就是我。作者署名奇梁，顯然是一個筆名，他說有一位有名的作家，在沒有成名時曾經流落在一個鄉村裡，貧病交迫，得一家慈善的農夫收留，在那裡住了好幾個月，同那家女孩戀愛，訂了婚。後來他說要回上海一次，再來迎親，當時女家還供給他旅費。可是他到上海後，騙上了一個電影明星，生活完全賴她供給。幾年來，他寫了幾本書，居然轟動一時。他得意之餘竟把他在家鄉等他的未婚妻完全忘了。抗戰爆發後，那位作家的未婚妻，拼擋一切不遠千里地來找他，與父母失散，到了衡陽淪落為妓，賣淫為生，困頓萬分。幸事有湊巧，那個薄倖的作家也到了衡陽，在一個宴會中，兩個人竟碰到了。當時他帶她到桂林，給了她一點錢，叫她養病，騙她說等她病好了同她結婚，自己就此飛到重慶。女的對他一片癡情，起初以為他總會回來，誰知一年過去，消息杳然，女的絕望之餘，服毒自殺。她的遺書裡並沒有怪她的薄倖的未婚夫，大家都無從知道其自殺原因。後因那位作家聞訊後，良心復活，趕到桂林。在墓前懺悔，才傳開一時。人說那位作家既很有才華，大可以把親身經歷之事寫成小說也。……

文章有一萬多字，我也無從細述，總之，說他沒有根據，實在也事出有因，說他有事實根據，則又是滿篇謠言。我猜想這個作者至少對我與阿清是有點認識的，我想來想去，只能想出一個韓濤壽，但是我又相信他不會這樣害我的，我於第二天，把那篇文章給韓濤壽看，韓濤壽思索了一回，他說：

「你大概不記得了，在送阿清葬的那天，我不是對你說，你應該同那位蕭既動談談，免得人家對你誤會嗎？」

韓濤壽的話，使我恍然大悟，那篇文章一定是那位愛阿清的蕭先生寫的。阿清也許同他解釋過她與我的關係，如今竟變成了攻擊我的材料了。但是阿清為我而死，一個愛她的人為她報仇洩恨，我覺得沒有不對，我應當尊敬他才對。

阿清已經死了，任何說明都是沒有意義的，緘默才是最勇敢的表現。

唯一應該說明與解釋的地方，那是容裳。容裳顯然是讀了蕭既動的文章而對我絕交的。更有可能的是有人想破壞我，才拿了那篇文章給容裳去看的。

但要對容裳解釋，自然沒有比等見了面，兩個人單獨談話更好了，所以我當時也沒有再寫信，我只是焦急地等待機票。

九十五

盡了很大的人事，姚翠君於第五天為我弄到了一張機票，我可以於第六天清晨起飛了。我打電話給韓濤壽，韓濤壽晚上來看我，他帶給我當天到的郵件。裡面有一封外交部信封的航空掛號信，封上寫著呂頻原的名字，呂頻原從來不同我通信，我知道這封信有點蹊蹺。打開一看，第一觸目的是一張喜柬。

容裳與呂頻原已定於五月三日結婚了。喜柬是由雙方家長出面的。

另外則是呂頻原一封信，他說他一直尊敬我與容裳的愛情，所以他雖然很傾慕容裳，始終沒有對她有過任何表示。自從我這次事情暴露以後，容裳非常傷心。他覺得任何一個愛容裳的人都有安慰她的責任，也希望我會對他諒解。他說他因為奉部命要去加拿大威涅克任領事，六月底動身，所以要提早結婚，預備一同出國。他希望我可以參加他們的婚禮。

我看了這封信，一時又氣又恨。我想他們結婚既然在五月三日，我明天動身也許還來得及挽回。我即使無法重有容裳，我也一定要破壞呂頻原。

當時韓濤壽接過信在看，他看了信看我一直愣在那裡，他說：

「你現在打算怎麼樣呢。」

「我打算殺人。」我拍了一下桌子站起來說。

「你看，野壯子，你的手在抖。」韓濤壽說，「你需要的是勇氣，鎮定，冷靜，淡泊與果敢。」

韓濤壽的話好像揭穿了我的矜持的堅強，當時我軟弱下來，我說：

「你說我應當怎麼樣呢？」

「你應當同我去喝幾杯酒。」

我跟隨韓濤壽出來，他帶我到一家小酒店，悶陪著我喝了幾斤酒，於是他開口了，他說：

「野壯子，你相信報應麼？」

「我不相信，如果報應是靈的，為什麼這世上好人個個都苦，而壞人個個都得意呢？」

「如果一個社會一個民族的好人都受苦，壞人都得意，那麼那個社會那個民族就已經腐敗了。其報應將是整個的社會整個的民族。好的社會好的民族有好報，壞的社會壞的民族一定有壞報。這也是總報應。」

「可是在那樣的社會裡，個人報應又在哪裡呢？」

「我想這只有當事人自己才能知道的。」

「你以為我是一個應當受這許多打擊的壞人嗎？」

「我覺得容裳給你的打擊，還不正是你給阿清的打擊的報應嗎？」

我在接到呂頻原的信後，已經沒有想到阿清，現在我重新意識到阿清正是因我一封信而自殺的。我沒有說話，只是慢慢地喝酒。韓濤壽忽然說：

「阿清自殺後，姚翠君曾經把你給她的信給我看，你還記得起你想撒的謊嗎？你說你要同人結婚，預備相偕出國，現在不正是容裳的結局嗎？」

「韓濤壽，你真是……」

「如果你相信報應，你一定可以冷靜淡漠一點。」

「謝謝你，老韓，那麼讓我們痛快地喝吧。」

「酒醉不一定使你忘去現實，但會使你無法冷靜。在這樣的時候，你應當特別清醒，清醒得可以看得更遠更深。」韓濤壽說，「你現在已經比剛才冷靜些了，讓我送你回旅館，你靜靜地想一晚，你會知道怎麼做是最對的。」

韓濤壽付了賬，就帶我回旅館，他等我睡下，為我關了燈就出去了。

那一夜我失眠了。旅館的茶役隔一二個鐘點就來看我，問我要水要茶的，後來我知道這是韓濤壽托他們的，他怕我學阿清去自殺。一個想殺人的人往往會自殺，一個想自殺的人也會殺人。

而我是一個沒有自殺勇氣的人。

為什麼阿清不殺我而要自殺呢？

細細想想韓濤壽報應的理論，我的心像是一缸震動的水靜止下來，所有的渣滓沉下，顯得清澈透明瞭。

我有一種酸葡萄的安慰，我想到容裳是一個鄙俗的女性，她之不能容納穆鬍子，就可見她有一個勢利的心竅，她是不能與她母親相比的。

我想到呂頻原這種整飾的外貌現實的性格，迎合時尚，湊奉社會的人物恐怕遠比我會使容裳幸福的。那麼我正應當非常大方地祝他們快樂才對。

我還想到緘默是最勇敢的表現。我既然對蕭某的誣衊不予答覆與更正，為什麼我要把我痛苦暴露給人看呢？我知道沒有人會同情我的痛苦，我的痛苦所能引起的只有對我譏笑與慶幸。

我還想到容裳之傾向於呂頻原，一定是很早的事情，蕭君的文章不過是給容裳移情的一個藉口而已。穆鬍子曾經勸我不要太相信容裳，是不是他早已看到容裳的愛情並不太忠實，只是不好意思明說而已。如果是如此，我有什麼能力可以挽回容裳的心？愛情正如精緻無比的藝術品，些微的損折就是難填的斑痕，即使容裳再回到我的懷抱，她也決不會是以前的容裳了。

如果我不想破壞呂頻原，如果我不想挽回容裳，那麼我自然暫時沒有回重慶的必要。我不是聖人也不是超人，能夠看他們結婚而無動於衷。那麼我就索性等他們出國後再回重慶好了。

七點鐘的時候，韓濤壽就來看我，他一進來就說：

「你還沒有自殺？」

「我沒有勇氣。」

「那很好。」

「我決定暫時不去重慶了。」

「真的？」

我點點頭。

「那是最聰敏的決定。」他說，「那麼你應該打電話把機票退了。」
「還來得及麼？」
「自然，你知道有很多人在等機位呢。」
「你替我去打，好麼？」
「你不會後悔？」
「你替我退了，正是省得我後悔，再改變主意。」
「野壯子，你真是很可愛的。」韓濤壽拿了我桌上機票就去打電話，不知怎麼，這時候我才感到孤獨無依，我伏在枕上開始哭了。

我因為衣情而失去紫裳，又因為阿清而失去容裳，事情的變化綜錯雖不同，但也正有可比較對照之處。現在衣情神經錯亂，阿清也自殺了。衣情的神經錯亂，雖與我無關，但如果我不來此地，她的病也許就不會發生的；阿清的自殺雖然是為我，但如果我在衡陽不認她不理她，不幫助她，她也不會演變到這一步的。這一切命運的變化，正像與我的意志作對一樣。善行不一定有善果，惡意不一定有惡報，團聚的結局竟是更久的分離，痛苦的發展往往有喜劇的結尾。人生是一個謎，是無法瞭解的謎，但又時時覺得是一個可解的謎。

個人的經驗使我們瞭解人生，正如歷史的教訓使我們瞭解民族的命運一樣。但是我們竟無法控制一切違背我們意願的發展，我們明知有危險而無法避免，明知是錯誤而無能改正，這就要使一個悲觀者相信一切是命定的了。

韓濤壽回來時，我把所想的同他講，他說：

「沒有失戀過的人，不會瞭解戀愛；沒有窮過的人，不會瞭解金錢；沒有在事業上失敗過的人，不會瞭解人生。如果一個人一生一帆風順，活在人世等於活在天堂一樣，那不是等於沒有接觸過人生嗎？」

「但是順利的人也逃不了生老病死，可見人世怎麼樣也不會是天堂，是不？」

「這就是了，所以一個人在這個世上，就該多嘗人生的甜酸苦辣，是不？」

「也許是的。」

「那麼你的痛苦，也只等於多嘗一種你沒有吃過的菜罷了。」

「希望我忘去痛苦像忘去一種菜肴的滋味一樣容易。」我說。

「那麼你不去重慶，在這裡打算做些什麼呢？」

「我不知道。」

「你高興到哪裡去玩玩麼？」

「哪裡？」

「譬如陽朔，就是很值得去的一個地方。」韓濤壽說，「我來桂林這麼久，也還沒有去過陽朔。」

「你走得開麼？那麼我們一同去，怎麼樣？」我說。

「我走得開，我去安排一下。」韓濤壽高興地說，「能多幾個朋友一齊去也好，是不？」

韓濤壽走後，我寫了封信給余子聰，請他為我於五月三日在容裳與呂頻原結婚時送一個花籃，我謝謝他寄我那張剪報，我說我這些日子的經歷真是一言難盡，我希望他會瞭解我些，容我慢慢再告訴他。最後我告訴他我一時大概不會回重慶，文學雜誌只得請他多負責任，我在桂林當為他盡力為文學雜誌拉點稿子的。

韓濤壽知道我這次所受的打擊很重。他大概想到我不去重慶，一定無法忘去容裳，所以他要發起去陽朔旅行。朋友的關心使我非常感激。

第三天，我們出發搭船去陽朔，除了我與韓濤壽以外，還有四個朋友，兩個男的，兩個女的。

九十六

從桂林到陽朔，有公路車可搭，也有木船可雇，我們想一程走水路，一程走陸路。陸路，公路車大概一天可達；水路，則因為水流的關係，下行只要三天，上行可要六天，所以我們打算搭船去，搭車子回來。

這條水路幾乎全部是湍急的水灘，清澈見底，船完全靠杆子撐的，舟子三四人，撐的時候，唱著一種特殊的歌曲。兩岸風景奇秀，河流曲折，隨地是奇峰險岩。在桂林所見到的山岩都沒有樹木，所以山色都呈黃灰，這裡則有些山竟碧綠如江南，有的則呈紅呈紫，有的則似黃似赭，在雲起霧開，日落月升中，時時變幻成瑰麗無比似真似幻的色澤。

在這奇美的風景中，我坐在木船上，時時想到我童年時與舵伯在船上生活的日子，我自然也想到我的初戀。我非常感謝韓濤壽，促我來陽朔旅行。與大自然接近正如靈魂的沐浴，這對於失戀的心情不能說是解救，也可說是一種消遣。特別是同行的那群朋友，他們唱歌、下棋、喝酒、歡笑……種種的歡欣正像新鮮的空氣流進悶濁的房間一樣，我的心境也自然地開朗了許多。

韓濤壽認識陽朔的一所國民學校，他們撥了兩間房間給我們住，我們在那面住了十天。這十天中，我很有機會一個人在大自然中反省，我常常於清晨深夜趁別人尚未起身或已睡時出來散步，望著山，望著雲，望著星月，有時就癡坐在石岩上忘了時間的過去。

在這靜思默想的生活中，我雖然仍不能忘懷容裳，但好像已不是以前單純失戀的痛苦而是在摸索一種新的境界。我開始對生命懷疑，對命運恐懼。我想到我一生的際遇都像冥冥之中有人在擺佈一樣，而我的脆弱的性格正好像為配合這命運而存在，我不但毫無能力超越命運可怕的安排，反而處處湊合著命運完成了它所望的結果。

我很奇怪我在衡陽會碰見阿清，我也不瞭解為什麼我當時竟要認她，救助她，甚至還想娶她，後來為什麼我又發現不愛她了。以後我也實在沒有理由不去告訴曇姨，如果我早告訴曇姨，她會很早使容裳對我有諒解也說不定的。

且不說這些，呂頻原的出現也真是想不到的事情。阿清的自殺尤其蹊蹺，如果我不寫那封信給姚翠君，早聽韓濤壽的話，來一趟桂林，當面慢慢地同阿清解釋也許可以使她諒解，即使也難免痛苦，總不致自殺。

阿清自殺，我來桂林並不能救她，等她葬好，我本來可以馬上回重慶的。為什麼偏偏這時候有那麼一個去湘西的團體使我不但沒有去重慶，而且也離開了桂林。倘若我在桂林，容裳的信不會壓了兩個禮拜，那麼我於接信後就去重慶，向她解釋懇求，那時她一定還沒有與呂頻原接近，自然仍是很容易挽回的。

這一切一切，大小因素的輻射，湊成了這樣一個結局，不正是命運的擺佈嗎？而我的個性不正是逐步地在做事件演變的配角嗎？

於是我想到了曇姨。

如果當初在C城不碰到曇姨，我的命運又是怎麼樣呢？我想很可能我會把阿清接到C城，而與她成家的。我當時雖時時想到上海，但是並沒有勇氣，也沒有錢，一拖兩拖，我很可能會回到阿清心上去的。

倘若我在衡陽碰到阿清換為我在C城碰到阿清，如果我在C城碰到曇姨換成碰到阿清，這又是怎麼樣呢？

許多許多偶然的機遇變成必然的因果，而我竟像永無勇氣與能力與這些機遇反抗一樣，一步一步陷入最苦惱最悲慘的情境，這是多麼可怕的人生啊！

如今我想我不但與容裳關係完了，就是與曇姨及舵伯的關係，也一定很難與以前相同了。我不知道現在曇姨對我的想法是怎麼樣，是不是在看到了那篇蕭某的文章以後，也像容裳一樣，覺得我是太卑鄙與無恥了呢？還是對我可以有一種瞭解？如果有一種瞭解，為什麼她沒有為我向容裳解釋呢？容裳於讀到蕭某那篇文章到她與呂頻原結婚的決定，其中只有幾星期的工夫，究竟是怎麼一回事，有沒有曇姨在促成那件婚事？

不知怎麼，那時候我忽然想到曇姨，她是容裳的母親，但也是我的好友，是不是因為我與容裳的破裂而她也同我疏遠了呢？如果她是我的朋友，她在發覺這件事時總應該先有信給我，或者我可以早點趕回去挽回這個局面。

我作這些思索，事實上正是未能把容裳忘懷。愛情本身也許就是一種痛苦。我在衣情身上受過很多痛苦，但衣情也正為我受到苦難。紫裳也是，我在聽到她結婚時幾乎自毀，可是她在聽到我與衣情有孩子時也一定有晴天霹靂之感。我也無法知道容裳讀到那篇蕭君的文章時所受的氣恨比她給我的氣恨是多是少？至於阿清，那更不必說了，我給她的打擊不正是她自殺的動機麼？

一個情人在受到打擊後的變化，不是自毀自殺，就會是不擇對象地同人結婚，事實上這種結婚也正是自殺一樣，好像是不把自己當一件事情來處理了。我也曾細細分析自己，覺得我雖也使我所愛的人痛苦，但是我都出發於愛。我總是想使每一個人都快樂而結果則是使每個人都痛苦，包括自己在內。如果人沒有愛情，只有肉慾，那也許就沒有這些痛苦，只是同禽獸沒有分別了。我越是有這許多思想，也越是使我未能忘懷於這個紛亂的環境。我不能夠跳出紅塵，但是我至少可以不再去重慶。我可以在桂林找一個職業，一面好好寫作，安定下來，忘卻過去。重新做人。

當時我曾把我的打算告訴韓濤壽，他很贊成。因此我回到桂林後，就打算找兩三間房子安定下來。我寫信給余子聰把我的計畫告訴他，我還想寫一封信告訴舵伯與曇姨。但是我竟不知道該怎麼措辭。我回到桂林是五月六日，容裳的婚期早已過了。我很希望我可以先接到曇姨一封信，讓我知道她對我們事變的感想，可使我容易措辭寫信給她。但她竟沒有來信。

倒是唐默蕾寫了一封信給我，她說自從我來桂林後，她很少碰見呂頻原，也沒有同曇姨及容裳來往。想不到短短的時日有這許多變化。她說到自從蕭君的文章在重慶出現，我已變成重慶人們談論的題材，這大概也是所謂盛名之累了。她是聽別人談起才去找來看的，看了那篇文章就去找曇姨，曇姨正在勸容裳，但那時她知道呂頻原已經同容裳好了。她一想到呂頻原是她介紹給我，感到很難過。她說容裳似乎也太脆弱一點，那篇蕭君的文章雖然不是毫無根據，但是瞭解我的人都不會完全相信。曇姨也不相信，不過我一直沒有同她談起過那個女子，覺得有點蹊蹺。容裳怎麼就會完全當做事實不加調查就如此輕信了呢？唐默蕾又說她參加了他們的婚禮，知道他們於五月底就要出國。最後她勸我能達觀一點，不要想不開。男女的事情完全是機，夫妻則是緣，冥冥之中有命運的安排的，正如她自己，當初在上海，怎麼會想到嫁給S司令長官，而現在居然也很幸福，所以還是聽其自然最好。

默蕾的信給我許多慰藉，最重要的是讓我知道她與曇姨們都不相信那篇蕭某的文章。當時我還想到曇姨沒有來信的緣故，一定是忙於容裳的出國的種種。那麼我也索性等過了五月底後再寫信給她好了。

桂林當時房屋很困難，找房子很不容易，後來還是姚翠君給我找到了兩間房子，那是她的朋友的。那個朋友要去重慶，所以房子空出來，可是他並不放棄，說隨時回來隨時要收回，所以房金不貴，而家具齊備，因此我就暫時安頓下來。我預備多寫點東西，讀點書。

天氣已經熱起來了。六月中的時候，我接到曇姨一封信。她的信並不長，但是太感動我了。我少說說也讀了二三十遍，它是這樣寫的：

野壯子：

今天我方才安靜一點，可以寫這封信給你，我知道你也許會怪我，但我也知道你會原諒我的。正如我很怪你，你沒有告訴我你還有一個愛你的女人，而我仍是原諒你的一樣。

當我發現容裳移愛於呂頻原，當我看到那篇關於你在桂林的報導，我心裡非常難過，一時我幾乎不知所措，想寫信給你也不知該怎麼措辭。但是現在我已經平靜下來，我想你也許也可以寧靜一點了。所以現在寫信給你也許是較好的時間。

容裳已經於六月二日與呂頻原去加拿大。我們都不怪容裳作這個選擇，你要知道現在的學生們都想出國，容裳何能例外？我們也不怪呂頻原，他真的很愛容裳，對你也很尊敬，我們有時候想想，容裳真是很幸運，有你這樣一個情人，而有呂頻原這樣一個丈夫。作為情人而論呂頻原沒有你可愛，可是作為丈夫而論，你就不如呂頻原了。

舵伯對於你的失敗，正如我一樣感到失望，但是他認為你對婚姻本來就少誠意，也許是為桂林那個女人，也許還是怕安定下來。你一個人流浪久了，對結婚成家有一種下意識的害怕，只是在你失去了情人以後，才覺得你也是需要結婚的。

你暫時不來重慶，我想是對的。不過等你心情好轉時，希望你會早點回來，這裡永遠是你的家，舵伯需要你，我於容裳走後，自然更需要你。

倘若你會帶一個女孩子來做我的女兒，我們的氣氛還是同以前一樣，決不會有什麼改變。這一點你總可以信託我的。

永遠是你的朋友

曇姨六月十四日

九十七

一切風浪就是這樣過去！

這就是人間。人間無不醒的夢，人間無不謝的花，人間無常新的記憶，人間無不散的筵席。

我很感謝曇姨，她的信給我很大的安慰，但是我並沒有馬上回重慶去，舵園裡有太多我與容裳的回憶，我怕已舊的記憶復活，我沒有勇氣去重臨舊地。

我在桂林住了四個月，天氣一天天熱起來，這一段時間我與黃文娟通信較多，我很想念小壯子。衣情的神經病越來越深，五月底的時候，她被送進漕河涇一家天主教的神經病院裡，六月中，文娟來信，說她的下肢有點痲痹。七月中，黃文娟說她已經完全認不出人了。不知怎麼，我很想回去看看衣情。那時候，桂林有許多商人回上海看看家眷再出來，順便做點生意的很多，我很想結伴回去一趟，但是文娟來信勸阻了我，她說如果我想念衣情，衣情已經不能再認識我了，我去對她沒有幫助，還不如保留一個較美的印象；如果我想念小壯子，她可以托人帶來給我。不過她認為留在她那裡一定比我這裡好，等我成了家，則隨時可以把小壯子接過來的。她說我已經是一個有盛名的人，去上海一定會被別人扣留利用的。所以不能同別人一樣的隨便。文娟的信自然很有道理，韓濤壽也反對我回去，所以我就放棄這個念頭。七月底我生了一場瘧疾。瘧疾剛好，我突然接到了曇姨的一個電報，說是舵伯中風，已進醫院，叫我馬上飛去。

我很難敘述我當時的心情，但是我預感舵伯一定是不救了。曇姨很周到，已經設法通知了桂林航空檢查處，我一去就為我安排一個最近的機位。

我於第二天八月四日中午到了重慶，但舵伯已經於清晨七點鐘的時候逝世。我連見他一面的機會都沒有。下午兩時，紫裳自昆明飛來，是一個人，這是我在她婚後第一次見她，我們表面上客氣得像是陌生人一樣，但是我看出她心裡的波動。我自然更有說不出的感慨，但是我什麼都沒有表示，我們跟著就忙於舵伯的喪事了。

當時治喪委員會決定第二天在殯儀館入殮，入殮後再運柩到法華寺舉行公祭，以後再辦佛事。所以場面相當龐大。

入殮的時候，在舵伯的遺容前，我與紫裳都哭了起來，不知怎麼一瞬間我覺得我們突然接近起來，我牽著她的手，她的手是冰冷的。她一手用手帕掩著淚眼，於是一陣嗚咽，她突然靠在我身上暈了過去。

把紫裳安頓在後面榻上，舵伯也已經入木。

那天舵伯入殮，來送葬的人就有七八百人。許多人都是很久沒有來往的舊友，看了報上的訃告來的，其中就有陸夢標的一些朋友，他們剛剛從貴陽回來。四天後在法華寺舉行公祭，來吊奠的人至少也有八九千，雖說治喪委員會有人幫忙，我們眷屬的送迎應酬也實在夠忙了。

我從這些來吊奠的人們，才知道舵伯交友的廣泛了。那些當初在上海不知道舵伯結婚沒有來道喜的，現在，凡是到重慶的人好像都來了。我也開始知道舵伯來內地後還創辦了四家孤兒院與兩所小學校，其他捐房屋及現金給慈善機關的更是不勝枚舉，那四家孤兒院同小學校的全體學生都來祭奠，其他的也都派了代表。

舵伯喪事場面的盛大，使我聯想到何老歸天時的淒寂。我與舵伯的關係自然深於我與何老的關係，但我竟覺得我於何老之死所感到的哀傷，竟有過於舵老之死。這原因是何老死時，我守在旁邊；舵伯臨終，我竟沒有趕到。還有是何老死後，一切喪事都是我一手經辦，簡單淒涼，現在則是熱鬧擁擠，我們忙於應對照料，倒把心頭的哀傷沖淡了。

喪事過後，舵伯靈奠仍供祭在法華寺，待找到墓地後再行遷葬。我們在法華寺住了五天，就回到舵園。那時候，我們三個人——曇姨、紫裳與我——像同時重新發現失去了舵伯一樣，一進客廳都倒在沙發上哭了。

胡嬤打來手巾，我們都勸曇姨在房內休息，她已經有七八天沒有好好睡眠了。

紫裳愣坐在那裡，不斷地用手帕揩她發紅的眼睛。我說：

「你也去休息一會吧。」

「我現在不想睡。」她說。

紫裳全身縞素，一點沒有化妝，眼睛有點浮腫，我突然發現她像是瘦了許多。

接著，我們就再沒有話說。我吸了一支煙，紫裳站起來走到舵伯的書房裡去，一面說：

「你自己去休息一下吧。」

我的房間仍沒有變動，但是我發現氣氛竟完全同以前兩樣了。我自下了飛機後，除了偶爾瞌睡一下以外，還沒有睡過，而那時候我躺在床上竟無法入睡。我全身熱燥，頭腦昏重。於是我問胡嬤要了些熱水，我洗了一個熱水澡，然後我回到房內，才開始有了睡意。我很快地就睡著了。

一覺醒來，已是深夜，看錶是四點半。我想到大概因為我睡得很甜，她們沒有叫我吃飯。我並沒有餓，只是感到口渴。

我正想起身找點水喝的時候，忽然我聽到隱隱約約的啜泣聲。我想一定是曇姨或是紫裳。我披衣出去，在飯廳裡看見曇姨坐在椅子上，凝視著舵伯的照相在啜泣。

「曇姨。」

她抬起頭看我。忽然放聲哭了出來。

「曇姨，你不要再傷心了。死的已經死了，哭也沒有用。我們還是要活下去的是不？」

「真的，他實在去得太快了。」曇姨揩著眼淚，說，「那天早晨還是好好的，下午午睡起來，說有點不舒服，吃晚飯的時候，就往椅子滑下去，說話已經不很清楚了。我們馬上送他到重慶醫院，他從此就不能說話，可是他神志非常清楚，醫生替他打針，我同他說話，他都知道。」曇姨說著又哭起來。

「他身體素來強健，真是誰也想不到。我真不該不早點回來。」我說。

「這也是命定的，你在桂林，紫裳在昆明，容裳剛剛出國了。」

「但是有你在旁邊。」我說，「舵伯一生總算是很有福氣的。」

「他後來真希望你可以同容裳結合。」

「這也是命運。」

「到底是怎麼回事，野壯子？」

「我總希望使每個人都快活，結果總是使每個人都痛苦。」

「你是不是也愛那個女孩子呢？」

「沒有，我想我只是可憐她。」我說，「不過，後來我發現，作為我太太的話，也許她比容裳會合適的。」

「你太多情，野壯子。」曇姨忽然說，「可是你並沒有真正的愛。」

「也許是的。」我說，「我實在沒有想到那個女孩子是那麼癡情。」

「作為一個女人的話，我覺得做你的太太，不如做你的情人，做你的情人，不如做你的知友。」

「那麼你是說沒有人肯做我的太太了？」

「除非她是最聰敏的人或者最笨的人。」

「這是怎麼說呢？」

「最聰敏的會知道如何同丈夫保持情人的距離。最笨的當然根本不會想到這些的。」

「為什麼要考慮到這些，而不說『愛』呢？」我說，「難道一個女孩子就不能因『愛』而信託一個男人麼？」

「我知道那個自殺的女孩子是太信託你了。」

「不是那麼回事。」我說，「我們什麼都談，但是我不知為什麼，我會一直沒有把這事情詳細告訴你。如果你願意聽，我現在告訴你好麼？」

「你講吧。我叫胡嬤弄點點心來。我們都沒有吃過晚飯，你也該餓了。」

窗外的天色已經白了，風瑟瑟地打著樹葉，園後響起了雞啼。這使我回憶到我與曇姨在C城她家裡的那些日子。我望曇姨的後影，發覺這些年來，她真也老了不少。

九十八

我雖是與紫裳天天在一起，但是一直沒有能親切地談談。起初是整個房子籠罩著淒戚的空氣，曇姨幾乎每天要哭泣兩三次，紫裳則總是莊嚴沉默地很少說話。初虞二虞以後，曇姨的哭泣較少，紫裳則還是沉默靜穆地不苟言笑。我很想找機會同她談談過去，但她總像有預感似的先躲開了。這使我感到非常不安。

在三虞祭日那天，曇姨忽然病倒，我與紫裳兩個人去法華寺。在舵伯靈幃面前，我忽然有在何老的靈幃前的感覺。我站在那裡，看紫裳焚香燒箔，心裡有說不出奇怪的感覺，我想念何老，悲悼舵伯，我感慨於時間的飛逝與生命的渺茫。我忽然想到如果在紫雲庵裡那時候我與紫裳定情結婚，那麼現在會是怎麼樣呢？我還會碰見曇姨？曇姨還會與舵老見面與紫裳母女團聚嗎？自然紫裳不會成紅星，我後來也不會去從事寫作，或許成了農夫，或許像小江湖與黃文娟那樣，誰知道！有人註定有轟天轟地的事業，有人註定有甜酸苦辣的波難，我當時沒有與紫裳定情而結合，也竟是註定我以後有這許多要使舵伯與曇姨重聚、曇姨與紫裳母女團圓的使命呢！

如果第二次，紫裳不嫁給宋逸塵，等我進內地後同我結婚，這生命又是怎麼樣呢？我會不認識唐默蕾，我會碰不到阿清，我也無法再會到呂頻原，我也決不會去參加唐默蕾公館的派對，也不會碰見穆鬍子……那麼人生又將是怎麼樣呢？

總之，一切一切是不可測度的一種機合，不可摸索的一種因緣。那麼我又何必斤斤地未能忘懷於我的得失呢？

這樣想想著，我的心像是透明起來。我已經沒有悲哀，我也已經沒有痛苦，我只感到一種說不出的空虛，我一個人步出院中，在一株槐樹下我回頭看殿內的香燭。那時候，八個尼姑進去誦經，紫裳接著走出來。我迎上去說：

「我們去散散步吧。」

穿過院子，繞到佛殿。我看紫裳臉上仍浮著傷感，我說：

「我已經不再悲傷。死的已經死了。」

紫裳不響。

「人生真是一場夢，活著何必這樣認真？」我說。

紫裳忽然很認真地諷刺地說：

「這倒是你的人生哲學。怪不得你戀愛也這樣隨隨便便的。」

「紫裳，你真是還這樣想我？這些日子來，我很想可以同你坦白地談談，但是你都避著我。」

「談它有什麼用？」她莊嚴地望著我說。

「至少我還是你們朋友，是不？」

「可是我們不僅僅是朋友。」

「你可以老實地告訴我一句話麼？」
「什麼？」
「你婚後幸福麼？」
「很幸福，謝謝你。」紫裳說，「所以我不喜歡你再談過去了。」
「好的，我答應你以後決不談過去好了。不過我覺得我們可以自然一點，我不是一個壞人，你知道。」
「衣情呢？」
「你沒有聽說潘宗岳被刺了麼？」我說，「她就此得了神經病，現在已經在神經病院裡，病得很厲害。」
「那麼你們的孩子呢？」
「在黃文娟那裡。」我說。
紫裳歇了半晌，看了我一眼，又說：
「其實我們後來很希望你會同容裳結合的。」
「都是我的過錯。」我說，「但是我現在覺得一切都是命運。」
紫裳沒有說什麼，這時候我們從佛殿後面繞到殿前，我挽紫裳的手走下石階，前面是一個空曠的很大的院落。
「我希望你會相信我，我沒有把人生當作遊戲，也沒有玩弄情感。如果我可以這樣，我也不會這樣痛苦了。」

紫裳還是不作聲。

「那時候，你也許不知道我的情形。我在日本人的牢獄裡，斷了腿，如果沒有衣情，我早就死了。我養傷的時候，你不知道我是多麼苦，唯一安慰我的是衣情，而我是一個男人，是不？」

「但是衣情是有夫之婦。」

「可是潘宗岳外面有許多女人，他並沒有愛衣情。」

「你愛衣情，為什麼不叫她離婚嫁你呢？」

「我要同衣情結婚，那也不等到她嫁給潘宗岳了。」我說，「我知道你不會瞭解的。但是好好壞壞都已經過去，你也已經很幸福。我想告訴你的只是人生是無限的複雜，我們是無限的渺小，人間有無數種的人生，而我們則只有一種生活。你沒有被炸傷過，你沒有被日本人捕去過，你沒有坐過牢，你沒有一個人整天在床上，過著又焦急又苦悶的日子，請你不要用狹小的眼光輕視別人，請你不要用你淺薄生活中的道德觀批評別人。你之輕視我，正如你以前輕視你母親一樣。你無法瞭解你母親遺留你在家而自己情奔的複雜心情與痛苦經驗，你就以為別人對不起你。你真是可以在任何困難之中保住你的高貴嗎？」

這時候，我已經站在空曠的院中面對著紫裳，聲音也越來越高，最後幾乎是像責罵她一樣的口吻了。

紫裳突然伏在我胸前哭了起來。我說：
「紫裳，凡是你所不瞭解的請寬容與原諒。」
紫裳一直在我懷中哭泣。
「只要你知道寬恕我，我就很感激你了。我們回去吧。」我說著用手帕揩她的眼淚。又說：「這也不是你如此，許多生活在環境順利的人，沒有經過甜酸苦辣的人都會如此。有錢的人輕視窮人行乞，大家閨秀輕視舞女妓女，都是一樣的道理。我相信宋逸塵也正是這樣地認為我是一個多麼卑污的人了。你大概已經知道容裳為什麼遺棄我嫁給呂頻原了。他們也正是這樣地以為我是多麼可恨可恥的人，在桂林養著一個妓女還同她談戀愛！你知道那位寫文章罵我的人嗎？他不也是責怪我怎麼樣不顧信義地棄舊厭新麼？這些都是正人君子的眼光，而我是一個江湖上的流浪漢，我不想對他們辨明是非，但是我已知道我的良心，而我還相信，只要你們過著我同樣的生活，你們一定不會有我一樣的高貴的。」
拉著紫裳的手從寺門出來，我從她嗚咽的呼吸中知道她已經對我諒解，我感到說不出的快慰。
要是我可以在她結婚前趕到對她說這些話該多麼好啊！
而現在竟是什麼都過去了。
「凡是你所不能瞭解的，請你寬容與原諒吧。」我輕輕地對我自己說著，突然，我的眼淚竟模糊了我的視線。

九十九

自從那天以後，紫裳與我間的隔膜總算泯除，我們的感情像是已枯的花草發了新芽，但是這並不是以前感情的復活，而是我們有了新的呼應。我們一時竟成了舵伯與曇姨的子女。我們完全像自己的同胞兄妹了。

這原因也許應該歸功於曇姨，她對我的尊敬與信託，真是使我覺得是一個承繼舵伯的長子，而我應當保護寡母與弱妹一樣。

當時曇姨竟要我承受所有的財產，她把舵伯所有的地契屋契股票公債現金什麼都交給我，還把與舵伯經濟有關係的人都介紹給我。她自己完全不想保留一文半文，她只是想依靠我生活。我起初再三推卻說這些財產都是她的。她就說：

「野壯子，這些財產都是舵伯的，他一直當你是兒子，你是長子，你應當來承受。我是一個寡婦，也算是你後母，我也不怕你不養我。」

後來真真無法推卻，我說：

「但是你知道我是不會理財的。你這些年來同舵伯一起，總比較熟手。」

「可是，你已經不是小孩子了。」曇姨忽然很嚴肅地說，「舵伯已經死了，你也不應該再流浪，無論如何應當慢慢成家立業。現在我還可以幫你，慢慢我也老了，還不是要你自己。」

真的，曇姨以後真是照她所說的做，她事事都同我商量，有什麼事都要我一起處置。她還要把銀行的戶頭轉給我，把保險箱的鑰匙交給我。我說就是要我管理，也何必那麼急。尤其銀行的幾個戶頭，舵伯用的是圖章，我覺得暫時根本不必去改動它。

日子一天一天地過去，我們也已經為舵伯找好了墓地，並且開始找了石工修築。紫裳本來想過了五虞就回昆明去，現在則決定了等舵伯遷葬了再走。

紫裳與曇姨雖是母女，可是從小就分離了，重聚後也一直沒有住在一起。現在這幾個星期，竟是最長的一次團聚，母女兩個人似乎越來越親近起來，這一半可以說是她們天性的復活，另一半則仍是曇姨性格的吸引人。紫裳很快地就當她是親密的朋友一樣。那些日子，曇姨晚上都失眠，我與紫裳常常在她房內談得很晚。曇姨從來沒有機會同紫裳談她以前離家的種種，現在則一一訴述起來。我們自然也談到我認識曇姨時每晚在鴉片榻上談話的生活以及李白飛、陸夢標與那個放印子錢老闆娘一類的人物，這使紫裳聽來都覺得非常新奇。

就在這些親切的夜晚裡，紫裳與曇姨才成了真正的朋友。有一天，紫裳忽然同我說：

「野壯子，我想同你商量一件事。」

「什麼事？」

「我想於舵伯遷葬後，接母親到昆明去住些時候，你覺得怎麼樣？」

「你為什麼問我呢？」

「也是你的母親，是不？」

「紫裳，我很高興你能夠真正瞭解你母親與愛你母親。你只要記住你們母女重聚是我的功勞，我就很光榮了。」我說，「你知道，我還會使老耿的父子團聚，結果他們並沒有和睦相處，我對那件事一直很惆悵。」

「我想，你也許要母親同你住在一起，幫你管家；或者至少等你結婚以後。」

「我不會這樣自私的。」我說，「我覺得曇姨住在這房子，可以回憶的事情太多，實在應該換換空氣。前幾天我正在想，等葬好舵伯你回昆明以後，我陪她到峨眉山去玩一趟，讓她散散心換換空氣。」

「這計畫很好啊，你不要我同你們一起去嗎？」

「你不急於回昆明麼？」我說，「逸塵……」

「啊，他不會不肯的。」紫裳忽然笑了，「他很相信我的。」

「可惜他要教書，不然約他一起去倒好。」

「他要有空，自然也同我一起來重慶了。」紫裳說，「我想這樣，我們一起遊峨眉，以後到成都去玩玩。我們就從成都去昆明，你一個人回來。」

「我為什麼回來？」

「你也跟我去昆明麼？」紫裳笑著說。

「我沒有這樣好的福氣。」我說。

紫裳忽然若有感觸似的不作聲了，我當時開玩笑說：

「我也許不陪你們到成都，就在峨眉山做和尚了。」

夜裡，我們把我們談過的意思告訴曇姨，曇姨很高興，但是她不願意馬上去昆明。她說：

「我住在這裡，自然天天有很多回憶，但是把舵園交給野壯子一個人，他一定會有更多感觸，說不定他就把它賣了。」她說，「我想為舵伯保留這所房子，住在這裡，至少我要等野壯子結婚了。」

「如果你在昆明，我相信一定暫時不會回來的，這房子自然不要保留了，租掉也好，賣掉也好。」我說，「我一個人還是在市區找一間房子住住方便多了。」

「你看，我知道你的想法。」曇姨笑著說。

「我的想法也許同你不同。但是保留這房子幹麼？說到紀念舵伯，在我們心裡也就夠了。你不去昆明，同我住在一起，為我管家，可是我常常出去，你一個人在這裡東摸西摸，觸景生情，又淒涼又寂寞，這絕不是辦法。」我說，「你去昆明，換一個新的環境，每天有紫裳陪你，明年也許還可以抱孫子。死的已經過去，活的只好向前期望，守在這個舊地方，沒有什麼意義的。而且我的生活也不一定。這些天我常常想到，當初舵伯叫我出國，我沒有去，現在如果可能，我很想到世界各國去跑跑。老實說，我現在不但不想結婚，連交女朋友的興趣都沒有。」

「野壯子，你看，你總是沒有改變。這可見你一直怕成家。你下意識始終並沒有想娶一個太太在一個地方安定下來的意思。」

「也許是的，但是奇怪的是當初帶我出來流浪的是舵伯。我的父親是一個農夫，只想耽在一個地方過日子。可是舵伯帶我出來，使我變成了一個流浪漢。舵伯自己出獄後就買房子，安定下來，而我則好像前面總有什麼事情什麼人等我似的，我耽不下來。一直到上次回到上海後，我看到幾個成家立業的朋友，覺得我年紀也已經不小，不想流浪了，可是又逢到了打仗。自己又失戀又受傷，現在我真是沒有成家立業的心情，我想也許我到了舵伯當初回到上海時的年齡，我才會想安定下來也說不定。」

「那麼你要我去昆明？」

「是的，曇姨，我要你快活，你到了昆明，就會知道我的意見是對的，還有，你還不熟識你的女婿——宋逸塵。他是一個家庭的男子。你一定會喜歡他的。」

「這樣也好。不過你可不要忘了我，無論你在哪裡，至少每個月給我一封信，你肯答應我嗎？」

「這我自然可以答應你。」我說，「而且如果方便，我也隨時會來看你們的。」

當我與曇姨這樣談話的時候，紫裳一直坐在較遠的一個沙發上，這時候她突然哭了出來，我吃了一驚，我說：

「紫裳，怎麼啦？」

她只是唏噓地哭著。

曇姨這時候走過去，坐在她的旁邊問她，可是紫裳竟倒在曇姨的身上嚎哭起來。

「紫裳，怎麼回事，是我說錯了什麼話麼？」我說。

紫裳沒有理我。

曇姨這時候暗示著叫我出去。

我走到外面，到我自己的房內。我一直沒有再去看她們，但是我聽到她們出來進去的有兩三次，最後才聽到她們熄了燈。窗外的蟲聲掩去了所有的靜寂。

夜，長長的夜裡，我一直張著毫無倦意的眼睛。

一〇〇

在生命之海中，人類所占的大概不會超過萬分之一吧？然而人類的生命仍是生命之主流，一切禽獸昆蟲植物的生命不過是依附在人類的生命的存在而已。這因為人類有貢獻，有創造，有發明，人類改變了整個的世界。在整個人類的生命中，個人自然只是滄海的一粟。但是因其貢獻創造或發明之不同，對於人類社會與世界的影響，每一個生命在比重上往往是異殊的。

舵伯的一生雖是渺小的一生，但是也改變了不少人的世界，在他死去以後，他仍將永久地活在許多人的心中，這是毫無疑問的。尤其是在我們與他接近的人們，覺得他始終是我們一群人生命之主流，我們一直是圍繞他活著的，他一死，我們就像失去了重心，也許就各自分散，被吸收在其他不同的主流之中了。

在舵伯的墳墓上，我寫一篇紀念的文章，刻在另外一篇墓誌銘的旁邊。上面就是那篇文章的大意。舵伯的墳墓相當寬大講究，墓前設了石欄祭壇，旁邊還立了一個小小的像紀念牌似的三角形的石塔，三面都刻著紀念的文字，他在上海時的文友來重慶的也不少，除了我的那篇文章以外，有一篇桐城派的墓誌銘，其餘是幾首很好的輓詩。

墓地在一個山坡上，面對著溪流與原野，從法華寺到那邊，也有七八里路，移葬的那天，來送葬的朋友也竟有一百幾十個人。而我們除了登報外，也並沒有普遍地通知。

等送葬的人一一散後，我們又盤桓了很久才回到家裡。現在才真覺得舵伯離我們已經很遠了。

舵伯之葬於重慶，完全是舵伯自己的意思，是他平時常常談到的，所以當時並沒有人有等抗戰勝利後運柩去江南卜葬的想法，因此曇姨特別覺得安心。從墳場回來，曇姨倒沒有再哭。當天她清理舵伯遺物，她又檢出那一對玉鐲，我說：

「這一對玉鐲，有太多歷史了。我們倒沒有想到給舵伯隨葬。」

「他是故意要留給你們的，他生前說過，一只給你，一只給紫裳。要你們會永久保留它。」

當時我重新看這一對玉鐲，我已經分辨不出哪一只是何老交我的，哪一只是曇姨交我的。曇姨則認得出兩者的區別，她說這一對玉鐲有雌雄之別，她所保留的一只是雌鐲，何老所保留的則是雄鐲。當時她則把雄鐲交給我，把雌鐲交給紫裳說：

「你們把它戴在手上吧。那麼雖是不在一起，也像同在一起一樣了。」

曇姨這句話很出我意外，紫裳似乎也馬上感覺到，她接了玉鐲，紅了一陣臉，但隨即鎮靜下來，笑著說：

「我們自然會像兄妹一樣在一起的。」

紫裳是演過許多戲的人，但在她說那句話的時候，我仍是看出了她內心的不安。

我知道紫裳仍是愛我的。但是我們始終沒有勇氣說明我們的感覺。

中秋節以後，天氣一天天涼下來了。我們已經把舵園租給舵伯的朋友，但是曇姨留了一間寄存什物的房間。

當時我們計畫先遊峨眉，再到成都。成都住幾天後，她們就直接飛昆明，我則回重慶。因此曇姨與紫裳的行李什物大部分都直接運往昆明，隨身只帶很輕便的必需品。曇姨現在也不希望我馬上成家安居，她反鼓勵我明年出國去看看世界，多讀點書。所以對於一切的安排都像是不擬在重慶長住的打算，有許多事情都要交割安頓，因此我們足足忙了十來天，接著就有許多朋友為我們餞行。唐默蕾那時常來幫忙，她覺得我們離開了，她會少了好幾個朋友。余子聰現在已經負文學雜誌的全責，他希望我仍把它當作一個事業，常常為他寫稿拉稿。陸夢標從貴陽回來，參加了舵伯的喪禮後，常有來往。他對於沒有參加小鳳凰的婚禮，覺得非常遺憾。他在重慶要耽半年，半年後要去成都。人生會聚無常，亂世生命，誰也不知道有什麼變化。

在這些雜亂的日子中，我們仍是接到許多親友的來信。容裳在加拿大很幸福快樂，獲知舵伯的噩耗，她很悔恨不能夠回來；她信中對我則一字不提，倒是提到紫裳。希望紫裳會多安慰曇姨。

韓濤壽也有信來，他說他碰見了那位寫那篇譭謗我通信的蕭君，他告訴了因那篇通訊我所受到的打擊。這使蕭君感到非常的慚愧與悔恨，希望韓濤壽轉告他衷心的歉意。

韓濤壽還附來了黃文娟的信，她告訴我衣情的情形沒有變化，在神經病院裡，親友們她都不認識了，半身不遂，小壯子則甚是頑健，叫我放心。小江湖收入不錯，老江湖也很清健，都問我好。

這些消息對於我是一個諷刺也是一個打擊。不知怎麼，我當時忽然感到我是一個欠負衣情的人。不管衣情的性格如何，人品如何，但是她是愛我的。她為我還生了一個孩子。她的病雖是因潘宗岳被刺而起，但不能說我對她離棄是沒有關係的。

當我反省這些時，我對於自己真是覺得可惜可怕起來，阿清為愛我而死，衣情為愛我而瘋。那麼我何怪容裳與紫裳對我離棄，否則她們不是也會遭遇到什麼不幸了麼？

但是這些都是暫時的自怨自艾，當紛紜的雜務需要料理安排時，我就把它忘去了。這也可以說，我為要把這些痛苦忘去，我才急切地找點雜務來忙。我不知道我究竟有多少愛慾，面對著紫裳，我下意識地竟時時想對紫裳表明我愛的是她，而且一直是她。

就在我們要離開重慶前的一些日子，舵園裡的情形真是像被轟炸後的城市，淒涼而零亂。傭人們都已遣散了，胡嬤則時時哭泣。曇姨本來要帶胡嬤去昆明，但胡嬤不願離開翠妹，翠妹也不願胡嬤離開她。翠妹的丈夫收入不錯，也很歡迎胡嬤去住。曇姨因此給了胡嬤一筆養老金，這原是很幸福的結局。可是胡嬤偏也離不開曇姨，她一定要伴到曇姨動身為止，看著舵園裡淒涼的情形，想到要與曇姨分手了，竟時時哭泣。人生的矛盾真是不可理喻。愛情這東西到處似乎都在戕殺生命。我很想勸勸胡嬤，但是竟想不出什麼話。倘若胡嬤決定隨曇姨去昆明，那麼她想到要離開翠妹，不也是要哭得不知怎麼樣才好麼？

曇姨本來就有許多感觸，胡嬤一哭，自然也心酸不已。最後還是我請了翠妹先把胡嬤接回去。免得大家太傷心。

就在我們為碎屑的雜務煩惱與忙碌的時候，日子悄悄地過去。我們於十月中旬離開重慶，那已是秋涼的氣候了。

從重慶到嘉定，如果走公路的話，那就要經過內江。我自然想到穆鬍子。穆鬍子去內江以後，一封信也沒有來過；我於決定遊峨眉前，曾經寫了一封信給他，但沒有他的回信。後來我們決定不走陸路，所以我想也不會有機會碰見他了。

一〇一

曇姨坐了一架滑竿。我們的行李與冬衣則都放在滑竿上。我與紫裳則輕裝便服，步行上山。我們約定第一天到報國寺投宿，曇姨就到那面等我們。

那是一個非常美好的天氣，我們出峨眉縣南門，過儒林橋到聖積寺，叢林原野山光水色，我們一面走著，一面流覽著風景，一點也沒有疲倦。我那天的感覺很奇怪，好像紫裳是我新交的情人，忽然允許我同我同遊峨眉一樣，我非常興奮，並且相信她內心也已經對我暗諾，而她終於全是我的了。

紫裳那天穿著黑褲，上身是深藍的絨線衫，披著一件短外褸。她的頭上包一塊藍底紅花的花綢。不知怎麼，這使我想到她在勞軍的戲劇隊裡時的裝束。我說：

「你在演劇隊的時候是不是這樣打扮的？我真後悔當初沒有同你一同到香港進內地。我雖不會演戲，但是我有領導劇團的天才的。」我又說：

「登山正像戀愛一樣，起初我們輕輕便便地走著，慢慢我們就吃力起來。可是走不動想回去也已經來不及了。我們的四周的風景都時時變換，我們享受到各種美麗，但是我們竟感到困累得悔有此舉。等遊山回來，正像結了婚一樣，什麼都平平凡凡，回想山上的各種感覺，又覺得真是值得回味與珍貴。」我說：

「我的一生是失敗的一生，我的生命是平凡的生命。我沒有勇敢地恨一個人，也沒有堅貞地愛一個人。」我說：

「我到現在不瞭解女人。女人到底在什麼時候會愛，什麼時候會恨？如果我不能使我所愛的女人愛我，我一定要使她恨我，我不願意她輕視我，或者隨隨便便忘掉我。」

我慢慢發現紫裳真像我新交的情人一樣了，因為她的確已不是以前的紫裳。她有奇怪的進步，內地的生活與她的結婚，以及移居在大學的環境中想於她是很有關係的。

在聖積寺，我們逗留了好一會，那裡有兩株絕大的黃桷樹，我說：

「倘若我們能像那兩株樹一樣，我們會是多麼幸福呢？」

離開保甯院經萬行莊到雙河口。那裡溪澗盤旋，流水清澈，白石青苔，潺潺有聲。

紫裳開始談到宋逸塵。她說：

「我一直當他是我的老師，他為我編劇，教我演戲。我從來沒有想到我會嫁給他的。」

她說：

「宋逸塵有未婚妻在美國，我也看過她的照相。」她說：

「你為什麼把我的頭髮還給我呢。至少我過去是你的，你知道我離開上海後是什麼樣的感覺？我時時感到孤零無依。我精神一切依靠著你，可是你竟又同衣情在一起，我就覺得我真是太孤苦伶仃了。宋逸塵給我一種有依靠的感覺，同你在一起好像永遠是獨立的，你只是鼓勵我督促我獨立。同逸塵在一起，他只是鼓勵我依靠他。你是一個很好的情人，逸塵則是好的丈夫。」她又說：

「逸塵很看重你，也很尊敬你。他說你很有天才。你與衣情的事情可太使他失望。他說你負了我，正如他的未婚妻負了他一樣的。他為了我不想再做你的朋友了。」

這樣我們就走到報國寺。曇姨已經早到，在那面等我們。報國寺很宏偉，我們當天就住宿在那裡。在山林中生活一天，心境顯得非常寬敞。那一夜我們都睡得很好。

第二天清晨上山，在對峙的碧岩間前進，到了龍門洞，流水飛瀑，幽邃清澈。那裡有鐵索橋架在兩面對峙的山石上，走在上面，晃晃蕩蕩，吱吱作響，我們在上面站立很久。我說：

「要是我在初聽到你結婚的消息時，要是在這裡碰見你，我一定要抱著你往下跳了。」

「你現在為什麼不抱我往下跳呢？」

「如果我這樣做，你母親會怎麼樣呢？」

「你沒有勇氣！」

「死的勇氣只需要一次，活的勇氣可需要幾千萬次。」我說。

出龍門過廣福寺，茂林古木中，泉聲澎湃。我們手攜手地默默地走著，到雙飛橋，我們站了好一會。那裡兩峰相對，各引一溪至橋下，名為白水黑水，匯聚一起，直沖牛心石。我說：

「站在這座橋上，看我們水裡的影子。使我想到了當年在紫雲庵石階上我們坐在一起的情形，那時候……」

「不要提這個了，我們走吧。」紫裳一面走一面說。

我們出牛心寺，涉黑龍江，上洪椿坪。氣候好像冷了許多。我們在洪椿坪會齊曇姨，在那裡用飯。飯後我們休息了好一會，加了一點衣服，再出發前進。一路清幽靜寂，迴旋曲折的山徑中，除一二飛禽窸窣外，只有我們呼吸的聲音。

當夜我們投宿在仙峰寺。寺舍寬大整潔，招待也甚好。我們在那裡住了三天。曇姨興趣很好，三天裡幾乎走盡了附近許多地方，我們探過九老洞，登過軒皇台。我們看到猴子群在樹上穿梭，不知怎麼，我竟聯想到穆鬍子的猴子戲，同他指使猴子行竊的勾當。

這些日子裡，曇姨很高興同我們談舵伯。我們三個人，像是靜靜地對舵伯作一個周詳的追思，我們真覺得他活在我們中間一樣。

別了仙峰寺再前進，過蓮花寺，上攢天坡，氣候越來越冷，到洗象池上大乘寺，真是冷得牙齒打戰。我對紫裳說：

「我覺得我一生最成功的事情，莫過於使你們母女重會，使舵伯與你母親結合。最失敗的事情則是使老耿的父子團聚。所以一個人善行與惡行，真是難講。」紫裳忽然說：

「這些只是你偶然的行為，分什麼善惡？善行必須犧牲自己。你不犧牲自己，就無所謂善行。」

「那麼現在讓我把我圍巾圍在你的頸上，總該算是善行了吧？」我開玩笑似的說。

我把圍巾為紫裳圍好，離了大乘寺，走白雲寺，過了許多懸岩峭壁的洞窟，那裡雲霧彌漫，陰森蕭瑟。紫裳依偎在我的身旁，我在流雲飛霧裡不禁吻了她的嘴唇。她突然推開了我說：「你不許這樣。現在我們只是……」

「可是你並不愛逸塵，你愛的是我。」

「他是我的丈夫。」她說，「你知道他是多麼信任我麼？」

紫裳說著就一個人往前走，我跟在後面，以後就彼此沉默了。

我們在永慶寺中飯，飯後上天門寺。這裡蒼涼落寞，花木全無，地高氣寒，生物似已絕跡。我們默默地走了許久，我說：

「紫裳，還生我氣嗎？」

「我沒有生氣，我只覺得你應該想到逸塵，他是你的朋友是不？」

「正如他想到我是他的朋友一樣。」我冷笑地說。

紫裳沒有再說什麼，好像越走越快地一直向上走。

過七天橋普賢塔，太陽已經西斜。走過錫瓦殿，前面就是峨眉山最高的金頂寺了。

我們本打算在金頂寺住三四天，可是實在太冷。我們看到了「萬盞明燈朝金頂」，又看到了佛光奇跡。住了兩夜就預備下來。

那兩天我情緒起伏不安，我知道我已經不能沒有紫裳。這與其說是舊情複燃，不如說是新入情網。與其說是我愛紫裳，不如說是我在愛宋逸塵的太太。但是我竟不知道該做什麼或者說什麼。紫裳似乎怕發生什麼事情似的一直遠避著我。

我們離開了金頂寺，走向千佛頂，那裡峰腰迴旋，雲海泛瀾，人站在那裡就如擁在雲中。

不知怎麼，我突然有一種奇怪的力量，擁住了紫裳，我吻著她的嘴唇，我大聲地告訴她我在愛她。她吃了一驚，像是被野獸所困，害怕地用力掙扎，但是我竟像已經瘋狂一樣，緊緊地握著她的兩臂，我帶著淚，哭號似的求她說：

「紫裳，紫裳，你千萬不要再離開我了。」

紫裳一面推開我，一面喊叫起來。

這時雲像是漸漸地開了些，忽然有一隻巨大的手抓住了我，我放鬆了紫裳。回頭看那個抓我的人，原來是一個高大的和尚，我掙扎著把他推開，正要說什麼時，對方忽然嚷了出來：

「野壯子。」這聲音我是熟悉的。我愣了一會，一時我又窘又驚。而我也發現他是誰了。

紫裳見有人救助她，站住了驚異望著那個高大的和尚，我已經冷靜下來，喘息著說：

「紫裳，請你原諒我。」

紫裳忽然抱歉似的看了我一眼，走過來到我的身旁。

「他是穆鬍子，是我常常同你談起的穆鬍子。」我替他們介紹說，「這位是紫裳。」

「我知道，是活觀音。」穆鬍子說。

這時候我才發現穆鬍子變了，他戴了一頂黑色僧帽，鬍子短了些，修得很整齊，面色紅潤，比前胖了一點，穿一件很乾淨灰色的僧襖，黑布的褲子綁著灰色的腿帶，白色的布襪，麻繩編的皂鞋。他真是又健康，又乾淨。

「怎麼你在這裡？什麼時候出家的？」我問。

「我在內江，耽了三個月，同人打架。打傷了人，我就逃跑了在各處混日子，後來碰到一個和尚，他帶我到這裡出家。」穆鬍子說，「前面就是我們小庵，去喝一杯茶吧。」

紫裳這時候在我的身邊，已經平靜下來，溫柔地看看我，又看看穆鬍子。我很後悔我剛才的孟浪，低下頭，對穆鬍子，說：

「離這裡很遠？」

「很近很近。」

穆鬍子走在前面，我與紫裳跟在後面，下了坡大概走了一刻鐘的路，從石岩中轉入小徑，我看到許多古杉青松，圍著一座小小的庵堂，上面有斑駁的「望月庵」的匾額，庵門前溪流潺潺，過了石橋，跨進門階，是一個不大的院落，前面就是大殿。穿過大殿，穆鬍子邀我們到了右首的客室。他泡了兩杯茶給我們，於是出來了一個年紀很輕的和尚，穆鬍子向我介紹是他的師父。

那個和尚比穆鬍子稍矮，面目端正清秀。他穿一件灰色的袈裟，手裡拿著念珠，見了我，面露笑容地說：

「原來是你，好久不見了。請坐請坐。」

我愣了一下，覺得非常奇怪，細認好一會，還是想不出什麼地方見過他。他忽然說：

「你記不起來了吧？我們在摩星嶺。」

「摩星嶺？」我不解地問。

「你在我們破庵裡住了一宵。我在你臨行時送了點薯乾給你的，你忘記了？」

啊，真的，是他，就是他！我想起來了。

那是我從共區出來，被土匪所劫，饑寒交迫，投奔到嶺上破庵裡投宿了一宵，第二天發現睡在我旁邊的那個和尚。我一直不知道那個嶺叫摩星嶺，也沒有問過那個救助我和尚的名字，我也不知道他師父的名字，我當時問他的去處，他曾經說：「有緣，我們哪裡都會見面的。」

現在我們真是見面了。我說：

「我記得，我自然記得，你是我的恩人。但是我始終沒有知道你的名字。」

「我叫識空。你還記得我的師父麼？他叫原相和尚。他在裡面，回頭我帶你去看看他。」

「還有一位你的師祖呢。」

「他在後山，回頭你可以參拜一下。」

當時我們談了好一回。

原來穆鬍子的經驗同我是一樣的。他離開內江後，到處流浪，後來在鄉間經過一個庵堂，他饑寒交迫，就進去搶劫，恰巧識空和尚那天在那裡掛單，識空精於拳擊，很快就把穆鬍子制服。當時識空和尚不但不懲罰他，還給他一小筐薯乾，這感動了穆鬍子，他就此皈依了佛法，拜識空為師，剃度為僧了。

當時我想到我當年不正是同穆鬍子一樣。不過我是行乞，而他是行劫，如果我也是行劫的話，是不是也會被原相和尚制服而使我皈依佛門了呢？

識空當時帶我到了裡面，原相和尚在那裡打坐，他對我合掌為禮，睜開眼睛，看看我說：

「久違了，你也變了不少。」

「想不到在這裡又碰見了師父。」

「我們是有緣的。」他說。

一〇二

我告辭出來，識空帶我在後院參觀了一下。院後是山，拾級上坡，在枯木蒼柏中，我來到一個簡單的墓塋，識空帶我到墓前，我頓憶到識空的師祖已經歸西，我看到墓碑上刻著：

「釋藏明和尚之墓」

我想到識空剛才叫我參拜祖師的話，我在墓前鞠了三個躬。我站了好一會，才回到前面。我說：

「這地方真清淨。想不到穆鬍子竟有這個緣法。」

「你高興，隨時可以來住，我們可以佈置一間房子給你。我想你來住幾個月，對於你心身一定很有補益的。」識空忽然說。

「真的？」

「你沒有聽師父剛才說我們是有緣的麼？」識空笑了笑又說。

「真謝謝你了。我想我也許真會來的。」

我與紫裳同他們告別出來，識空送我們到門口。穆鬍子則一直送我們到大路坡下，在路上，穆鬍子忽然悄悄地問我：

「那位容裳呢？」

「嫁人了。」

「你不是說她就是容裳的姐姐麼？」

「是的。」我說，「都是曇姨生的。」

「她可很像曇姨，我想她才是你的……」

「她也早就有丈夫了。」

「那麼你，你……」

「穆鬍子，」我說，「你已經是出家人了，還管這些俗事幹麼？」

「我只是關心你，野壯子，」穆鬍子忽然說，「想穿了什麼都是空。你知道我有時想想自己的過去，真覺得只是一場春夢。」

「你們的庵堂真是清淨。」

「你真的高興來住些時候麼？」

「我正在想，我到成都，送她們上飛機後，我再來看你。」

「那好極了。我相信你會很喜歡這裡的。」

「你知道我想到了什麼？」

「什麼？」

「我們一起在唐凌雲山上的日子。」

「那是一場噩夢。」

「你真是放下屠刀，立地成佛了。」

與穆鬍子分手後，我忽然覺得我仍是一個屬於獨身與流浪的人。穆鬍子的削髮為僧也很出我意外，但是從他的態度與神情看來，他好像真的很安心在這裡的樣子。我對他有一種很奇怪的羡慕。

我很奇怪這裡碰見穆鬍子，我想到了當年在上海，我與紫裳的分離兩難，哀怨痛苦之秋，我也是偶然碰到穆鬍子而跟他上山，現在好像是舊事重演，穆鬍子又在我與紫裳難捨難聚之間出現了。

我不相信因果報應，但是在這青天蒼岩叢林溪穀的下山途上，我覺得人生中前機後緣，綜錯複合，冥冥之中真像是一個無法分割的整體。

我忽然想到了白福與藝中垂死時的相似，有一種神祕的聯繫。沒有人可以證明藝中是白福的轉胎，但也沒有人可以反證藝中不是白福的轉胎。

我還覺得衣情撫養映弓的孩子同小壯子交給黃文娟撫養是一種不可分割的呼應。為什麼小壯子的前身不就是藝中呢？

我也想到衣情的神經病，同我父親的神經病，也不是完全沒有關聯的兩件事變。我父親因為誤害了白福而瘋，衣情則偏在瘋前生了小壯子。

我還想到我為愛衣情而想讀書，正是使我不能隨舵伯發財的定數；而這與衣情去分取舵伯的財富而無法再佔據我，是多麼奇怪的巧合啊！

每一個生命的發展，好像無涉於另一個生命，但竟處處影響另一個生命。像白福這樣一個生命的變化，竟影響了我家的每一個生命，而我的生命的變化也影響了許多人生命的變化。這些變化都是偶然的機緣，但也像是有前呼後應巧妙的配搭。

生命的奇妙是這些或大或小或久或暫的人生，像都是來自生命的大海，而又回到生命的海裡，每一個生命都活得這樣認真，可是又是這樣的渺小。在生與死短促的時間中，帝皇與乞丐，英雄與凡人距離實在太少。白福的死與舵伯的死，藝中的死與映弓的死，看來是這樣不同，可是在他們死後想想，竟沒有什麼分別。

我們活在可憐的人間。人間無不變的愛，無不醒的夢，無長綠的草也無常開的花。人間無絕對的善惡，無清楚的愛恨。人間的是非滲雜著利害，真偽混淆著觀點。那麼我活在這世上想看到些什麼呢？想聽到些什麼呢？

從峨眉山頂峰下來，流覽異峰奇岩，穿小徑，越險坡；叢林蔓草中，我對於我生命重新反省，覺得我還是一個茫茫然無依的靈魂，我與紫裳的距離突然遠了起來。

紫裳看我說話很少，還以為剛才我對她的生氣沒有平復，在休憩的時候她說：

「野壯子，你應當瞭解。我要不拒絕你，也許就無法拒絕你了。我愛的是你，可是到了內地後，知道你不會是我的，我想嫁的就不是你了。」

「紫裳，我都明白，」我說，「以後我們不要提這些好麼？你應當是逸塵的太太。他會做很好的丈夫，他也會是更好的父親。我覺得我應該是屬於獨身流浪的人群的。」

我們下長老坪經放光坡，渡觀音橋，一路是奇山怪壑，危洞險橋。我的情緒越來越清明起來。紫裳忽然說：

「這一次我們一同遊峨眉，真是最好的紀念。我想兩個人的愛情，只有在大自然中才能證明，因為在紛紜的人間，我們心中夾雜太多的雜質，使我們無法看到自己的心靈。」

我沒有說什麼，紫裳又說：

「可是夫妻則是生活，家是活在紛紜的人世中的。所以入社會越久越深，夫妻的情誼越顯。」

「紫裳，你看，你已經同我談到人生哲學了。」

到萬年寺，天氣好像和暖許多，我們在那裡又住了兩天。

曇姨因為從金頂寺坐滑竿下來，所以沒有碰見穆鬍子，我們向她談起，她很驚訝，覺得沒有見到他是一件憾事。她說：

「我早知道他在內地是耽不久的。」

「那麼你以為他在這裡耽得久麼？」

曇姨點點頭，忽然說：

「你知道舵伯怎麼說他的？他竟說他不是帝皇，就是流氓。」

「帝皇？」紫裳說著禁不住笑了。我可覺得舵伯能說這句話真是了不得。我說：

「這話真是很有見地，我想劉邦與朱元璋如果沒有成功，恐怕就是穆鬍子。」

「我想做和尚倒是他最平安的歸宿了。」曇姨感慨地說。

從萬年寺下山，當天到了峨眉縣。我重新意識到我們在抗戰。千萬的人在流亡，千萬的人在奔忙，千萬的人在忍凍挨餓，千萬的人在流淚流血。但是我們看不見公道正義平等與自由，這裡是人擠人，人吃人的社會，而我們又回到這社會裡了。

對這樣的社會，有人在犧牲，有人求改造，有人想革命，有人在逃避，有人謀混謀撈。我忽然發現我竟是不屬於任何一個類別，而又是屬於任何類別的。

這一次遊峨眉山，對於我有許多影響，對於曇姨也很有幫助，她已不像在重慶時的哀戚，好像曠達許多。我不知道紫裳的感覺是怎麼樣？她說：

「等抗戰勝利了，我一定還要來一次。」

「我希望還可以同你同來。」我說。

一〇三

我原以為還有幾天可以與曇姨、紫裳暢敘，可是事實上一到成都氣氛就完全不同了。

舵伯初到內地時，就住在成都，所以成都是曇姨舊游之地；舵伯歸天後，成都的朋友紛紛函電弔唁，許多太太們都邀請曇姨到成都去散散心。所以曇姨一到成都，就有人來接她，要她住到她們家裡去。她們自然也非常歡迎紫裳同去，至於我，雖也臨時在口頭上被邀請了，但是我是一個男子，既不是曇姨的兒子，又不是她的女婿，自然無法同她們混在一起，所以我就一個人住在旅館裡。以後曇姨雖很希望我可以同她們一起玩，但是我覺得不很合適，就謝絕了。當時因為文學雜誌的關係，有幾個通過信的朋友，知道我來了也來看我，帶我逛逛名勝，看看風景，又介紹我同成都文化界出版界朋友敘敘，不知不覺就更不同曇姨、紫裳在一起了。

人是社會的動物，一個人的社會是一群同類的人的欄柵。我們很難跳出我們的欄柵，單獨去同另一欄柵裡的人來往，這欄柵可以是種族，是階級，是職業，是地位，是財富，是傳統，是背景。

舵伯是我最接近的朋友，可是當他發了財，我也就無法同他來往。如果我不曾讀書，我根本也無法與宋逸塵成為朋友，人可以跳出這彼此的欄柵的該是戀愛，但只是戀愛，不是婚姻。這就是紫裳所說，在大自然裡面，我們才有純粹愛情的感覺，到了社會，那是婚姻的世界，我們靠純粹的愛情已經是不夠了。這因為我們是人，人是社會的動物，社會是同類的人群的欄柵。

我與紫裳的相愛，第一次的分離，就因為所屬社會的分裂；第二次的相好，也正是我重新換了一個社會背景；後來日本人把我們社會的欄柵打碎、我們才重新有了社會的結合。所屬社會的變化，正如化學上分子的組合的改變，一定要經過特殊的變動。財產也好，地位也好，職業也好，有了這些基本的變動，才可有所屬社會的變動。

而現在，我與紫裳的社會是已經分裂了。

一直到曇姨與紫裳飛昆明的前夕，我約她們兩個人單獨吃飯，這才是到成都後唯一的沒有別人參加的場合。

那一天晚上，我們都意識到我與她們是要好久不見面了。一時離情別緒都湧上心頭。曇姨忽然啜泣起來，她說：

「野壯子，我本來希望你可以一同去昆明的，後來我知道這太不可能了。」

「你還是出國去住三四年，多讀點書，也許你可以找到一個理想的對象。那時候你年紀大了，想安定下來，再同我們一起，一定會快樂一些的。」紫裳說。

「紫裳，謝謝你。」我說，「我還不知道該怎麼樣安排自己，但是一切都會很好的。你可以放心。」

曇姨還在唏噓，我說：

「曇姨，我會寫信給你的，你放心。你同紫裳在一起，一定會很快樂，你一定會喜歡逸塵，他是世上一個最可以做朋友的人。」

那一晚我們談得很晚，但是大家都說不出想說的話。第二天我去看她們就再沒有機會談什麼了。送她們的人很多。我同一大群人到機場，跟著大家對她們揮手，看她們進了飛機。於是飛機冉冉地在空中消失，我像是夢醒了一樣從人群中出來，我也沒有同其他送行的人們招呼，獨自走出機場。

天很冷，又沒有太陽，滿空是灰色的凍雲，時時有輕輕的北風吹來，我豎起衣領，一個人獨自走著走著，我沒有想什麼，也沒有看什麼，我只覺得我的頭腦是空的，我的心靈是空的，我已經沒有什麼可回憶，沒有什麼可戀念了。

我不知道走了多久，不知道走了多遠，我像是走到了一條木橋上，前面一條寬闊而曲折的河流，兩岸是只剩殘葉的枯株。我俯首凝視著河面，河面浮起我的影子。

我發覺現在這已是我唯一的伴侶了。

於是我想到我父親，他死了，死得很好。人總是要死的，不死不是更痛苦麼？我想到母親，她死了，也死得很好。一切死去的，舵伯、何老，都很好。我害了阿清，但是她不也死得很好麼？

活著的人呢？容裳嫁了呂頻原，紫裳嫁了宋逸塵，不也都是很好麼？穆鬍子出家，韓濤壽行醫，不也是各得其所麼？

我突然想到了我的孩子——小壯子，他同黃文娟在一起不也是比同衣情或我在一起好麼？於是我想到葛衣情了。她已經神經錯亂，住在瘋人病院裡，我想不出還有什麼出路，唯一出路就是死。死才是幸福的解脫。

而我，我不是活在這些人中間麼？當我已經失去了這些，我還有什麼呢？

我還有什麼呢？

湍急的河流在我腳下流著，這正像時間之流與生命之流，它在掙扎激撞中滾滾飛逝，沒有相同的，也沒有不同的。遲早我也是同逝去的一樣，我還有什麼可等待呢？有一種奇怪的感覺對我誘惑，我不自覺想縱身下去。

就在我對著這河流這樣出神的時候，忽然有人在我的旁邊叫我了：

「周先生，你是周也壯先生，是麼？」

我回頭，站在我前面的是一個清秀的男人，他有一張圓圓的臉，戴一頂絨帽，穿一件藏青的外衣，看上去不過三十歲，我記不起我是認識他的。他滿面笑容伸手來握我的臂膊，一面說：

「我剛才認了好一會，才敢來叫你，我是蕭既動。」

「啊，啊，蕭先生。」我說。

「你大概不記得我了，我也是韓濤壽的朋友。」

「是的，是的，久仰了。」我心不在焉地說，「你也來成都了？」

「有兩個月了。」他說，「我們找個茶室談談好麼？」

當時我就跟他上了人力車，穿過大街小街，恍恍惚惚地像走了很久，才到了一家茶室，他開始同我談到我已經忘記的一件事情，他說：

「你還沒有結婚？」

「沒有，沒有。」

「我心裡一直在抱歉，我那篇文章……」

這時候我才想到他是那個愛阿清的人，寫了那篇攻擊我文章，說我是一個忘恩負義，卑污勢利下流的人。我說：

「什麼都已經過去了。」

「我後來從韓濤壽那裡知道你是什麼樣一個人，我就非常後悔。但是我實在想不到那篇文章對你竟有這麼大的影響，你的愛人就……」

「這也都已經過去了。」

「我當時也許是出於下意識的妒忌，我沒有想到對你有這麼大的影響。事實上這是一種損人不利己的行為。所以我一直想有機會可以對你談談，請你原諒我。」

「我一直沒有怪過你。」我說。

「謝謝你。」他忽然低下頭說，「你知道我為什麼會覺得非同你談談這些不可？」

我吸著煙，沒有說什麼。

「因為我皈依了宗教，我皈依了天主教。」

「我想這於你是很好的。」

「你沒有什麼嗎？」他忽然說，「我看你神色非常沮喪。」

「沒有什麼，」我說，「我們走吧。」

我一面說著，一面要付賬。蕭既勳搶著先付了。他說：

「你如果沒有事，可以和我一同吃晚飯麼？」

「我不想吃飯。」我說著站起來，獨自走出去。

蕭既勳跟著我：

「你現在上那裡去？」

「我住在國民飯店。」

「我送你去。」蕭既勳說著叫了兩輛人力車，他一直送我到國民飯店。

一進我旅店的房間，我敬了蕭既勳一支煙，就倒在床上。我靠在床欄上，蕭既勳坐在對面的沙發上吸煙，半晌沒有說話。

我們沉默地耽了十來分鐘，我忽然對蕭既勳注意起來，我覺得他是一個很誠篤的人，怎麼阿清會不愛他？

蕭既勳好像時時想說話，又不知怎麼說好，我開始開口了，我說：

「蕭先生，韓濤壽同你很熟？」

「我們認識很早，但沒有什麼來往，上次因為我的那篇關於你的通訊，才接近起來，他同我談了許多關於你的事情，我也開始讀了你的一些作品，我就一直希望可以有同你像今天一樣的談話。我希望你的沮喪並不是因為受我那篇文章的影響。」

「即使受你文章的影響，又有什麼關係呢？一個人的一舉一動，誰也保不住影響別人，但善的動機不見得就於人有利，惡的動機也不見得於人有害。譬如你對我造謠譭謗，它可以損害我，但也可以反而幫助我；你如果對我誇獎歌頌，它可以幫助我，也可以反而損害我。這些事我們很難知道。」

「我不懂，你當時對於我對你的譭謗，為什麼不抗議或更正呢？」

「當時阿清已經死了，我們爭論這些有什麼用呢？你的文章有一點沒有錯，那就是我辜負了她的癡情。我很高興有人為愛她而對我叱責，因為這可以減輕我的內疚。至於我失去我的愛人，那還是因為我當初沒有先把阿清的事情告訴她。如果我早對她說明過，你的文章就不會使她對我決裂了，是不？」

「雖是這麼說，可是我總覺得我毫無根據地損害一個人是不應該的。」

「這因為只有佛有普照的愛，我們是人，我們為愛一個人，往往就會恨另一個人。為愛護一個人也往往會損害另外一個人。為忠於一個人，也就會欺騙另外一個人。我為愛容裳，我害了阿清；我為愛阿清，所以不能完全忠於容裳。但是我的出發點都是愛。你自然已經聽韓濤壽說過我與阿清的故事，如果當時我假裝不認識她，不是什麼悲劇都沒有了麼？」

「我很高興你不恨我，我希望我們可以做一個朋友。」

「我從來沒有恨過你，」我說，「但是我不懂的是你怎麼會愛上阿清了呢？她沒有受什麼教育，她也不是十分美麗，像你這樣一個人，那裡碰不到更好的對象。」

「你不會瞭解。我知道你也不認識阿清。」蕭既勳說著從懷裡拿出一張阿清的照相。他遞了給我。

這是一張阿清在姚翠君寓所花園裡的照相，她穿著襯衫長褲拿著剪刀在花叢裡剪花。我是一個不喜歡照相，也不相信照相的人。照相中的阿清確是很美，但使我想到的還是我腦海中的阿清。我把照相還給蕭既勳，蕭既勳忽然說：

「你碰見阿清是她墮落的時候，我碰見她則是她重生的時候。你把她從墮落中救出來，可是她把我從墮落中救了出來。」蕭既勳的話倒使我驚異起來。

「這怎麼講呢？」

「你知道我失戀過，失戀以後，我的生活很糜爛，又賭又嫖的，我還吸上了毒，那個時候我在姚翠君那裡認識阿清，她像仙女一樣地給我安慰鼓勵，幫助我戒煙，使我重生。當時我就愛上她了。可是她告訴我她並不是我所想的這樣高貴聖潔，她之同情我救助我，完全因為她以前也是墮落過，而有人救助了她。她沒有告訴我那個人是誰，她只告訴我她是屬於那個人的。她還告訴過我她很早就認識那個人，而且訂了婚約的。」

蕭既勳的話很感動我，我忽然想到，如果我當初聽從韓濤壽的話，回到桂林，也許碰到了那位新生的阿清而愛她也說不定的。為什麼我會相信我是愛容裳的呢？是不是在我下意識之中，仍舊在輕視阿清做妓女的一段歷史呢？我有奇怪懊惱悔恨的情緒，但是我沒有表示什麼。我說：

「過去的都已經過去了。」

「現在你是一個人麼？」蕭既勳忽然說，「怎麼來成都了，還預備回重慶麼？」

「我不知道，我剛遊了峨眉山，來成都玩幾天。」我說。

「那好極了，我是成都人，家就在這裡，我可以陪你去玩玩。」

「可是我已經住了好幾天了。我想明天就離開這裡。」

「到哪裡去？」

「我想我還是回峨眉山去。」

「你不是剛從峨眉山回來麼？」

「這次我想去多住幾個月，靜靜地寫一部書。」

「那好極了。」蕭既勳忽然笑著說，「真的，剛才我碰見你的時候，還以為你是想自殺呢。你剛才神色非常不好。你要寫作，那好極了。我可以知道你想寫的是什麼樣的書麼？」

「我想寫我失去的一切。」我說，「我現在知道失去的就是失去了，在時間之流中，一切已失的無法重獲，重獲的絕不是已失的了。」

窗外有淅瀝的雨聲，天色暗下來。黃昏已經消逝。

「天下雨了。」蕭既勳忽然說，「我希望你肯在這裡再住幾天。」
「我想我還會來的，但要來，必須換一個心境再來。」
「你是急於寫你心中想寫的書了？」
「我想也許工作可以使我的心境變換一下。」
「那麼明天你一定走了？」
「是的，明天。」

一〇四

如今我已經把什麼都告訴你了。我說：

「這就是我所失的與我所重獲的，我所給的與我所取的了。這也就是我的回憶與我的懺悔。」

「我已經細細地讀過了，以後你一直在望月庵裡？」你說。

「我去的時候只打算住三個月，可是我住了半年，半年後我回重慶一次，拼擋了一切又回到了望月庵。」

「你沒有再同你曇姨與紫裳來往？」

「我們常通信，我回到望月庵後，我才正式告訴曇姨，我已經取消了出國讀書的計畫，我要在望月庵裡寫一部書。」

「他們一直很好，沒有什麼變化麼？」

「後來我知道紫裳生了一個女兒，又生了一個女兒，他們要我取名字，大的我取伊夢，小的我取伊鳶。他們還告訴我容裳前後也生了兩個女兒一個兒子。抗戰末期，我到西北各地旅行了近一年。以後就沒有曇姨她們的消息了。勝利後，我回到望月庵，接著原相和尚仙逝，我也就削髮為僧。一九四七年暑期，逸塵與紫裳突然來遊峨眉，他們到望月庵找我，發現我居然仍在那裡，大家非常高興。可是宋逸塵頭髮全禿，紫裳也發胖了，他們都老了不少，逸塵一點不像齊堂先生，紫裳也毫無曇姨的風采。我問及曇姨，他們說半年前已經過世，曾經有信寫給我，沒有我回信，以為一定不在峨眉山了。我很奇怪我會沒有收到那封信，想來是寄失了。」

「那麼舵伯那些產業呢？」你說。

「我沒有問起。」

「也許他們就怕你問起這些產業，所以當時沒有把曇姨的訃耗寄你。」你說。

「你不應該這樣說我愛過的紫裳。」

「那麼容裳同呂頻原呢？」你笑了笑，又問。

「那時候，紫裳告訴我他們已經回南京了。」

「韓濤壽呢？」

「不知下落。」

「你的兒子小壯子呢？」

「一直沒有消息。我想他一定很好。」

「還有其他的朋友呢？」

「我想沒有去世的也該老了。」我說，「我們這一代已經在長長抗戰中過去了。世界已屬於下一代。下一代的愛情不會是我們這一代的愛情，下一代的生活也不會是我們這一代的生活。然而我們的生命仍是彼此關聯著，逝去者向一個大生命裡去，繼來者向一個大生命裡來。」

你說：「你真的相信，一切生物來是生命之海而複歸於生命之海麼？」

我說：「否則生命更沒有什麼意義了。」

你說：「人生既然不過是故事創造與遺忘。可是你的生命是詩的抒寫與歌誦。你真的以為綜錯複雜的人生像一件藝術品、一首詩、一曲交響樂一樣有前後呼應、首尾調和，完整而對稱的組織麼？」

我說：「這因為一切藝術品不過是反映人生；藝術的完整性正是生命的完整性。一首小歌，一首小詩像是短促的生命；一曲複雜的交響樂，一部宏偉的小說像是一個冗長的生命。每個生命都有他自己的節奏。」

我說：「一株小草的發芽生長與死亡，是一個充滿了希望、追求、幻滅、掙扎的歡欣、悲哀、痛苦的樂曲；一朵花的發芽結蕾盛開以至於凋謝，也是一個充滿了希望、追求、幻滅、掙扎的歡欣、悲哀、痛苦的詩篇。生命的表現千變萬化，有的像電閃，光亮而短促；有的像星光，幽微而永常；有的像燭光，遇風而滅；有的像煙火，放盡而消失。千變萬化的藝術形式只是反映這些不同的生命而已。」

你說：「你的生命是燦爛多姿的，但是你的心靈並不充實。」

我說：「充實的心靈就要晏然自足，有充實的心靈，他的生命才能夠安詳平淡。只有心靈的不安才有生命的波瀾麼。」

你說：「在你豐富的生活中，你的生命的波瀾，不過是愛與慾的矛盾，取與給的激撞，佔有與奉獻的衝突。」

我說：「這因為我是人，而我們是在人間。神可以有純粹的愛，我則只有帶慾的愛；神可以有單純的給，我的給則常依附著取；天堂也許有聖淨的奉獻，而人間永遠滲雜著佔有。」

你說：「有血有肉有生命的故事就是人生。有歎息有低喟有笑有淚的人生就是故事。神使人創造故事，魔鬼使人創造謠言，故事發於愛，謠言發於恨。」

你又說：「當你寫出這故事以後，你感到充實還是空虛？感到安詳還是煩惱？」

我說：「我感到充實而安詳，但是我感到疲倦。」

你說：「那麼你休息吧。不瞞你說，我讀了你的故事倒感到了空虛而煩惱了。人生難道真如你所想的這樣沒有意義麼？」

我說：「這大概因為我說的人生都是過去的故事，而你聽的故事則是未來的人生吧。」

後記一

徐訏

自從開始寫《江湖行》到現在，已經有四五個年頭。一部作品寫四五年甚至四五十年原是平常的事情，但是最好是寫了放在自己的篋笥裡，等全部脫稿了，仔細改一兩遍再問世。所以不能夠這樣辦的原因，當然是為生活所逼，一天的工作就需換一天的糧食。我把一部分《江湖行》拿去發表之時，目的就為要維持簡單的生存使我能繼續寫下去。當時我自己也不知道什麼時候可以寫完，因此也沒有想到出書；我想在全書脫稿整理出版時，總可以仔細的好好改訂。因為意識中保留著這樣一個機會，對於發表時的一些錯誤，也就沒有更正。

沒有想到當《江湖行》上冊還未發表完的時候，盜版賊已經把它偷印出來，其中次序凌亂，文字顛倒，錯誤百出。當時有許多讀者寫信給我，他們都以為這是我自校閱過的，自然有權詢問我，責備我；而代理我書的發行公司，因為外埠正式代理的書店的詢問，催促我必須有正式版本出來，才可以應正當的需要。這就是《江湖行》上冊先出版的原因。事實上，當時連中冊都沒有寫出，我實在不知道，當我寫下去的時候，上面我要做什麼樣的改動。

我不知道別人是不是同我一樣。在我，當寫一篇較長作品時，越寫到後面，越要改動上面，因此越長的作品，改動越多。像《江湖行》這樣長的作品，照我的意念，上面的改動，很可能與原來的完全不同了。

許多藝術家以為一個作家的作品的產生，正像一個女人的懷孕與生育。這個比喻，我覺得還應當有點補充。女人生育，生下來的嬰兒，其實只能等於一個藝術家作品的意念。這作品的完成則正如嬰孩的長成，他要經過無數波難，曲折，教育與磨練，才能長大成人。當他完全長成的時候，往往離開以前的意念很遠，這正如一個人長成時可能與嬰孩時的他完全不同的一樣。

《江湖行》因為上冊的倉促出版，限制了我以後對他的改動。這一方面對我是一種束縛，另一方面也許是對我一種訓練。可是每當我重新閱讀預備繼續寫下去的時候，我總有一個想把它完全重寫一次的慾望。當上冊出版時，我曾經積極寫中冊，可是等我寫完了中冊的段落，我就再沒有寫下去了。這一半原因固然是因為我生活的不安與情緒的散亂，另一半則正是那個想把它完全重寫的慾望。雖然我也知道在整個重寫以後，很可能會變成完全另外一本書了。

我當時對自己生命有所悔恨，我常常癡想，如果可能的話，讓我重新活過是多麼好呢？自然這是不可能的。倘若真有這可能，也許重新活過，就完全不是我了。在時間不斷地流動，生命不斷的演變之中，要把五六年的作品重新寫過，這同重新把自己的一生活過，不同樣是一種奢望嗎？

於是我發覺重寫是一件不可能的事情。錯的也已經錯定，與其把它重寫成完全不同的另外一本書，還不如把它寫完，再寫一本新的作品。這使我終於又重新把它拿起，繼續再寫下去。因為有下冊的進行，我才有勇氣把中冊出版。可是一隔已經是三年了。

三年並不是一個短促的時間，沒有一樣事物在三年中還能夠保持原來的情況，我自然也不是三年以前的自己。因此我怕《江湖行》的下冊在筆調意境與思致上會不同於上冊與中冊了。這不過是自己的一種感慨，當生活無法使人安安定定集中心力工作之時，較大的工作，在或斷或續一暴十寒的情形中進行，其中的苦辣是無法使人了解的。

因出版時時間上的倉促與程序上的各種困難，上中冊錯處竟無法避免。玆謹製正誤表一個列後，並向讀者致歉。（表略）

後記二

徐訏

《江湖行》於一九五九年十月二十五日脫稿。現在我已經記不起動筆寫《江湖行》是什麼時候，但是我可查得出，它第一次發表的日期是一九五五年一月十六日。我想大概我是在一九五四年秋就開始寫的。我寫小說平常在動筆前總有一個模糊的輪廓，也有一個假定的長度，大概在寫作進行之中這個模糊的輪廓會慢慢清楚起來，這個長度也會慢慢肯定起來。可是寫《江湖行》則不然。有時候寫寫，覺得輪廓越來越模糊，長度也越來越不能肯定。常常寫到某一個地方我很想早點結束，寫到某一地方又想多加擴充，這是一個很奇怪的經驗。

《江湖行》第一部在《今日世界》發表，第二部是在《祖國週刊》發表的。當第一部發表完了以後，我思索很久，才開始動筆寫第二部，當時我只計畫寫十萬字。一直到第二部快發表完了的時候，我發生了一個困難，我不知道應該怎麼樣讓這故事發展下去。這就使我沒有勇氣再去接觸它，一擱就是大半年。於是許多關心我的朋友，認識或不認識的都來問我，說究竟《江湖行》怎麼樣了？

這自然使我感到非常慚愧，我於是又拿了出來，先是在厭煩之中掙扎，繼則在許多意念中搏鬥，我寫過許多不同的發展而一一撕去。最後我終於忍耐我所不喜歡的部分而寫下去；出我意外的，裡面故事與人物都改變了方向，它好像用不著我安排而自己找到了出路。

《江湖行》在《自由中國》發表之時，有一個朋友用雙關的語氣對我說，你的《江湖行》由《今日世界》搬到《祖國》，如今又搬到《自由中國》。這次希望你會在那面住下去，不要再搬家了，我當時不知是怎樣回答的。我只知道我的拖延並不是想搬家，而是因為有了長時期之中斷，好像是出國遠遊一樣，回來就沒有再住在老地方了。

當現在《江湖行》全書已經發表完，想寫一篇後記的時候，我發覺《江湖行》前後就寫了五年。五年中擱置的也許有兩年半，但繫在我心上像一個負擔，則並沒有中斷過。

《江湖行》自從發表起，我經常接到認識或不認識的朋友們來信。這些信都曾給我教益與鼓勵。許多讀者說我書內的人物是指什麼人，有的甚至告訴我現在那個書中人的的下落；還有朋友從我個人的歷史中想到我筆下的人物，給我很同情的勸告與慰勉。我除了衷心的感謝以外，唯一要說的就是《江湖行》裡的人物都是我的創作，他們決沒有影射或想描述一個實在的人的。至於我創造這些人物之時，是否有受到我生活中往還的或碰見的人們的影響，那就連我自己也無從分析。但是人物的創造還是根據人生，沒有一個作者可以完全否認所創造的人物不受自己人生影響，所以我也無法強說這些人物是沒有來源的。可是這也正如我們人體的成長雖是從食物的營養而來，但無法說出我們身上哪一塊肉，或哪段骨頭是由哪一餐飯，哪一塊麵包來的一樣。

還有許多朋友同我討論到人生問題與思想問題，特別使我感激的是他們指出我的消極悲觀而至於否定人生的許多偏見，並希望我的作品可給人以鼓舞，在苦悶之中指出一條該走的路。這些信，除了很熟的朋友以外，我都沒有回覆。我所以沒有敢鼓舞人做什麼的原因，是我的一生以及我許多朋友們之一生，一直是被人鼓舞著去探索許多所謂先知先覺所指點的道路，而結果越是認真去探路的人，跌得越重。大家所走的總不會是所指的路，而所指的路，往往只是一個「美麗的遠景」。我是一個被幻影欺騙過的人，現在自然再不敢創造些沒有根據的美麗的遠景去欺騙別人了。

《自由中國》半月刊發表《江湖行》是從第四十八章開始的。雷敬寰先生為此去找《江湖行》上冊與中冊，百忙中費了很多的時間將它讀完。讀完後寫過一封長長的信給我，說是我在書中一再的輕視知識，否定知識是不應該的。他認為中國人太不重知識，我們正應當提倡知識，現在我反而否定知識，恐怕會給社會不良的影響。敬寰先生的話自然很有意義，作為民族的方向，我們吃虧的正是知識的不普遍；可是在個人而言，在這動亂的時代中，知識有時只是增加人的痛苦而已。當社會上有權有勢發財得意者都是知識有限之輩，而愛智好學者家有餓殍之時，知識在這樣的社會中還有什麼可重視呢？

在文藝中，知識的課題正如道德之課題。中國舊小說向來是以「善有善報，惡有惡報」為主題的。忠良的公子落難中狀元，奸佞的大臣最後滿門遭斬，就是最好的公式。把道德的報應如此表現，這在誘人為善的用意上原是沒有錯，可是文藝的要求就覺得這不是人生，也不是現實。現實的人生是善不一定有善果，惡不一定有惡報。當一部小說這樣啟示，這樣控訴的時候，作者並不一定是要讀者都去做壞人，不做好人；也許正是控訴這個社會的黑暗腐敗，而要求有心人來改革了。

這是說，文藝這東西走著走著總是要反映社會，控訴社會的。如果社會不是輕視道德，文藝不會憑空的去輕視道德；如社會不是輕視知識，文藝也不會憑空的去輕視知識的。當現實生活中成功的人是多數是靠逢迎、捧拍、諂佞、拉攏的手段，而不是靠能力、學識與知識之時，文藝作品的輕視知識正是對社會的一種控訴。敬寰先生怕這種情勢的態度影響社會，固然是一種良善的熱心的想法，但也是一種要文藝回到粉飾太平路徑上去的意見。

當《江湖行》上冊在台灣申請著作品註冊時，我還接到內政部一個公文，這公文有一段，給我很多的教益。但也引起我許多的想法，現在我先引這一段公文在這裡：

「二、該書經審查准予註冊。惟其中第十二章八十二頁有『釋迦牟尼沒有讀書』一語，（李定一語）核與事實不符（據釋迦譜載：釋迦太子七歲時，其父淨飯王清跋陀羅尼教之，凡諸技藝、典籍、議論、天文、地理、算數、射御，太子皆知悉之）。此外如佛所行讚經，佛本行經，未曾有因緣經均稱釋迦太子，文武並備，才藝過人。該書所稱「沒有讀書」顯屬錯誤，希於再版時更正⋯⋯」下面是部長田炯錦的簽字。

《江湖行》是一部小說，說釋迦牟尼沒有讀書，是裡面一個從監獄裡放出來一個革命家李定一的話。李定一這樣的典型人物，「具有組織力與煽動力」，因此很有自信，可是他也並不是一個讀過什麼書的人。他的意見並不代表作者的意見，也不是《江湖行》的主題，他的話只是「代表」他這樣典型，並不是代表什麼宗派思想的。

這裏全段的話是這樣的：「他說，最偉大的人物都沒有讀過書，耶穌沒有讀書，釋迦牟尼沒有讀書，默罕默德也沒有讀什麼書，中國開國的帝皇也都沒有讀書。讀書的人只是一些庸才。讀書也許可以使頭腦比較清晰，但會使人心靈阻塞眼光淺短，因此容易中別人的利用宣傳與麻醉，往往做了帝皇英雄政黨的奴才而不知。」

這話是李定一「被自己的同志出賣」後的想法，真正讀書的人自然並不是如他所說的「容易中別人的利用宣傳與麻醉」，倒是因為書讀得不多，所以容易被人利用。其中所說的偉人沒有讀書，因為這些偉人的事業與成就，並不是從普通所謂讀書而來，所以作為他輕視讀書的註釋，是一句非常籠統的話，並不值得做學問上之推敲的。

李定一這個人物，在《江湖行》中並不重要，我也沒有把他寫好。他的出現只是在十二章中短短的一面，以後就再不知下落。這僅僅是說明當時監獄裡有這樣一種人影響過舵伯，他們從對革命的失望，因而看輕了知識，否定了道德，恰好做了舵伯這種人心靈的補充。

這裡李定一說那些偉人沒有讀書，倒不是看輕這些偉人，而是看輕「讀書」。如果這些偉人都讀過書，但因為讀書沒有什麼收穫，所以放棄了讀書，憑著心靈的直覺而另有了天地，那麼讀書對他們有什麼價值呢？

佛生於二千幾百年以前，所受的教育實際上是婆羅門教的宗教教育。至於說典籍，議論，天文，地理，算數，射御；在那個時代裡我們想像得出實在是很有限的。佛的偉大如果靠這一點「書本」的閱讀，那麼我們每個台灣大學的畢業生都可以成佛了。因此說佛沒有讀什麼書，倒正是對佛的一種崇敬。

這些話並不是為李定一這樣一種說法辯護，而只是說明在這動盪的時代中讀書的被輕視已經是普遍的自然現象。到了舵伯的「成功」以後，圍著他的詩人畫家不過是一群食客。讀書人到此真是醜態畢露。有人告訴我上海某大亨及其周圍的人們就是這樣的，問我是不是影射他們；而有些不知道中國社會真有這種事情的人，則就說我太糟蹋所謂「讀書人」了。

關於這問題我可以說的也止於此。附帶的我忽然想到一件小事，這倒是與《自由中國》所鼓吹的民主運動很有關係的。

中華民國立國以來，最奇怪的還是政府與老百姓間沒有建立正當的合理的關係。既然是民國了，政府原是為人民服務的機構，官吏不過是人民的公僕，可是政府機關與老百姓行文則總是用指令式的下行公文，這實在是民主世界上所沒有的怪現象。在所有的民主國家中，政府給百姓的通知一律都用公函，而且稱謂都是非常尊敬與有禮貌的。據我所知，在英國，具名都用 Sincerely yours，稱謂則是 Dear Mr.；在法國，則必有 Je vous prie d'agrees,monsieur,mes salutations distinguees 一類的禮貌語，稱謂是 Monsieur或 Cher Monsieur。可是在中國，具名是機關官長的大「關防」，稱呼則是直呼姓名。這種管「事」的官吏個個好像都在管「人」，而政府的機構好像都是老百姓的征服者的現象原是滿清統治中國的遺蹟，革命的成功也正像只換了一個「主人」，這大概是對「民國」最大的諷刺了。

我提到這些，並不是對「部長田炯錦」給我的公文或對政府的「公文」制度有所批評，而只是它引起我的一種感想，即是中國四五億人民，活在「民」國中也已經有五十年了，可是始終沒有想到自己是這國家的主人，緘默地忍受「統治者」的指令，這也可見中國民主之沒有基礎了。

這原是題外的感想，這裡不擬多談。

由於因《江湖行》的通訊，還有人同我提及了人生哲學的課題。

《江湖行》裡說到人生不是行乞，就是行刼，否則就是行騙。於是有朋友就發現《江湖行》書裡的人物竟都是在這三種方式中生存。他問我是否故意要把人寫得這樣可憐？我現在可說的是我的確並沒有存心把《江湖行》裡的人物都安頓在行乞行騙或行刼的生活中，而寫出來則竟是如此，這是我自己所不解的。但當我仔細分析現實世界裡的每一個人，仔細讀報上要人們的行為與言論，廣義地說，似乎也並沒有超出這三者——行乞、行刼、行騙——的範圍在生活的。我就覺得這也只是反映現實而已。

在最近接到的信中，有一個朋友給了我一個很難回答的問題。他說：「先生所寫的那些人物，壞人幾乎個個都很可憐可愛，好人則反而不能引人同情，這是你有意這樣做的麼？即以宋齊堂而論，先生當然是把他當作『好人』寫的。但為什麼要使他跪在日本崗兵前很久而在回家後病死，是不是把他寫作對日本崗兵反抗而當場被打死，可比較表示中國讀書人的剛正與勇敢，而值得人同情呢？……」

這個問題是我從來未曾想到的問題。在我創作過程上講，當我寫這些人物時，我的確沒有意識著他應該是好人或是壞人。而且這「好」「壞」的字眼，也實在很難下定義。人物的行為在故事發展中，往往非常自動，作者有時無法去控制它。壞人所以使人感到「可愛」與「可憐」，大概是我們心中都有所謂「壞」的部分，這些「壞」的部分大多是有可諒可憐的原因的，只是在現實上我們無法得人「諒」與「憐」。文藝中這些壞人的壞的部分都有原因的根據，因而就容易引起我們「可愛」與「可憐」。有一個電影界的朋友，她特別喜歡葛衣情這個「壞」人。她說她明明知道她壞，可是她還是「愛」她，說如果《江湖行》可以拍成戲，她希望可以演這個「壞」人。這些看法都是屬於個人的，我自然也無法完全理解。

小說發表時，接到讀者們的教益，對作者是一種鼓勵。但因為在全書沒有脫稿，作者還在繼續寫的時候，自然有意無意的也會使作者受到這些意見的影響，所以這可以說有好處也有壞處，但好處多於壞處。我在這裡謹向這些賜我函件與給我意見的朋友與讀者致最敬的謝忱。

我特別要謝謝聶華苓小姐。當本書在《自由中國》發表期中，她總是很有耐心地給我多方面的幫助。我自然還該借這全書出版的機會，謝謝《今日世界》與《祖國週刊》。《江湖行》是在那兩個刊物裡發表中長成的。

最後還要鄭重申明的是《江湖行》裡的人物都是作者的創作，決沒有想到影射什麼人或描寫什麼人的，如果真的與什麼人有什麼相似之處，那也只是偶然的巧合。

一九六零，七，二二。香港。

徐訏文集・小說卷05　PG1435

江湖行（下）

作　　者　徐　訏
主　　編　蔡登山
責任編輯　李冠慶
圖文排版　周政緯
封面設計　王嵩賀

出版策劃　釀出版
製作發行　秀威資訊科技股份有限公司
114 台北市內湖區瑞光路76巷65號1樓
電話：+886-2-2796-3638　傳真：+886-2-2796-1377
服務信箱：service@showwe.com.tw
http://www.showwe.com.tw
郵政劃撥　19563868　戶名：秀威資訊科技股份有限公司
展售門市　國家書店【松江門市】
104 台北市中山區松江路209號1樓
電話：+886-2-2518-0207　傳真：+886-2-2518-0778
網路訂購　秀威網路書店：http://www.bodbooks.com.tw
國家網路書店：http://www.govbooks.com.tw
法律顧問　毛國樑　律師
總 經 銷　聯合發行股份有限公司
231新北市新店區寶橋路235巷6弄6號4F
電話：+886-2-2917-8022　傳真：+886-2-2915-6275

出版日期　2015年9月　BOD一版
定　　價　400元

Printed in Taiwan

國家圖書館出版品預行編目

江湖行 / 徐訏著. -- 一版. -- 臺北市 : 釀出版,
2015.09
冊 ;　公分. -- (徐訏文集. 小說卷 ; 3-5)
BOD版
ISBN 978-986-445-036-7(全套 : 平裝). --
ISBN 978-986-445-037-4(上冊 : 平裝). --
ISBN 978-986-445-038-1(中冊 : 平裝). --
ISBN 978-986-445-039-8(下冊 : 平裝)

861.57　　　　104012719

讀者回函卡

感謝您購買本書，為提升服務品質，請填妥以下資料，將讀者回函卡直接寄回或傳真本公司，收到您的寶貴意見後，我們會收藏記錄及檢討，謝謝！
如您需要了解本公司最新出版書目、購書優惠或企劃活動，歡迎您上網查詢或下載相關資料：http:// www.showwe.com.tw

您購買的書名：________________________________

出生日期：________年________月________日

學歷：□高中（含）以下　□大專　□研究所（含）以上

職業：□製造業　□金融業　□資訊業　□軍警　□傳播業　□自由業

　　　□服務業　□公務員　□教職　□學生　□家管　□其它_____

購書地點：□網路書店　□實體書店　□書展　□郵購　□贈閱　□其他

您從何得知本書的消息？

□網路書店　□實體書店　□網路搜尋　□電子報　□書訊　□雜誌

□傳播媒體　□親友推薦　□網站推薦　□部落格　□其他__________

您對本書的評價：（請填代號　1.非常滿意　2.滿意　3.尚可　4.再改進）

封面設計____　版面編排____　內容____　文／譯筆____　價格____

讀完書後您覺得：

□很有收穫　□有收穫　□收穫不多　□沒收穫

對我們的建議：________________________________

____

____

____

請貼
郵票

11466
台北市內湖區瑞光路 76 巷 65 號 1 樓
秀威資訊科技股份有限公司 收
BOD 數位出版事業部

（請沿線對折寄回，謝謝！）

姓　名：____________ 年齡：________ 性別：□女 □男

郵遞區號：□□□□□

地　址：____________

聯絡電話：(日) ____________ (夜) ____________

E-mail：____________